I0641906

MEMOIRES

POUR SERVIR

A L'HISTOIRE

DES

HOMMES

ILLUSTRES.

TOME IX.

MEMOIRES

POUR SERVIR

A L'HISTOIRE

DES

HOMMES
ILLUSTRES
DANS LA RE'PUBLIQUE DES LETTRES.

AVEC

UN CATALOGUE RAISONNE'
de leurs Ouvrages.

TOME IX.

A PARIS,
Chez B R I A S S O N, Libraire, rue S. Jacques,
à la Science.

___

M. DCC. XXIX.
Avec Approbation & Privilege du Roy.

LIVRES NOUVEAUX

qui se trouvent à Paris
chez Briasson.

Concilium Ebredunense 4°. *Gratiano-poli* 1728.

----*Romanum* 8°. *Buxellis* 1725.

Clementis XI. *Opera omnia hæc sunt: Epistolæ, Brevia selectoria, Homiliæ Consistoriales, Bullarium, &c. Accedit ejusdem vita*, fol. 2. vol. *Francofurti* 1729.

Joan. Schefferi *Suecia litterata, seu de Scriptis & Scriptoribus Gentis Suecia ex editione Joan.* Molleri 8°. *Hamburgi.*

Les Cesars de l'Empereur Julien par *Spanheim*, avec plusieurs Médalles gravées par Picard, 4°. *Amst.* 1728.

Histoire des grands chemins de l'Empire par *Bergier*, 4°. 2. vol. nouvelle édition, avec fig. *Bruxelles* 1728.

Histoire des Provinces-Unies par le *Clerc* fol. les tomes 2. & 3. *Amst.* 1728. & aussi les 3. vol.

Recüeil des Epigrammatiftes François avec leurs vies , 12. 2. vol.
Amſterdam.

Everardi Ottonis *Diſſertatio de Diis*
vialibus , 8°. *Halæ Magdeb.*

Carolus Sigonius *de Antiquo Jure*
Populi Romani , 8°. 2. vol. *Lipſiæ.*

Ignatii Roderique *de Abbatibus &*
origine de Abbatiarum Maſmunda-
rienſis & Stabulenſis contra RR.
PP. Martene & Durand , fol.
Wiceburgi 1728.

Œuvres fur divers fujets par M.
l'Abbé de *S. Pierre* , tome fecond
12. *fous preſſe.*

TABLE ALPHABETIQUE
des Auteurs.

a iij

MEMOIRES

POUR SERVIR

A L'HISTOIRE

DES

HOMMES

ILLUSTRES

DANS LA RE'PUBLIQUE des Lettres.

Avec un Catalogue raisonné
de leurs Ouvrages.

BATISTE FULGOSE.

B. FUL-
GOSE.

ATISTE *Fulgose*,
comme on l'appelle com-
munément, ou *Fregose*,
comme on devroit l'ap-
peller, puisque le veri-
table nom de sa famille est *Fregoso*,
naquit à *Gennes* de *Pierre Fregose*,

Tome IX.   A

B. FUL-qui fut fait Doge de cette Repu-
GOSE.   blique en 1450.

On ignore presque toutes les
circonstances de sa vie ; tout ce
qu'on en sçait, c'est qu'il parvint à
la dignité de Doge, qui lui fut con-
férée le 25. Novembre 1478. mais
il ne la conserva que peu d'années;
la hauteur & la severité de son Gou-
vernement fournit une occasion aux
desseins ambitieux de *Paul Fregose*,
Archevêque de *Gennes*, son oncle,
qui le fit déposer en 1483. & se fit
élire lui-même le lendemain de sa
déposition. *Batiste* fut relegué à
Tregui. On ne sçait quand il mourut.

Vossius attribue la composition
de son Ouvrage *des actions & des paroles remarquables*, qu'il adressa à
Pierre Fregose son fils, au desir qu'il
avoit d'adoucir par le travail les
chagrins que lui causoit son exil;
il a pû y entrer quelque chose de
cela, mais d'autres croyent avec
assez de vraisemblance, qu'il l'entreprit, pour avoir occasion de se
vanger de son oncle, en découvrant
sa perfidie. Il en parle en effet dans

le fixiéme Chapitre du neuviéme B. Ful-
Livre en des termes qui marquent gose.
combien il y étoit fenfible.

C'eft mal-à-propos que *Voffius* a
mis *Fulgofe* parmi les Hiftoriens
Latins, à caufe de cet Ouvrage,
puifqu'il l'a écrit en Italien. Il n'a
jamais été imprimé en cette Langue, ainfi on ne peut examiner fi
la traduction Latine a été augmentée ou alterée par *Ghilini*, qui l'a
faite.

Fulgofe fouhaitoit fort que *Raimond de Soncino* fon Maître mit fon
Ouvrage en Latin, ne pouvant le
faire lui-même, parce qu'il n'avoit
pas affez d'ufage de cette Langue,
mais plufieurs contretems l'en empêcherent. Celui qui la traduifit fut
Camille Ghilini natif d'*Alexandrie de
la Paille*, & non pas de *Milan*, comme le dit *Voffius*, mort en Sicile en
1535. en revenant de fon Ambaf-
fade d'Efpagne, où il étoit allé
l'année précedente par ordre du
Duc de *Milan François Sforce II.*
complimenter *Charles V.* fur fon ex-
pedition d'Afrique.

Il y en a qui prétendent que cette

B. FUL-
GOSE,

traduction eſt de ſon pere *Jean-Ja-
ques Ghilini*, Secretaire & Conſeiller d'Etat, de *Jean Galeas*, de *Louis*,
de *Maximilien* & de *François II.*
Ducs de *Milan*, qui mourut dans
cette Ville l'an 1532. & *Paul Jove*
eſt de ce ſentiment ; mais il eſt plus
juſte de s'en rapporter à *Camille*
même, qui dit qu'il avoit travaillé
fort jeune à cette traduction, engagé à cela par ſon pere, qui lui en
faiſoit faire tous les jours un morceau.

La premiere édition de cette traduction parut à *Milan* en 1508. *fol.*
ſous ce titre : *Batiſtæ Fulgoſi de Dictis Factiſque memorabilibus Collectanea
à Camillo Ghilino Latina facta, Libri
novem.* Ce Livre a été réimprimé
pluſieurs fois à *Paris*, à *Bâle*, à *Anvers*, à *Cologne*, in-8°. Les meilleu-
res éditions ſont celles qui ſont ac-
compagnées des additions & des
corrections de *Juſte Gaillard* Avocat au Parlement de Paris, ſous ce
titre : *B. Fulgoſi Factorum Dictorum-
que memorabilium Libri IX. aucti &
emendati à J. Gaillardo, cum ejuſdem
Præfatione de utilitate & ordine Hiſ-*

toriarum. Pariſiis 1578. 1585. *in-*8°. B. Ful-

Raphael Soprani dans ſes Ecri- gose.
vains de Ligurie (*p.* 54.) parle
de deux autres Ouvrages de *Ful-
goſe.*

1. *La Vita di Martino V. ſummo
Pontefice.* Il ne paroît pas qu'elle ait
été imprimée.

2. *De Fœminis quæ Doctrina excel-
luerunt.* C'eſt apparemment ce que
Raviſius Textor a inſeré dans ſon
Recüeil de quelques Auteurs qui
ont écrit ſur les Femmes illuſtres,
qui a été imprimé à *Paris* en 1521.
in-fol. mais ce n'eſt qu'un morceau
tiré du Chapitre 3. du Livre 8. de
ſon Ouvrage *de Dictis & Factis memorabilibus.*

Michel Giuſtiniani parle encore
du ſuivant dans ſes Ecrivains de Ligurie, *p.* 126.

Batt. Fulgoſi Anteros. Mediolani
1469. *in-*4°. L'antiquité de cette
édition pourroit la rendre prétieuſe,
mais ſa rareté fait qu'on n'en peut
rien dire. Cet Ouvrage, qui eſt contre l'Amour, a été traduit en François, & on le trouve imprimé en
cette Langue, avec la Traduction

B. Ful-
gose.
Françoise du Dialogue de *Platine* sur l'Amour, à *Paris* 1581. in-4°. sous ce titre : *Deux Livres du Contre-Amour de Batiste Fulgose.*

V. *Ghillini Teatro de' Lett. Soprani & Giustiniani scritt. della Liguria. Vossius de Historicis Latinis. Journ. de Venise tome* 21.

ANTOINE DE SOLIS.

A. DE So-
LIS.
ANTOINE *de Solis* naquit à *Placentia* ville d'Espagne dans la vieille Castille, le 18. Juillet 1610. de *Jean-Jerôme de Solis* natif d'*Alvalate de las Nogueras* dans l'Evêché de *Cuença*, & de *Marie de Ribadeneyra* native de *Tolede*, tous deux de familles illustres.

Après ses premieres études, qu'il fit avec beaucoup de succès, il alla étudier en Droit à *Salamanque*, & s'y distingua. Les études serieuses ne lui firent pas oublier la Poësie Espagnole, pour laquelle il s'étoit senti de l'inclination dès sa premiere jeunesse, & qu'il cultiva dans la suite d'une maniere qui lui fit beau-

coup d'honneur. Il n'avoit encore A. DE So-
que dix-fept ans, lorfqu'il compofa LIS.
l'ingenieufe Comedie intitulée :
Amor y Obligacion, & il en compofa depuis plufieurs autres, qui
furent reprefentées avec de grands
applaudiffemens.

Nicolas Antonio, qui affure qu'il
étoit un des plus fameux Poëtes
Comiques que l'Efpagne ait jamais
eu, témoigne qu'il excelloit particulierement dans cette partie du
genre Comique, que l'on donne à
joüer en Efpagne aux Tabarins &
aux Bouffons du Theâtre, parce
qu'il étoit plein de ces rencontres
burlefques, qui confiftent en des
jeux de mots, & qui fe trouvent
plus communément dans la Langue
Efpagnole, que dans les autres Langues de l'Europe.

A l'âge de vingt-fix ans il fe donna
à l'étude de la Morale & de la Politique, qui pouvoient lui être plus
utiles que fon application à la
Poëfie.

Son merite lui procura un Patron
en la perfonne du Comte d'*Oropefa*,
Viceroi de la Navarre & enfuite du

A iiij

A. DE So-Royaume de Valence, qui le prit
LIS.   pour son Secretaire.

Il composa en 1642. sa Comedie
d'*Euridice* & d'*Orphée*, pour être re-
presentée dans une fête qui se fit à
Pampelune pour la naissance de *Don
Manuel Joachim Alvarez de Tolede*,
fils du Comte d'*Oropesa*.

Philippe IV. Roi d'Espagne le mit
ensuite au nombre de ses Secretaires, & après sa mort la Reine Mere
Regente le nomma grand Historio-
graphe des Indes, dignité fort lu-
crative, & par conséquent fort recherchée.

On a de lui une Piece de Theâtre qu'il fit à l'occasion de la naissance du Prince *Philippe Prosper*,
fils du Roi *Philippe IV.* qui est in-
tulée : *Los Triunfos de Amor y Fortuna*, in-4°.

Il vivoit avec beaucoup d'agrément dans le monde, lorsque, touché par la grace, il commença à s'en
dégoûter; & il résolut de se consa-
crer au service de Dieu en embras-
sant l'Etat Ecclesiastique.

Il avoit déja 57. ans, lorsqu'il
fut ordonné Prêtre, & il dit sa pre-

miere Meſſe à *Madrid* dans le No- A. DE So=
vitiat des Jeſuites. Il vêcut dans la LIS.
ſuite avec beaucoup de regularité ;
il renonça à toutes les Poëſies pro-
fanes, & même quelques inſtances
qu'on lui fît, il ne voulut plus travailler aux *Autos Sacramentales*, qui
ſont des Pieces de devotion, qui ſe
repreſentent en Eſpagne à de certaines fêtes, pour ne point contribuer à aucune repreſentation de
Theâtre.

Son changement fut cauſe qu'il
n'acheva pas une fameuſe Comedie
dont il avoit déja donné une premiere journée, elle eſt intitulée :
Amor es Arte de Amar.

Ce ne ſont point ces Pieces qui
nous le font le plus connoître, c'eſt
ſon *Hiſtoire de la conquête du Mexique,*
imprimée pluſieurs fois en Eſpagnol,
& dont une des dernieres éditions
eſt celle de *Bruxelles in-fol.* 1704.
avec la vie de l'Auteur par *D. Juan
de Goyeneche.* Nous en avons une
excellente traduction Françoiſe faite par M. de *la Guette de Citri*, &
imprimée à *Paris* en 1691. *in-4°*. avec
figures, & à *la Haye* 1692. *in-12. 2. vol.*

A. DE So-
LIS.

& depuis plusieurs fois à *Paris.* Cette
Histoire est fort estimée, & fort bien
écrite. L'Auteur attentif à relever la
gloire de *Ferdinand Cortez*, dont il fait
son Heros, lui prête bien des traits
de politique, des reflexions & peut-
être des actions même dont il n'é-
toit pas capable, & qu'il n'a jamais
faites, & termine son histoire à la
conquête du Mexique, pour ne
point ternir sa gloire par le recit
des cruautez qu'il y exerça. Mais
le Traducteur, qui n'étoit pas obligé aux mêmes égards, les a décrites
en peu de mots dans sa Préface, où
il fait un abregé du reste de la vie
de ce Conquérant.

De Solis mourut à *Madrid* le 19.
Avril 1686. dans sa soixante & sixiéme année. L'Auteur de sa vie,
dont je tiens les dates de sa naissance, s'est trompé en lui donnant
à sa mort 68. ans, 8. mois & un
jour ; suivant son calcul, il devoit
avoir 65. ans, 9. mois & un jour.

Outre les Ouvrages de *Solis* dont
j'ai parlé, l'Auteur de sa vie cite
une Comedie de sa façon intitulée :
Amor al uzo, qu'il dit avoir été traduite en François.

V. sa vie en Espagnol par *Goye-neche. Nic. Antonio Bibliot. Hispana.*

JEAN MORIN.

JEAN *Morin* naquit à *Blois* l'an 1591. de *Luc Morin* Marchand de cette ville, & de *Jacquette Gaus-sand*, tous deux de la Religion prétenduë Reformée.

Il commença ses études dans sa Patrie, & alla les continuer à *la Rochelle*, où il acquit une grande connoissance des Langues Grecque & Latine. Il passa de là à *Leyde*, & y étudia d'abord la Philosophie, & ensuite le Droit & les Mathematiques, après quoi il se livra entierement à l'étude de la Theologie & des Langues Orientales.

Lorsqu'il se fût rendu habile dans les Sciences & dans les Langues, il se mit à lire avec beaucoup d'application l'Ecriture Sainte, les Peres & les Conciles. Le principal fruit qu'il retira de cette lecture fut de commencer à reconnoître la fausseté de la Religion dans laquelle il avoit

J.Morin. été élevé, & de tout ce que fes
Maîtres lui avoient enfeigné. A
quoi contribuerent encore les difputes qui furvinrent alors entre
les partifans d'*Arminius*, & ceux
de *Gomarus*, fur les Matieres de la
Grace & de la Prédeftination. Car
ne trouvant rien dans les fentimens
des uns & des autres qui le conten-
tât, il fe mit à étudier à fond ceux
des Docteurs Catholiques, dans
lefquels il commença à trouver la
verité.

Etant venu à *Paris*, il continua
à s'éclaircir fur fes doutes ; le Cardinal *du Perron*, qu'il eut occafion
de voir, & qui conçut de l'eftime
pour lui, lui donna tous les éclair-
ciffemens qu'il pouvoit fouhaiter,
& eut la confolation de le gagner
à l'Eglife Catholique.

Morin demeura quelque tems
chez ce Cardinal, & s'attacha enfuite à l'Evêque de *Langres* ; mais
la vie tumultueufe qu'il menoit auprès d'eux ne lui plaifoit pas, il en
vouloit une plus tranquille, où rien
ne pût le diftraire de l'étude qu'il
aimoit.

C'eſt ce qui l'engagea à entrer J. MORIN, dans la Congrégation de l'Oratoire, que M. *de Berulle* venoit d'inſtituer en France. Après y avoir paſſé quelque tems dans les exercices de la pieté, il reçut les Ordres ſacrez. On dit que depuis qu'il eût reçû celui de Prêtriſe, il ne paſſa aucun jour de ſa vie ſans dire la Meſſe, en reconnoiſſance de la grace que Dieu lui avoit faite de ſortir des tenebres de l'Hereſie.

M. *de Berulle* qui avoit beaucoup d'eſtime pour le P. *Morin* le donna à M. *Charles Miron* Evêque d'*Angers*, qui ſouhaitoit avoir auprès de lui un homme de Lettres qui pût le diriger dans ſes études, & lorſque ce Prélat eût été fait Archevêque de *Lyon* en 1627. le P. *Morin* l'y ſuivit & ne le quitta point tant qu'il vêcut.

Après ſa mort, arrivée le 6. Août 1628. le P. *Morin* revint à *Paris*, où il commença à publier quelques Ouvrages, qui lui firent beaucoup d'honneur, & qui lui acquirent une ſi grande réputation parmi le Clergé de France, que les Prélats

J.MORIN. affemblez prenoient ordinairement fes avis fur les matieres les plus importantes, les plus obfcures & les plus difficiles.

Le Pape *Urbain VIII.* ayant formé le deffein de réunir à l'Eglife les Grecs & les autres Orientaux fchifmatiques, fit ramaffer de tous côtez des Livres de ces Nations, qui puffent donner une connoiffance complette de leur créance, & fit venir à *Rome* de toute l'Europe des Theologiens capables de répondre à fes vûës.

On lui avoit indiqué pour la France le P. *Petau* Jefuite, & le P. *Morin* de l'Oratoire, & il voulut les attirer tous les deux en Italie ; mais le P. *Petau* ne jugea pas à propos d'y aller, & le P. *Morin* fut le feul qui fit ce voyage.

Il fut d'abord fort bien reçu par le Cardinal *Barberin*, qui lui avoit écrit en France, par ordre du Pape, & qui le recommanda à *Luc Holftenius* & à *Leo Allatius*. Un jour qu'ils s'entretenoient fur les queftions que les Theologiens affemblez pour l'affaire de la réunion devoient traiter, ils eurent occaſion de conſulter J. MORIN, un Manuſcrit d'un Grec moderne ; *Holſtenius* & *Allatius* prierent le P. *Morin* de leur dire ſon ſentiment ſur le ſens qu'il falloit donner aux paroles de cet Auteur. La maniere dont il le fit ne les ſatisfit point & leur donna une mauvaiſe idée de ſa capacité dans la Langue Grecque. Ils en dirent apparemment leur ſentiment au Cardinal *Barberin* ; & cela fut ſans doute la cauſe pour laquelle le P. *Morin* fut long-tems ſans être appellé aux Congrégations qui ſe tinrent pour la réunion. Mais enfin ce Cardinal eut honte de l'avoir fait venir à *Rome*, pour le negliger de cette maniere, & il y fut admis.

La methode qu'il y propoſa pour examiner les uſages des Grecs & des autres Orientaux, bien differente de celle des Scholaſtiques modernes, plût extrêmement à *Holſtenius* & à *Allatius*, qui penſoient comme lui ſur cet article, & leur fit concevoir plus d'eſtime pour lui, qu'ils n'en avoient eu juſques-là. Il vouloit qu'on en jugea, non point par

J.MORIN. les pratiques que l'Eglise obferve maintenant, ou par les idées des Scholaftiques, mais par ce qui s'obfervoit avant le fchifme de Photius. Il avoit fort étudié cette matiere, & avoit reconnu fans peine que toute autre methode ne pouvoit être d'aucune utilité pour le but qu'on fe propofoit.

Le P. *Morin* demeura à *Rome* 9. mois, mais il affifta feulement pendant quatre à la Congregation des Theologiens. Après ce tems le Cardinal de *Richelieu* le fit rappeller en France. On dit que ce Miniftre, qui aimoit le P. *Morin*, & qui lui avoit même donné une groffe fomme d'argent pour faire le voyage de *Rome*, ayant témoigné pendant fon abfence à M. *Harlay de Sancy* alors Evêque de *S. Malo*, qui étoit ami particulier de ce Pere, qu'il étoit fâché de le voir éloigné de lui, celui-ci écrivit auffi-tôt au P. *Morin* de revenir en France, parce que le Cardinal de *Richelieu* penfoit à l'élever à quelque Dignité Ecclefiaftique.

Le P. *Morin* ayant reçu fa Lettre partit

partit ſans délai & arriva à *Mar-*J.MORIN.
ſeille, ſans en avoir reçu une ſeconde que M. *de Sancy* lui écrivit
par ordre du Cardinal , pour lui
dire de ne point quitter *Rome* , où
ſa preſence étoit neceſſaire. On crut
alors que tout cela n'étoit qu'un
jeu du Cardinal , qui voulut ſe ſervir du miniſtere de M. *de Sancy* ,
pour faire revenir en France le P.
Morin , qui , ſuivant ce qui lui avoit
été rapporté , avoit parlé un peu librement de lui dans quelques con-
verſations particulieres.

La conduite que le Cardinal tint
dans la ſuite à ſon égard , fait voir
que cette penſée n'étoit pas ſans
fondement ; car il ne lui fit plus
aucun bien , & on lui entendit même dire que le P. *Morin* n'étoit propre qu'à être dans ſon cabinet avec
ſes Livres.

Son ſejour à *Rome* lui avoit gagné
l'amitié de pluſieurs ſçavans hommes , & il entretint depuis un commerce de lettres avec pluſieurs d'entre eux , & principalement avec le
Cardinal *Barberin* , *Holſtenius* , *Allatius* & *Abraham Ecchellenſis.*

Tome IX. B

J.MORIN.　Le reste de sa vie se passa à composer , & il mourut d'apoplexie dans la Maison de l'Oratoire de S. Honoré le 28. Fevrier 1659. âgé de 68. ans.

Catalogue de ses Ouvrages.

1. *Exercitationum Ecclesiasticarum libri duo. De Patriarcharum & Primatum Origine & Antiqua Censurarum in Cleros Praxi. Paris.* 1626. *in*-4°. Cet Ouvrage est le premier qu'il ait publié ; & il a reconnu dans la suite qu'il s'étoit trop pressé de le mettre au jour. Car quoiqu'il y ait des recherches assez curieuses , elles ne sont pas cependant si exactes ni si judicieuses que celles de ses autres Ouvrages , outre que le stile en est trop enflé & trop diffus. Il n'a pas laissé d'être recherché.

2. *Biblia LXX. Interpretum Græco-Lat. cum Præfatione & Prolegomenis. Paris.* 1628. 3. *vol. in. fol.* Le P. *Morin* a joint au Texte Grec des Septante l'ancienne Version Latine publiée en 1588. à *Rome in-fol.* par *Flaminius Nobilius* , & une Préface,dans laquelle il traite de l'autorité de la Version des Septante , fait voir les

défauts du Texte Hebreu que nous J. MORIN.
avons aujourd'hui, & s'efforce de
montrer que ce Texte ayant été
corrompu par les Juifs, ne doit
point être préferé à la Version des
Septante. Cette Préface a été attaquée dans la suite par un Ouvrage intitulé : *Examen Præfationis
Morini in Biblia Græca de Textus He-
braïci corruptione & Græci autoritate,
per Taylerum & A. Bootium. Lugd.
Bat. 1636. in-8°.*

3. *Histoire de la délivrance de l'E-
glise Chrétienne par l'Empereur Constantin, & de la grandeur & souverai-
neté temporelle donnée à l'Eglise Romaine par les Rois de France. Paris
1630. in-fol.* Le P. *Morin* entreprit
cet Ouvrage dans le dessein de le
presenter au Roi par le moyen du
Cardinal *de Berulle.* Mais ce Cardinal étant mort pendant qu'il s'imprimoit, il ne pût en retirer les
avantages qu'il en esperoit ; comme
il n'avoit songé qu'à y faire sa cour
au Roi, il y parla assez mal des Italiens ; ce qui fit que son Livre ne
fut pas bien reçu à *Rome,* & il fut
obligé, pour appaiser le Cardinal

J.Morin. *Barberin*, de promettre de corriger dans une seconde édition les endroits qui avoient déplû au Pape ; mais cette seconde édition n'a pas paru. C'est le seul Ouvrage que le P. *Morin* ait publié en François ; il n'est pas fort bien écrit, & l'Auteur y traite sa matiere, non en Historien & en Critique, mais en Panégyriste & en Déclamateur.

4. *Exercitationes Ecclesiasticæ in utrumque Samaritanorum Pentateuchum. Paris.* 1631. *in-4°.* Le P. *Morin* avoit appris de *Jérôme Alexander*, qu'il y avoit à *Rome* deux exemplaires du Pentateuque Samaritain, l'un dans la Bibliotheque du Vatican, qui n'étoit que le Texte Hebreu écrit en caracteres Samaritains, & l'autre en Langue Samaritaine, qui étoit entre les mains de *Pietro della Valle*, lequel l'envoya au P. *Morin* pour le faire imprimer ; ce sont ces deux exemplaires dont il est parlé dans ce Livre, où le P. *Morin* continue de combattre l'autorité du Texte Hebreu, & de soûtenir qu'il avoit été corrompu par les Juifs, fait valoir le plus qu'il

peut ces exemplaires Samaritains, J.Morin. qu'il croit qu'on doit préferer au Texte Hebreu d'aujourd'hui, & prétend que le Texte Samaritain n'eſt pas different de celui qui eſt cité par *Euſebe*, par S. *Jerôme* & par les autres Peres, & que la conformité qui ſe trouve entre ce Texte & la Verſion des Septante, en pluſieurs endroits où elle eſt differente du Texte Hebreu, fait voir que ce dernier eſt corrompu. Cet Ouvrage du P. *Morin* a été attaqué par *Jean-Henri Hottinger* dans ſes *Exercitationes Anti-Moriniana de Pentateucho Samaritano. Tiguri* 1644. *in*-4°.

5. Le P. *Morin* fit enſuite imprimer le Texte Hebreu Samaritain du Pentateuque ſur l'exemplaire de la Maiſon de l'Oratoire de S. Honoré, qui eſt entierement ſemblable à celui de la Bibliotheque du Vatican, & la Verſion Samaritaine ſur celui qu'il avoit reçû de *Pietro della Valle*, dans la Polyglotte de M. *le Jay*, dont elle fait avec les Verſions Syriaque & Arabe le ſixiéme volume, qui parut en 1632. M. *Simon* prétend que cette édition eſt peu correcte.

J.MORIN.   6. *Exercitationes Biblicæ de Hebræi Græcique textus sinceritate, Germana LXX. Interpretum translatione dignoscenda, illiusque cum Vulgata conciliatione. Paris. 1633. in-4°.* Le Pere *Morin* se declare dans cet Ouvrage, dont *Richard Simon* loüe beaucoup l'érudition, encore plus fortement contre l'autenticité du Texte Hebreu, pour faire valoir les Versions Grecque & Latine. Ce fut ce qui engagea *Simeon de Muis* Professeur Royal en Langue Hebraïque, qui avoit déja écrit contre lui pour la défense du Texte Hebreu, & qui avoit publié l'Ouvrage intitulé : *Assertio veritatis Hebraïcæ contra Morini Exercitationes. Paris. 1631. in-8°.* de revenir à la charge en publiant: *Assertio altera veritatis Hebraïcæ. Paris. 1634. in-8°.*

7. *Diatribe Elenctica de sinceritate Hebræi Græcique Textus dignoscenda, & animadversiones in Censuram Exercitationum ad Pentateuchum Samaritanum. Paris. 1639. in-8°.* C'est une réponse fort vive à ce que *de Muis* & les autres avoient écrit contre son sentiment. Les injures n'y sont

point épargnées , & le P. *Morin* y J.MORIN.
a oublié entierement cette douceur
qui faifoit fon caractere. *De Muis*
y a repliqué par l'Ouvrage intitulé :
Caftigatio animadverfionum Morini,
feu Veritatis Hebraïcæ affertio tertia.
Parif. 1639. *in-8°.* On peut juger
de la maniere dont ils fe traitoient
mutuellement , par ces paroles de
l'Ecriture que *de Muis* met au commencement de cette replique : *Ne*
refpondeas ftulto fecundùm ftultitiam
ejus , ne fibi fapiens effe videatur.

8. *Commentarius Hiftoricus de difci-*
plina in adminiftratione pœnitentiæ, 13.
primis faculis in Ecclefia Occidentali &
huc ufque inOrientali obfervata in 10 *lib.*
diftrictus.His inferta funt quæJudæi an-
tiqui & recentiores tradunt de Pœni-
tentia. Parif. 1651. *in-fol.* It. *An-*
tuerpiæ 1682. *fol.* It. *Bruxellis* 1687.
fol. La premiere édition eft la meilleure. » Il y a, au jugement de M.
» *du Pin* , beaucoup d'érudition
» dans cet Ouvrage, qui eft un re-
» cüeil très-ample de ce que l'on a
» écrit & pratiqué à l'égard du Sa-
» crement de Penitence. Il feroit à
» fouhaiter qu'il y eût plus de me-

J.MORIN. » thode, que l'Auteur eut établi
» des principes plus certains fur les
» témoignages & les pratiques qu'il
» rapporte, & qu'il en eut tiré des
» inductions plus juftes. Cela n'em-
» pêche pas que fon Ouvrage n'ait
» été d'une grande utilité, & n'ait
» appris fur la Penitence bien des
» chofes, qui étoient auparavant
» peu connuës, particulierement
» dans l'Ecole. « Lorfqu'il fut admis à l'examen, les Examinateurs
y trouverent quelques endroits qui
leur parurent trop durs, ou contraires au fentiment commun des Theologiens, & qu'ils l'obligerent d'expliquer ou de retracter dans un
Avertiffement qui eft à la tête; ils
lui firent même retrancher un Traité entier *de Expiatione Catechume-*
norum, prétendant que de la maniere dont il s'y exprimoit il rui-
noit la Confeffion. Il a été cependant imprimé plufieurs années
après.

9. *Commentarius Hiftoricus ac Dog-*
maticus de Sacris Ecclefiæ Ordinatio-
nibus fecundùm Antiquos & Recentio-
res. Parif. 1655. *in-fol.* Cet Ouvrage
eft

J.MORIN.

eft plus curieux encore & plus travaillé que le précedent, & les matieres y font mieux rangées. Le P.
Morin le commença pendant fon
féjour à *Rome*, & l'acheva lorfqu'il
fut de retour à *Paris*.

10. *Opufcula Hebræo-Samaritica,
ubi Grammatica & Lexicon Samari-
tica. Parif.* 1657. *in-8°.* Après que
le P. *Morin* eut publié le Pentateuque Samaritain, M. *Peïrefc* lui communiqua de nouveaux exemplaires
de ce Pentateuque, differens en
quelques endroits de ceux qu'il
avoît publiez, & *Thomas Comber* lui
envoya d'Angleterre les differentes
leçons d'un exemplaire de la Bibliotheque de *Cotton*. Cela lui donna occafion de faire de nouvelles
Obfervations fur ce fujet, qui n'aïant
pû être imprimées dans la Polyglotte, furent publiées à part fous
le titre que je viens de rapporter.

11. » On peut mettre au nombre
» des Ouvrages du P. *Morin*, qui
» n'ont point vû le jour, dit M. *Si-*
» *mon* Lettre 3ᵉ, une Satyre qu'il
» fit imprimer contre de certains
» ufages de la Congregation de

Tome IX. C

J. MORIN. » l'Oratoire ; mais ce Livre fut
» auffi-tôt fupprimé. J'ai appris du
» fils de *Meturas*, que ce fut *Vari-*
» *quet* qui l'imprima, & que lui
» *Meturas* en porta tous les exem-
» plaires au P. *Morin*, qui en fit
» diftribuer une partie à ceux de fes
» Confreres qui étoient alors affem-
» blez à *Orleans*. Ce qui fit tant de
» bruit dans le Corps, qu'il fut
» obligé de demander publique-
» ment pardon au P. *Bourgoin* fon
» General, qu'il avoit diffamé, au-
» trement il lui auroit fallu déloger.
» Il eft refté quelques exemplaires
» de ce Livre entre les mains du P.
» *Souvigny* fon intime ami, qui avoit
» fait avec lui le voyage de *Rome*.
» C'eft un Libelle à peu près fem-
» blable à celui que *Mariana* a
» compofé contre la Société, & en
» particulier contre fon General
» *Aquaviva*. Ni l'un ni l'autre ne
» font honneur à leurs Auteurs.
» *Mariana* cependant eft plus excu-
» fable en cela que le P. *Morin* ; car
» le premier ne compofa fon Ou-
» vrage que pour fon ufage parti-
» culier & avec de bonnes inten-

» tions. Il n'avoit pas deffein de le J. MORIN.
» publier ; au lieu que celui-ci fit
» imprimer lui-même le fien. Quel-
» ques années après le P. *des Ma-*
» *res*, qui n'étoit plus alors dans
» l'Oratoire , fit imprimer en fort
» petits caracteres fous le nom de
» *la Tourelle* un abregé de ce Libelle
» du P. *Morin* , & en envoya plu-
» fieurs exemplaires aux Peres de
» l'Oratoire , qui étoient alors af-
» femblez dans leur Maifon de l'Inf-
» titution.

12. *Exercitationes Biblicæ. Parifiis*
1669. *in-fol.* Le P. *Morin* avoit déja
publié la premiere partie de ces
Exercitations en 1633. Il ne finit
la feconde que peu de tems avant fa
mort , & ne pût la donner lui-même au Public ; ce fut le P. *Fronta*
Chanoine Regulier de fainte Genevieve qui fe chargea de ce foin ; mais
il a laiffé tant de fautes dans cette
feconde partie, qu'il eft aifé de juger qu'il s'eft mêlé d'une chofe qui
étoit au-deffus de fa portée. Comme le Rabbinage dont ces deux parties , qui font jointes dans cette édition & fur tout la feconde, font

C ij

J.MORIN. remplies, auroit rendu le Livre dur à la vente, le Libraire a jugé à-propos d'y joindre les Exercitations sur l'origine des Patriarches & des Primats, & sur l'ancien usage des Censures à l'égard du Clergé, qui sont le premier Ouvrage du P. *Morin*, & qui étoient alors assez recherchées.

13. Le P. *Simon* fit imprimer en 1682. quelques Lettres du P. *Morin*, avec quelques autres qui lui avoient été écrites, & qui furent trouvées parmi les Papiers du P. *Amelot*, sous ce titre : *Antiquitates Ecclesiæ Orientalis clarissimorum virorum Card. Barberini, L. Allatii, Lucæ Holstenii, Joh. Morini, Abr. Ecchellensis, Nic. Peyrescii, Petri à Valle, Th. Comberi, Joh. Buxtorfii, H. Hottingeri, &c. Dissertationibus Epistolicis enucleata, nunc ex ipsis Autographis editæ. Quibus præfixa est Joan, Morini vita. Londini* 1682. *in-8°.* Ces Lettres contiennent plusieurs particularitez remarquables de Critique & d'Histoire, & sont pleines d'érudition. Le P. *Simon* se plaint dans sa trente-huitiéme Lettre des fautes sans nombre qui se trouvent

dans cette édition, & de la negligence avec laquelle on l'a faite. La
vie qui eſt à la tête, & qui a été
compoſée par le P. *Simon*, eſt une
veritable Satyre non-ſeulement du
P. *Morin*, mais encore de toute la
Congregation de l'Oratoire.

14. *Opera Poſthuma. I. de Cathecu-
menorum expiatione. I I. De Sacra-
mento Confirmationis. III. De Contri-
tione & Attritione. Acceſſerunt Lucæ
Holſtenii Diſſertationes duæ de Mi-
niſtro & forma Sacramenti Confirmationis apud Græcos. Pariſ.* 1703. *in-4°.*
(ſe trouve chez Briaſſon) Le premier
des Opuſcules contenus dans ce volume, qui ont été publiez par les
ſoins du P. *Moret* de l'Oratoire eſt
celui qui avoit été retranché de
ſon Commentaire ſur la Pénitence.

Colomiés dans ſa *Gallia Orientalis*,
& le P. *Liron* dans ſa *Bibliotheque
Chartraine* ont mal-à-propos attribué à Jean Morin *la vie de Bellar-
min traduite de l'Italien de Jaques Fu-
ligati. Paris* 1635. *in-8°.* puiſqu'elle
eſt de *Pierre Morin*, homme fort
different de celui dont il s'agit ici.

Les Peres de l'Oratoire firent im-

J.MORIN. primer en 1675. une feüille vo-
lante contenant les titres des Ouvrages du P. *Morin*, qui n'avoient
point encore vû le jour. Le P. *Simon* l'a inſerée dans la vie de ce
Sçavant, p. 100.

》Le P. *Morin* a donné, dit M.
》 *du Pin*, une nouvelle Methode de
》 traiter ſolidement la Matiere des
》 Sacremens, qui a été depuis ſui-
》 vie dans l'Ecole de *Paris*. Quoi-
》 qu'il fût très-habile dans les Lan-
》 gues Orientales, il eût été à ſou-
》 haiter, & il l'a aſſez connu lui-
》 même, qu'il ſe fût appliqué uni-
》 quement à ce qui regardoit les
》 Sacremens & les Rites Eccleſiaſ-
》 tiques, dont il avoit fait une étu-
》 particuliere; au lieu que dans ce
》 qu'il a écrit touchant les Textes
》 & les Verſions de l'Ecriture Sain-
》 te, il a ſuivi les ſentimens des au-
》 tres & les préventions dans leſ-
》 quelles il étoit.

》Son caractere principal étoit,
》 ſuivant M. *Perrault*, une extrê-
》 me douceur, qu'il conſervoit tel-
》 lement au milieu des diſputes les
》 plus âpres dans les Matieres de

J.MORIN.

» Religion & de Controverfe, qu'il
» ne lui arriva jamais de s'empor-
» ter. Cette moderation fit que
» quelque réfiftance qu'il eût trou-
» vé toute fa vie dans fes parens à
» embraffer la Religion Catholique,
» il leur laiffa tous fes biens de pa-
» trimoine, contre le confeil de la
» plûpart de fes amis.

Cette douceur & cette modération fe font cependant démenties
dans quelques-uns de fes Ouvrages,
où il a refuté ceux qui attaquoient
fes fentimens avec trop de vivacité,
& d'une maniere trop fatyrique. Je
ne fçai s'il faut croire ce que dit M.
Simon, qu'il avoit fait un Recüeil
de tout ce qu'il avoit lû de mordant & d'injurieux dans les anciens
Auteurs, pour s'en fervir dans l'occafion ; & qu'il avoit une opiniâ-
treté fi demefurée, que trois ans
après la prife de *la Rochelle* il foû-
tenoit encore qu'elle n'avoit pas été
prife, & que tous les bruits qui en
avoient été publiez n'étoient qu'un
Roman. On fçait que M. *Simon* n'a
jamais manqué l'occafion de dire du
mal de lui ; parce qu'il ne l'aimoit

J.MORIN. pas, & cela seul suffit pour décréditer son témoignage.

V. sa vie par M. *Simon* à la tête des *Antiquitates Ecclesia Orientalis. Sciagraphia vitæ Joannis Morini. Paris.* 1660. *in-4°.* & à la tête des *Exercitationes Biblica. Paris.* 1660. *in-fol.* par le P. *Michel Constantin* de l'Oratoire. *Hommes illustres de Perrault,* tom. I. *Lettres du P. Simon. Du Pin Bibliot. des Auteurs Ecclesiastiques. Bibliot. Chartraine du P. Liron. Colomesii Gallia Orientalis.*

JEAN-ANDRE' SCHMIDT.

J. A. SCHMIDT. JEAN-*André Schmidt* naquit le 18. Août 1652. à *Worms de George Schmidt*, Ministre de cette Ville. Il commença ses études dans sa Patrie, & y fit des progrès considerables. Mais le malheur qu'il eut de perdre à l'âge de quatorze ans son pere & sa mere, qui moururent de la peste qui infecta *Worms* en 1666. le mit dans l'impossibilité de les continuer à ses dépens. Dans cette disgrace il trouva les ressources dont il avoit beſoin chez ſon grand-pere J. A. maternel, Orfévre à *Augsbourg*, qui S<small>CHMIDT</small>. le mit dans le College de cette Ville.

En 1672. il alla faire ſes études Academiques à *Altorf*, & de là à *Jene*, où il fut reçu Maître-ès-Arts l'an 1675. Après avoir voyagé pendant quelque tems, il revint en cette Ville en 1679. & ce fut alors qu'il lui arriva un accident, qui penſa lui coûter la vie. Il ſe laiſſa tomber d'un ſecond étage dans la ruë; on le releva à demi-mort, & il fut long-tems malade de cette chûte. Il perdit même alors ſans retour le bras droit, ce qui l'obligea à prendre l'habitude d'écrire de la main gauche.

Il fut fait en 1683. Profeſſeur de Logique & de Métaphyſique dans la même Univerſité. Bientôt après on lui offrit à *Augsbourg* une place de Miniſtre qu'il refuſa, comme il fit encore depuis la chaire de Theologie de *Hall*, qu'on lui offrit de même à la fondation de l'Univerſité de cette Ville.

En 1694. il fut reçu Docteur en

J. A.
SCHMIDT.

Theologie à *Jene*, & on l'y pressa
peu de tems après d'accepter la
chaire de Theologie ; mais il lui
préfera le poste de Professeur ordinaire en Theologie & en Histoire Ecclesiastique à *Helmstadt*, où
il se rendit en 1695.

En 1699. il fut fait Abbé de *Marienthal*, caractere qui donne séance
dans l'Assemblée des Etats de la
Province.

Depuis l'année 1695. il a toujours rempli son poste avec beaucoup d'applaudissement jusqu'à l'an
1720. au commencement de laquelle
il eut une attaque d'apoplexie, qui
lui causa des infirmitez considerables & de longue durée, puisqu'elle,
n'ont fini qu'à sa mort, qui arriva
le 12. Juin 1726. lorsqu'il étoit dans
sa 74. année.

Il a été marié deux fois, la premiere à *Sibylle* fille de *Theophile Co-
lerus* Ministre d'*Iene*, qui mourut en
1692. & la seconde à *Sibylle* fille de
George Goez, Ministre aussi à *Iene*.

On a un grand nombre d'Ouvrages qui portent son nom, mais
la plûpart sont des Theses raison-

nées, qui ont été composées par J. A.
ses disciples, & qu'il s'est contenté Schmidt.
de retoucher. Ainsi je me conten-
terai de rapporter ici ceux qui sont
proprement de lui & les principaux
d'entre les autres.

1. *Sanctimonia Vinculorum per quæ Respublica cohæret.* Jenæ 1675. *in-4°.* C'est une Thèse qu'il soûtint sous *Valentin Velthemius*, lorsqu'il fut reçu Maître-ès-Arts.

2. *Selenitæ ex Luna præscripti, pro loco in amplissima facultate Philosophiæ obtinendo.* Jenæ 1679. *in-4°.*

3. *Fasciculus Miscellanorum Physicorum.* Jenæ 1680. *in-4°.* Ce sont 16. Dissertations sur differentes Matieres de Physique.

4. *De Officio Magistratus circà tempora pestis.* Jenæ 1680. *in-4°.*

5. *Arcana Dominationis in rebus gestis Oliverii Cromuuelli.* Jenæ 1682. *in-4°.*

6. *Antiquitates Macedonicæ.* Jenæ 1682. *in-4°.*

7. *Duo Phænomena rarissima, alterum Luna in Cruce, altrum Meteorum Ignitum.* Jenæ 1685. *in-4°.*

8. *Elementa Geometriæ R. P. Igna-*

J. A.
Schmidt.

tii Gastonis Pardies è Gallico in Latinum versa. Jenæ 1685. in-12. Il y a une autre traduction Latine de ces Elemens de Geometrie, faite par *Joseph Serrurier* Professeur en Philosophie & en Mathematiques à *Utrecht* & imprimée dans cette Ville en 1711. *in-12.*

9. *De Gymnasiis litterariis Atheniensium. Jenæ 1688. in-4°.*

10. *Chrysippea brutorum Logica. Jenæ 1689. in-4°.*

11. *De Geometria brutorum. Jenæ 1690. in-4°.*

12. *Otium Negotiosum Jenense. Jenæ 1691. in-4°.* Ce sont six Dissertations sur differens sujets.

13. *Variorum Philosophicorum Decas. Jenæ 1691. in-1°.*

14. *Epistola de Nummo Philippeo Aureo in agro Tannensi invento. Jenæ 1692. in-4°.*

15. *Triga Exercitationum de Missa Sicca ; de Muliere in Ecclesia ; De Cultu Evangeliorum. Jenæ 1692. in-4°.*

16. *Schediasma de Nummis Cathedraticis. Jenæ 1693. in-4°.*

17. *Numismata aurea , argentea*

& area maximi moduli , ex Gazophy- J. A.
lacio Armſtadio - Schvvartzburgico. SCHMIDT,
Jenæ 1693. in-4°.

18. *De Eucharistia Mortuorum.*
Jena 1695. in-4°.

19. *De Altaribus Portatilibus. Jenæ*
1695. in-4°.

20. *Epiſtola ad Mauritium Wil-*
helmum , Sax. Ducem , de Nummis
Bracteatis Numburgenſibus , Citzenſi-
bus & Pegavienſibus. Jenæ 1 6 9 5.
in-4°.

21. *De Primitiva Eccleſiæ Lectori-*
bus. Helmſtadii 1695. in-4°.

22. *Quietiſmi revolutio in Quie-*
tiſtis XIV. & hujus ſæculi. Helmſtadii
1696. in-4°.

23. *Baptiſmus per Arenam. Helm-*
ſtadii 1697. in 4°.

24. *Programma de primitivæ Eccle-*
ſiæ Lectoribus & præcipuis circà eaſdem
ritibus. Helmſtadii 1697. in-4°.

25. *Sudaria Chriſti. Helmſtadii*
1698. in-4°.

26. *De Omophorio Epiſcoporum*
Græcorum. Helmſtadii 1698. in-4°.

27. *Animadverſiones ad Liberii de*
ſancto Amore Epiſtolas Theologicas.
Helmſtadii 1699. in-12. On ſçait

J. A.
Schmidt.

que les Lettres qui portent ce nom sont de *Jean le Clerc.*

28. *Compendium Theologiæ Dogmaticæ in suorum Auditorum usum conscriptum , & in subsidium memoriæ tabulis instructum.* Helmstadii **1699.** in-8°.

29. *De re Monetali Hebræorum, sive vera , sive ficta , sive ad res eorum respiciente.* Helmstadii 1699. in-8°.

30. *Elinguati Mysterium Trinitatis prædicantes.* Helmstadii **1699.** in-8°.

31. *Joachimi Hildebrandi rituale Baptismi veteris editum per Jo. And. Schmidt.* Helmstadii 1699. in-4°.

32. *Consilium de Centuriatorum Magdeburgensium emendatione , defensione , atque continuatione.* Helmstadii 1700. in-4°. Il y a dans cet Ouvrage plusieurs choses curieuses pour l'Histoire Litteraire.

33. *De Pseudo-Evangelio æterno præcipuè sæculi XIII. & sequentium.* Wittemberg. 1700. in-4°.

34. *Dissertationes septem Historiam sæculorum octo priorum fabulis variis maculatam exhibentes.* Helmst. 1700.- 1715. in-4°.

. 35. *Puer Athanafius baptifans.* J. A.
Helmftadii 1701. *in*-4°. Schmidt.

36. *De Bibliothecis Eremitarum ve-*
terum. Helmftadii 1701. *in*-4°.

37. *De Oblatis Euchariflicis. Helm-*
ftadii 1702. *in*-4°.

38. *Hiftoria & Origo Adami Hal-*
berftadienfis in die Cinerum ex Ec-
clefia ejecti. Helmftadii 1702. *in*-4°.

39. *Commentatio ad Canonem XV.*
Concilii Nicani de Tranflationibus Epif-
coporum, Presbyterorum & Diaconorum
Helmftadii 1702. *in*-4°.

40. *Compendium Hiftoria Ecclefiaf-*
tica in varios ftudiofa juventutis ufus
confcriptum. Helmftadii 1701. *in*-8°.
fecunda editio, ibid. 1704. *in*-8°.
L'Auteur a fuivi la methode des
Centuriateurs de *Magdebourg*, &
rapporte à des lieux communs la
connoiffance de chaque fiecle. Son
plan paroît executé avec beaucoup
de netteté ; mais l'ufage de fon Livre eft plus propre aux Ecoles Lu-
theriennes qu'aux autres. (Journ,
des Sçavans.)

41. *De Bibliothecis nova acceffio*
collectioni Maderiana adjuncta à Joan-
ne-Andrea Schmidio. Helmftadii 1703.

J. A. *in-4°.* Ce Livre est un Recüeil où
Schmidt. font contenus les Ouvrages suivans.
1. *Richardi à Buri Philobiblion, sive
de amore librorum & Bibliothecarum
institutione.* 2. *Bessarionis Cardinalis
Epistola ad Senatum Venetum de Bibliotheca sua.* 3. *Gabrielis Naudæi
Consilium de Bibliotheca instruenda.*
Ce Traité est traduit du François.
4. *Theophili Spizelii Dissertatio de Bibliothecis & Hebræorum erga rem Bibliothecariam studio.* 5. *Christophorus
Heidmannus de Bibliotheca Academiæ
Juliæ vetustiori.* 6. *Hermanni Von der
Hardt Bibliotheca novæ Helmstadiensis
memorabilia.* 7. *Gasparis Sagittarii de
Bibliotheca Jenensi Academica.* 8. *Julii
Pflugii Epistola de variis Bibliotheca
Budensis satis.*

42. *Dissertatio gratulatoria de Paphnutio Episcopo Cœlibe conjugii Clericorum patrono & vindice. Helmstadii*
1703. *in-4°.*

43. *De Lectionariis Ecclesiæ Orientalis & Occidentalis, & sigillatim de
Chrysostomi Lectionario Manuscripto.*
Helmstadii 1703. *in-4°.*

44. *De Libris & Epistolis Cœlo &
inferno delatis. Helmstad.* 1704. *in-4°.*

45.

45. *Hiſtoria Cœlicolarum ad Tit.* J. A.
Codicis de Judæis & Cœlicolis. Helmſt. SCHMIDT.
1704. *in-*4°.

46. *De Lapſu Origenis. Helmſt.*
1704. *in-*4°.

47. *De Apoſtolis uxoratis. Helmſt.*
1704. *in-*4°.

48. *Compendium Theologiæ Mora-*
lis. Helmſt. 1705. *in-*8°.

49. *Programma de Corporibus Doc-*
trinæ, Philippico, Pomeranico, Pru-
tenico, Thuringico, Julio. Helmſtad.
1706. *in-*4°. It. inſeré dans le premier tome de l'Introduction à l'Hiſtoire Litteraire de la Theologie,
par *Pfaff.*

50. *Programma de ſtudioſi Theologi*
fatis, vita & ſtudiis per exempla Pa-
trum illuſtratis. Helmſt. 1705. *in-*4°.

51. *De Symboli Apoſtolici in Tal-*
mude ruderibus. Helmſt. 1706. *in-*4°.

52. *Theologia Naturalis poſitiva ad*
normam ſcientiarum practicarum tra-
dita. Helmſt. 1707. *in-*8°. Cet Ouvrage, qui n'a rien de remarquable,
eſt précedé d'une Diſſertation *de*
Cathedris Doctorum, qui avoit déja
été imprimée.

53. *Programma de Catecheſi Ra-*
Tome IX. D

42 *Mem. pour servir à l'Hist.*

J. A. *coviensi. Helmstadii* 1707. *in-*4°.

SCHMIDT. 54. *De Samuelis Huberi vita, fatis, & doctrina. Helmst.* 1708.. *in-*8°.

55. *De Cantoribus Ecclesiæ Veteris & Novi Testamenti. Helmstad.* 1708. *in-*4°.

56. *De fatis Ca'icis Eucharistici. Helmst.* 1708. *in-*4'.

57. *Compendium Historiæ Ecclesiasticæ Veteris Testamenti Helmstad.* 1708. *in-*4°.

58. *Phænomenòn Coronarum Solarium die* 26. *Maii in Cœlo observatarum populari ratione in Academia Julia curiosis explicatum à J. A. S. D. Helmst.* 1708. *in-*4°. L'Auteur, quoique Professeur en Theologie, ne laissoit pas de donner quelquefois une partie de son tems à la consideration des ouvrages & des effets de la Nature.

59. *De Absolutione mortuorum excommunicatorum, seu Tympanicorum in Ecclesia Græca. Helmstadii* 1709. *in-*4°.

60. *Stricturæ Theologicæ in Johan. Harduini S. J. Opera selecta. Helmst.* 1710. *in-*4°.

61. *Breviarium Theologicum, præ-*

cipuas exhibens Controversias cum Pon- **J. A.**
tificiis, Reformatis & Socinianis. Helmst.
1710. *in-*8°.

62. *Programma de Ordinationibus
Ecclesiasticis Brunsvico-Guelferbytanis
à reformatione ad præsens tempus.* Helm.
1710. *in-*4°.

63. *De Modo propagandi Religionem
per Carmina.* Helmstad. 1710. *in-*4°.

64. *De Columbis in Ecclesia Græca
& Latina usitatis.* Helmst. 1711. *in-*4°.

65. *Notitia Ordinis Cisterciensis Programma.* Helmst. 1711. *in-*4°.

66. *Prolusiones Marianæ X.* Helmst.
1712. *& seq. in-*4°.

67. *Lexicon Ecclesiasticum minus.*
Helmst. 1712. *in-*8°. Cet Ouvrage,
où l'on trouve l'explication des
mots qui embarassent quelquefois
dans l'Histoire, dans les Ouvrages
qui regardent les Antiquitez, &
dans les Ecrivains Ecclesiastiques,
n'est qu'un essai d'un Ouvrage plus
ample, que l'Auteur avoit entrepris, mais qu'il n'a pas publié.

68. *Commentarius de vita & scriptis
Casparis Sagittarii, Historici Saxonici.*
Jenæ 1713. *in-*8°.

69. *De Litteris Sanguine Christi*

J. A.
SCHMIDT.

firmatis. Helmstad. 1713. *in-*4°.

70. *Historia Conciliorum Moganti-*
nensium, & in primis Concilii anno
1310. *habiti. Helmst.* 1713 *in-*4°.

71. *Decas Dissertationum Historico-*
Theologicarum. Helmst. 1714. *in-*4°.
Les dix Dissertations qui composent
ce volume avoient déja paru sepa-
rément.

72. *De Notariis Ecclesiæ Orientalis*
& Occidentalis Disputationes duæ.
Helmst. 1715. *in-*4°.

73. *De translatione Episcopi ab Ec-*
clesia majori ad minorem, occasione
Can. 1. *Conc. Sardicensis. Helmstad.*
1715. *in-*4°.

74. *Pentas Dissertationum.* I. *De*
Præadamitis ex orbe proscriptis. II. *De*
Donatione Constantini Magni. III.
Sententia de loco 1. *Johan.* 5. *v.* 7.
IV. *De Arbore scientiæ boni & mali.*
V. *Abraxas Basilidis. Helmst.* 1716.
*in-*4°.

75. *De modo probandi innocentiam*
per Eucharistiam. Helmstad. 1718.
*in-*4°.

76. *De Agendis, seu Ordinationi-*
bus Ecclesiasticis. Helmstad. 1718.
*in-*4°.

77. *Breviarium Theologiæ Polemicæ,* J. A.
specimen Controversiarum generalium SCHMIDT.
cum Pontificiis exhibens. Helmst. 1718.
in-8°.

78. *Casparis Sagittarii introductio
ad Historiam Ecclesiasticam & singulas
ejus partes, sive Notitia Scriptorum
veterum atque recentium, qui Ecclesiasticam Historiam illustrant. Tomus
primus Sagittarianæ introductionis ad
Historiam Ecclesiasticam. Tomus secundus exhibens supplementum tomi pri-
mi & ejusdem continuationem. Curante
J. A. Schmidt. Jenæ* 1718. *in-4°.*
2. *vol.* On peut dire de cet Ouvrage,
que le projet en est plus utile, que
l'execution n'en est parfaite, mais
dans l'état même où il est, on y
peut apprendre beaucoup de choses
sur l'Histoire Litteraire, qu'on ne
trouveroit point ailleurs. M. *Schmidt*
devoit publier un troisiéme volume, mais il ne l'a point fait.

79. *Helmstadium per Trauvvenra-
dam valde afflictum, tandem ab eo li-
beratum, è Musæo J. A. Schmidii.
Helmstadii* 1718. *in-4°.* Cet Ouvrage
que *Schmidt* a publié roule sur une
ancienne loi de la Saxe, qui a été
abolie.

J. A.
SCHMIDT.

80 *Nummus Bracteatus Henrico II. sæculi XIII. Comiti Blanckenburgico ante Hartonem vindicatus. Helmstadii 1718. in-4°.*

81. *Historia Bullarum Clementis VI. & Clementis XI. Unigenitus documentis illustrata à Chr. Henrico Schilling. Helmst. 1719. in-4°.*

82. *Litteræ secretiores Ferdinandi I. Rom. Imperatoris pro obtinenda Eucharistia sub utraque in gratiam Maximiliani II. Bohemorum Regis missa ad Pium IV. Pont. Max. Helmstad. 1719. in-4°.*

83. *Historia Festorum & Dominicarum. Helmst. 1722. in-4°.* Il y en a eu une édition précedente.

84. *Historia emendati computi Ecclesiastici. Helmst. 1724. in-4°.*

85. *De Inventione Crucis Dominica per Helenam. Helmst. 1724. in-4°.*

86. *Prodromus Historiæ variè tentatæ inter Lutheranos & Reformatos conciliationis. Helmst. 1725. in-4°.*

87. *Catalogus Scriptorum, quæ cura & præsidio J. A. Schmidii ab anno 1674. ad an. 1699. prodierunt. Helm. 1699. in-4°. It. auctior ad an. 1705. ibid. 1705. in-4°.*

Jean Laurent Mosheim, qui a J. A.
fuccedé à *Schmidt* dans l'Abbaye de Schmidt.
Marienthal, prononça le 28. Juin
1726. fon Oraifon funebre, où il
lui donne les caracteres de fçavant
homme, qui joignoit à un beau &
vafte génie une affiduité infatigable,
de Philofophe fubtile & folide en
même tems, qui eut le courage d'è-
tre des premiers à fecouer le joug
d'*Ariftote*, ce qui n'étoit pas une
petite entreprife en Allemagne non
plus qu'ailleurs ; d'Hiftorien judi-
cieux, qui fçut éviter la credule
fuperftition & le Pyrrhonifme ou-
tré ; & de Theologien pacifique,
qui eut le bonheur de défendre la
verité fans fe faire des ennemis.
Mais il faut fe fouvenir que c'eft
dans une Oraifon funebre qu'on en
parle ainfi, & qu'il y a toujours
quelque chofe à rabattre des loüanges qu'on y donne.

V. *Bibliot. German. tom.* 14. *p.* 165.
Joan. Cafp. Zeumerus vita Profefforum
Jenenfium. Jena 1711. *in*-8°.

ANTOINE PANORMITA.

A. PA-
NORMITA

ANTOINE Panormita fut ainsi appellé, parce qu'il étoit né à *Palerme* ville de Sicile, & non pas à *Boulogne*, comme quelques-uns l'ont prétendu mal-à-propos; il est vrai que sa famille, dont le veritable nom étoit *Beccadelli*, étoit originaire de cette derniere Ville, ce qui l'a fait appeller par quel-ques-uns *Antoine Bononia*. Pour lui il prenoit ordinairement le nom d'*Antonio Bologna Beccadelli Paler-mitano*, ou simplement celui de *Panormita*.

Il naquit donc à *Palerme* l'an 1393. d'*Henri Beccadelli*, surnommé *Bononia*, à cause du lieu de son origine; qui avoit été fait Chevalier par *Martin* Roi de Sicile, & qui fut plusieurs fois Commandant de la ville de *Palerme*.

Après avoir fait ses études dans sa Patrie, il passa à *Boulogne*, où il étudia en Droit & se fit recevoir Docteur en cette Faculté. La vivacité

cité & l'étenduë de fon efprit ne A. Pa-
lui permirent pas de fe borner à normita
cette fcience, il s'appliqua encore
à la Theologie, à l'Hiftoire & à la
Poëfie. Les Belles Lettres, pour
lefquelles il fe fentoit le plus de
goût, l'occuperent auffi davantage;
& ce fut pour s'y perfectionner
qu'il parcourut plufieurs Villes d'I-
talie, entr'autres *Pavie*, *Plaifance*,
Padoue, &c.

Son habileté & fa fcience lui firent bientôt un nom, & lui atti-
rèrent des loüanges des plus habiles
gens de fon tems. Le Duc de *Milan*
Philippe-Marie, à qui il offrit fes
fervices, les accepta avec plaifir,
il voulut même qu'il lui fit des leçons particulieres fur l'Hiftoire.
Ces leçons ne l'occuperent pas en-
tiérement, puifqu'il profeffa encore
les Belles Lettres à *Milan*, & eut
pour cela une penfion de huit cens
écus. Le Duc de *Milan* non content de lui avoir procuré cet emploi
lucratif, voulut lui donner une marque particuliere de diftinction, en lui
permettant de mettre dans fes armes
la Givre de celles des Ducs de *Milan*.

Tome IX. E

A. PA-
NORMITA

Les guerres qui occuperent long-tems ce Prince, ne lui laiſſant pas le loiſir de s'appliquer davantage aux ſciences, *Panormita* quitta ſon ſervice, pour ſe donner à *Alphonſe* Roi de Naples, qui le recherche, & il trouva auprès de lui encore plus d'agrément qu'il n'en avoit trouvé auprès du Duc de *Milan*.

Alphonſe, qui aimoit beaucoup les Savans, & qui avoit une eſtime ſinguliere pour *Panormita*, ne ſe contenta pas d'en faire le directeur de ſes études, il lui donna encore les Charges de ſon Secretaire & de ſon Conſeiller. Il vouloit toujours l'avoir auprès de lui, même dans ſes voyages & dans ſes campagnes, & ne manquoit pas après ſes repas de s'entretenir avec lui ſur quelque matiere de litterature. Il le nomma dans la ſuite Préſident de la Chambre Royale de *Naples*, & l'envoya pluſieurs fois en Ambaſſade à l'Empereur *Frederic III.* aux Republiques de *Veniſe*, de *Florence* & de *Genes*, & à pluſieurs Princes d'Italie. La maniere dont il s'acquittoit de ces emplois le rendoit de plus en plus

agréable à ſon Prince, & lui pro-
curoit de tems en tems de nouvelles
marques de diſtinction ; ainſi *Alphonſe* lui accorda une penſion de
cent onces d'Or à prendre ſur ſes
revenus de *Palerme*, & lui permit de joindre les Armes des Rois
de *Naples* aux ſiennes. L'acte qu'il
lui donna pour cela eſt ſigné de ſa
propre main & daté du 5. Fevrier
1450.

L'année ſuivante ce Prince l'envoya en Ambaſſade à *Veniſe* pour
un ſujet aſſez ſingulier. C'étoit pour
demander aux Venitiens un os du
bras de *Tite-Live* ; il l'obtint ſans
peine, & revint avec joye chargé
des dépoüilles d'un Hiſtorien dont
il eſtimoit ſi fort les Ouvrages,
qu'il vendit une terre qu'il avoit,
pour en acheter un exemplaire,
qui lui coûta 120. écus d'or ; bien
different en cela du Pogge, qui
vendit un *Tite-Live* pour acheter
une terre.

La mort du Roi *Alphonſe* ne
changea rien dans la ſituation de
Panormita ; *Ferdinand* ſon ſucceſſeur
lui témoigna la même eſtime & la

E ij

A. PA-
NORMITA

même affection, & il se vit comblé d'honneurs & de biens jusqu'à la fin de sa vie. Les dernieres années en furent cependant assez tristes. Une difficulté d'uriner, qui vint l'attaquer, lui fit souffrir des douleurs très-violentes ; mais il les supporta avec beaucoup de constance, & avec beaucoup de résignation à la volonté de Dieu ; il étoit d'une humeur gaye & enjoüée, & il la conserva toujours même au milieu de ses maux. Il mourut le 6. Janvier 1471. âgé de 78. ans, & fut enterré à *Naples* dans l'Eglise de S. Dominique. On mit sur son tombeau ces Vers qu'il avoit fait pendant sa derniere maladie.

Quærite Pierides alium qui ploret
　　Amores,
　Quærite qui Regum fortia facta
　　canat.
Me Pater ille ingens hominum sator
　　atque Redemptor
　Evocat, & sedes donat adire pias.

Il s'étoit marié dans un âge assez avancé, & avoit épousé une Napolitaine nommée *Laure Arcelia*, dont il eut des enfans qui ont

laiffé de la pofterité. L'année de fon
mariage n'eft marquée nulle part ;
mais *Varillas*, qui tiroit de fa tête
les dates qu'il ne trouvoit pas dans
les Hiftoriens, la fixe à fa 71e année, dans fes *Anecdotes de Florence*,
où il fait une faute en nommant la
femme de *Panormita*, *Marcilla*.

Il eut l'honneur de recevoir la
couronne Poëtique, felon les anciennes cérémonies, de l'Empereur
Sigifmond en 1433. & non point en
1449. comme le dit *Toppi* dans fa
Bibliotheque Napolitaine.

Catalogue de fes Ouvrages.

1. *De dictis & factis Alphonfi Regis Aragonum libri quatuor. Commentarii in eofdem Ænea Sylvii, quo
capitatim cum Alphonfinis contendit.
Adjecta funt fingulis libris fcholia per
D. Jacobum Spiegelium. Bafileæ* 1538.
in-4°. It. *cura Davidis Chytræi. Wit-
temberga* 1585. *in* -4°. *& Roftochii*
1590. *in*-4°. It. *Hannoviæ* 1611. *in*-
4°. It. traduit en Efpagnol par *Jean
Molina. A Burgos* 1553. *in*-4°. Ceux
qui ont pris cet Ouvrage de *Panormita* pour une Hiftoire complette
du Roi *Alphonfe* fe font trompez,

A. PA-
NORMITA

ce n'est qu'un Recüeil de bons mots
& de quelques faits memorables de
ce Prince. *Panormita* ayant compofé
cet Ouvrage, l'envoya à Æneas
Silvius, qui ajoûta à chaque chapitre quelques actions ou fentences
femblables à celles d'*Alphonfe* faites
ou dites par d'autres Princes, & c'eft
ce qu'on trouve raffemblé dans toutes les éditions de cet Ouvrage. Ainfi
Voffius s'eft trompé, lorfqu'il a crû
que ces deux Ecrits avoient été
toujours imprimez feparément,
jufqu'à ce que *Marquard Freher* les
publia enfemble en 1611. *Alphonfe*
récompenfa noblement *Panormita*
du prefent qu'il lui fit de fon Livre & de la peine qu'il avoit prife
de le compofer; car il lui fit donner mille écus d'or.

2. *In Coronatione Frederici III. Imperatoris Oratio*, *Romæ habita anº*
1452. Ce Difcours, dont on a une édition fort ancienne faite à *Venife in-*
4°. a été inferée par *Marquard Freher* dans le troifiéme tome des Hiftoriens d'Allemagne. *Hannoviæ* 1611.
in-fol. Il fe trouve auffi dans un Recüeil intitulé: *Principum & illuftrium*

Virorum Epiſtolæ, dont on a plu- A. PA-
ſieurs éditions faites à *Veniſe*, à NORMITA
Strasbourg, &c. & enfin à *Amſter-*
dam 1644. *in-12.*

3. *Ad Januenſes côtrà Venetos in bellum*
exhortatio. Il prononça ce Diſcours à
Genes où le Roi *Alphonſe* l'avoit envoyé, pour engager cette Republique à prendre les armes contre les
Venitiens, avec leſquels il étoit
alors en guerre. Il ſe trouve dans le
Livre intitulé, *Summa Oratorum*
omnium, *&c.* imprimé par les ſoins
d'*Albert de Eyb* à Rome 1475. *in-fol.*

4. *Orationes duæ ad Caetanos & ad*
Venetos de Pace. Ces deux Diſcours
ſe trouvent dans l'Hiſtoire de *Bar-*
thelemi Facio, De rebus geſtis Alphonſi.
La première dans le troiſiéme Livre,
& la ſeconde dans le neuviéme.

5. *Epiſtolarum Libri V. Orationes*
duæ & Carmina. Venetiis 1553. *in-4°.*
Les quatre premiers Livres contiennent les lettres qu'il écrivit pendant qu'il étoit au ſervice du Duc
de *Milan* ; & le cinquiéme, celles
qu'il a écrites pendant qu'il étoit à
celui du Roi *Alphonſe.* Le premier
des deux Diſcours eſt *ad Alphonſum*

A. PA- *Regem* ; le second, qui est *ad Ge-*
NORMITA *nuenses contrà Turcas*, est la même
chose, à quelque changement près,
que celui que j'ai déja cité (n° 3.)
Ad Januenses contrà Venetos. Les
Poëlies ont été composées dans sa
jeunesse.

6. Dans le Livre intitulé : *Regis*
Ferdinandi & aliorum Epistolæ ac Ora-
tiones utriusque militiæ, Viciaquensi
1586. *in*-8°. Il y a plusieurs Lettres
de *Panormita*, qui ne sont point
dans le Recüeil dont je viens de
parler.

Il a fait quelques autres Ouvrages, qui n'ont point été imprimez.
Tel est :

Hermaphroditus. Poëme qui est
en Manuscrit dans la Bibliothèque
du Grand Duc. Voici ce qu'en dit
un Auteur qui l'avoit lû, c'est celui
qui a fait des Notes sur les Poëlies
de *Sannasar* dans l'édition d'*Amster-*
dam 1728. C'est-à-dire, *Janus Brou-*
kusius. Opus adeò spurcum, adeò abo-
minabile, ut nihil suprà. Versus deindè
ipsi vix sunt tolerabiles, tantum abest
ut laudem aliquam mereantur. In-
scribitur autem Hermaphroditus ,

eo quòd utriusque sexus membra geni-
talia libelli materiam faciant. Hæc qui
patienter legit næ illum oportet esse ho-
minem frugi. Le scandale que causerent ces Poësies licentieuses, qui
couroient de son tems en Manuscrit, fut si grand, que deux celebres Prédicateurs qui vivoient alors,
saint *Bernardin de Sienne* & *Robert de*
Lecce, si connu sous le nom de *Ro-*
bertus de Licio, après avoir déclamé
contre l'Auteur, les brûlerent en
place publique à *Boulogne*, à *Ferrare*
& à *Milan*. *Pogge* même, dont nous
avons des Contes si libres, & qui
d'ailleurs étoit son ami, ne pouvant
souffrir de telles infamies, l'avertit
jusqu'à deux fois du tort que cela
pouvoit faire à sa réputation. *Albert*
de Eyb dans sa *Marguerite Poétique*,
qui est une collection de passages,
tant en Vers qu'en Prose, tirez de
divers Auteurs anciens & modernes,
a extrait une trentaine de Vers *ex*
Joanne Antonio Hermaphrodita, cor-
rompant ainsi ridiculement le nom
d'*Antoine Panormita*, & le titre de
son Livre. (*La Monnoye. Menagia-*
na, tom. 4. p. 329.)

A. PA-
NORMITA *Panormita* eut avec *Laurent Valla* des querelles d'érudion, qui firent couler de part & d'autres des torrens d'injures, & qui divertirent beaucoup leurs ennemis communs; c'est un fait que nous apprenons de *Jove*, qui ne nous en dit pas davantage, & ne nous instruit point des sujets de leurs querelles, ni des écrits qu'elles produisirent.

Il ne faut pas omettre que *Panormita* a été le premier qui ait formé l'Academie de *Naples*, si illustre depuis sous le nom de l'Academie de *Pontanus*.

V. *Jovii Elogia. Toppi Bibliot. Napol.* & les Additions de *Nicodemo-Mongitore Bibl. Sicula-Journ. de Venise*, tom. 14. p. 358.

ANTOINE AUGUSTIN.

A. Au-
GUSTIN. ANTOINE *Augustin* naquit le 25. Fevrier 1516. à *Saragosse*, ville Capitale du Royaume d'*Arragon*, d'*Antoine Augustin* Vice-Chancelier de ce Royaume, qui ayant été accusé de malversation

dans ſa Charge par les Etats, fut A. Au-
ſolemnellement abſous par le Ju- gustin.
gement que *Charles-Quint* prononc-
ça à *Bruxelles* en ſa faveur le 23.
Septembre 1516. & d'*Hildephonſine*
Albanella.

Quoiqu'il fût le plus jeune de
ſes freres, les diſpoſitions qu'il parut avoir pour les ſciences engagerent ſon pere à le faire étudier. Il
apprit la Grammaire dans ſa Patrie
ſous *Jean Quadra* de *Boulogne*, &
alla enſuite à *Alcala*, où il demeura
deux ans, & d'où il paſſa à *Sala-*
manque. Il s'appliqua dans cette derniere Ville à l'étude du Droit pendant ſept ans. Un tems ſi long ne
lui ſuffit pas pour s'inſtruire à fond
d'une ſcience que le peu de capacité & de Methode de ſes Maîtres
lui rendoit difficile & épineuſe. Il
crut pouvoir s'y perfectionner davantage en Italie, où elle étoit dans
un état plus floriſſant, & il obtint
de ſon pere la permiſſion d'aller à
Boulogne.

Il y arriva en 1535. & on lui donna une place dans le College que le
Cardinal *Albornos* y avoit fondé

A. Au-pour élever un certain nombre de
GUSTIN. jeunes Espagnols. Il eut en cette
Ville, de même qu'à *Padoue*, où il
passa huit mois, les plus celebres
Professeurs en Droit qu'il y eut
alors, *André Alciat*, *Paul Parisio*,
Marianus Socin, *Louis Gozadini*,
Augustin Bero & *Jean Antoine d'A-
lexandrie*. L'étude de la Jurisprudence, à laquelle il se donna alors
avec beaucoup d'application, ne lui
fit point oublier les Belles Lettres,
qu'il avoit apprises d'une maniere
fort superficielle dans sa Patrie. Il
avoit negligé jusques-là la Langue
Grecque, mais persuadé qu'elle lui
étoit necessaire pour mieux entendre les Jurisconsultes, il l'apprit
de *Jean Fasoli*, qui l'enseignoit à
Boulogne. Il prit aussi des leçons de
Lazare Bonamico & de *Romulus Amá-
sée*, Professeurs en Belles Lettres,
le premier à *Padoue* & le second à
Boulogne.

Ces études finies, il passa à *Florence*, & y confera l'édition des
Pandectes faite par *Holoander* avec
le Manuscrit original, qui se con-
serve en cette Ville. Ce qui lui don-

na occaſion de faire un Ouvrage in- A. Au-
titulé : *Emendationes & Opiniones* GUSTIN.
Juris Civilis , lorſqu'il n'étoit encore
âgé que de vingt-cinq ans, Ouvrage qui lui fit beaucoup d'honneur,
& qui lui acquit la réputation d'un
des plus ſçavans hommes de ſon
tems. Il n'y traita pas les matieres
du Droit d'une maniere ſéche & dé-
charnée, comme faiſoient alors la
plûpart des Juriſconſultes, mais ſuivant les traces de ſon Maître *Alciat*,
il ſçut leur donner de l'agrément par
le ſecours des Belles Lettres.

Il fit à *Florence* connoiſſance avec
Lelio Taurelli fameux Juriſconſulte,
Pierre Vettori (*Victorius*) Florentin,
Didace Mendoza , Ambaſſadeur du
Roi d'Eſpagne à *Veniſe* , & *Jerôme
Oſorio* ; ce dernier conçut tant d'eſtime pour lui, qu'il défera depuis
entierement à ſes conſeils par rapport à ſes Ouvrages, & qu'*Auguſtin*
lui ayant marqué quelque choſe qui
lui avoit déplû dans ſon Livre *de
Nobilitate Chriſtiana* , il lui répondit
auſſi-tôt qu'il ne manqueroit pas de
le changer.

Auguſtin alla à *Rome* en 1544. ſa

A. AU-
GUSTIN.

réputation l'y avoit précedé , & le Pape *Paul III.* qui avoit entendu parler de son merite , le fit aussi-tôt Auditeur de Rote à la place de *Louis Gomez ,* Espagnol, Evêque de *Sarno* dans le Royaume de Naples , & il s'acquitta des devoirs de cette Charge avec beaucoup d'exactitude & d'integrité.

Jules III. qui succeda à *Paul* en 1550. eut aussi tant d'estime pour *Augustin ,* qu'il lui communiquoit ses desseins les plus secrets, & qu'il l'envoya en Angleterre en 1554. lorsque *Philippe II.* y alla épouser la Reine, *Marie* pour remercier cette Princesse du rétablissement de la Religion Catholique , qui se faisoit par ses soins dans ce Royaume , & sur tout pour aider de ses conseils le Cardinal *Polus ,* qui y étoit alors Legat , dans les difficultez qui pourroient se rencontrer par rapport aux changemens qu'il falloit faire.

Augustin de retour à *Rome* y trouva du changement ; *Jules III.* étoit mort, *Marcel II.* qui lui avoit succedé , n'avoit survêcu que vingt-quatre jours à son élection , & *Paul*

IV. avoit été mis à sa place. Ce der- A. Au-
nier répondant aux intentions de GUSTIN.
Jules, récompensa *Augustin*, en lui
donnant l'Evêché d'*Alife* dans le
Royaume de *Naples* , & eut dans la
suite autant de confiance en lui
que son Prédecesseur. Il l'envoya
en Allemagne en 1557. vers l'Empereur *Ferdinand I.* & *Augustin* aïant
expedié les affaires dont il étoit
chargé, alla faire la visite de son Dio-
cese. Mais il n'y demeura pas long-
tems; car le Roi d'Espagne *Philippe
II.* le chargea aussi-tôt après d'aller en Sicile faire le tour de cette
Isle & examiner l'état où elle
étoit.

Augustin, après s'être acquitté
de ses ordres, passa en Espagne,
pour l'informer lui-même de tout
ce qu'il avoit vû; & ce Prince fut
si content de lui, qu'il le nomma à
l'Evêché de *Lerida.* Ce ne fut pas
cependant sans peine qu'il se détermina à l'accepter, il le refusa
long-tems, & ne se rendit qu'aux
instances de *Pierre Augustin* son frere
aîné, qui étoit alors Evêque de
Huesca, ville peu éloignée de *Le-*

A. Au-*rida*, & qui étoit bien aife de le voir
GUSTIN. auprès de lui.

Ils allerent dans la fuite enfemble
au Concile de *Trente*, où *Augustin*
parut avec éclat. *Fra-Paolo* en cite
un trait qui ne feroit point honneur à la connoiffance qu'il avoit
de l'Hiftoire Ecclefiaftique, s'il
étoit veritable. Il dit que ce Prélat
ayant foûtenu que depuis le Concile
de *Constance*, les Grecs commu-
nioient fous les deux efpeces, en
vertu d'une conceffion qui leur avoit
été accordée, & qu'il avoit vû de
fes propres yeux, & que *du Ferrier*
Ambaffadeur de France lui ayant
demandé après la Congregation le
tems, la teneur & l'auteur de cette
conceffion, il lui répondit qu'elle
étoit du Pape *Damafe*, ce qui fit
rire du *Ferrier*; mais *Palavicin* nie
pofitivement ce fait, qu'il traite
d'impofture.

Augustin revint en Efpagne au
bout de trois ans, & fe retira dans
fon Diocefe de *Lerida*, où il s'appliqua à remplir les devoirs d'un
bon Evêque & à compofer plufieurs
Ouvrages. Il gouverna cette Eglife
pendant

pendant feize ans, après lefquels il A. Au-
fut nommé Archevêque de *Tarra-* GUSTIN.
gone. Le fejour de cette Ville lui
fut agréable, à caufe des Antiquitez qui s'y trouvent en très-grand
nombre, & il y demeura jufqu'à la
fin de fa vie:

Il mourut le 31. May 1586. âgé
de 70. ans. Voici l'Epitaphe qu'on
mit fur fon tombeau.

D. O. M. S.

Ant. Auguftino domo Cafar-Aug.
Roma olim in Urbis & Orbis luce XII.
viro litium judicand. ex Allifano &
Ilerdenfi Epifc. Tarracon. Archiep.
In pauperes munifico. Bene de Anti-
quitate & Litteris merito. Juris Civilis
& Pontificii inftaurat. In hoc adis fa-
cia D. Thecla Virg. & Mart. à fe am-
pliata membro & ad aram Corpori
Chrifti confecrat. in fpem refurrect.
quiefcenti S. P. Q. Tarrac. P. H. C.
& Colleg. Cañonic. Parenti opt. Lib.
Mer. Pon. Cur.

Vixit ann. 70. M. 3. D. 3. Obiit
damno publico prid. Kal. Jun. 1586.

Mortalis cum fis, mortuo bene pre-
care.

Antoine Auguftin a été un des plus

Tome I X. F

A. Au-
gustin.
grands hommes que l'Espagne ait
porté. On voyoit en lui un mé-
lange de gravité & de douceur, qui
lui attiroit le respect & l'amour de
tout le monde, & jamais personne
ne fit paroître dans sa conduite plus
d'intégrité, de constance & de grandeur d'ame. Il vivoit avec une tem-
pérance & une chasteté exemplaire,
& il distribuoit ses biens aux pau-
vres avec tant de liberalité, qu'a-
près sa mort on ne trouva pas dans
ses coffres dequoi le faire enterrer
suivant sa qualité. Il avoit un esprit si élevé, un jugement si solide,
& il étoit si sçavant & si laborieux,
qu'il étoit capable de réussir dans
tous les ouvrages qu'il eut pû entreprendre. Il étoit fort versé dans la
connoissance de l'Antiquité Ecclesiastique & Profane, & dans celle
du Droit ; & tous ceux qui ont
parlé de lui se sont accordez à loüer
son érudition, son discernement &
la justesse de sa Critique.

Catalogue de ses Ouvrages.

1. *Emendationum & Opinionum*
Juris Civilis Libri IV. ad Modesti-
num, sive de excusationibus liber singu-

laris. Ad Lælium Taurellum J. C. de A. Au-
Militiis Epiſtola Venetiis 1543. *in-*4°. GUSTIN.
It. *Lugduni* 1560. 1574. 1591. &
1650. *in-*8°. It. *Baſileæ in-fol.* It.
Heidelberga 1594. *in-*8°. *Auguſtin*
examinant à *Florence* le Livre des
Pandectes , y trouva pluſieurs
fautes dont il fit un recüeil ; c'eſt
ce qui a produit cet Ouvrage, qu'il
compoſa , comme je l'ai déja dit ,
à l'âge de vingt-cinq ans , & dans
lequel il donna des preuves de ſon
habileté dans la Litterature & les
Belles Lettres , qui lui firent beaucoup d'honneur.

2. *In M. Terentium Varronem de*
Lingua Latina emendationum notæ.
Roma 1557. *in-*8°. It. *cum Notis Joſ.*
Scaligeri , Adriani Turnebi , & Petri
Victorii in Opera Varronis. Pariſiis
1581. *in-*8°. It. *Dordrechti* 1619. *in-*
8°. Ces Notes d'*Auguſtin* ſur *Varron*
ont été generalement eſtimées. *Tur-*
nebe , qui dit que les Belles Lettres lui ont de grandes obligations,
ajoûte (*a*) qu'il eſt le liberateur &
le reſtaurateur de *Varron* , qui lui
devoit la vie. Cependant *Scaliger* ,

(*a*) *Lib.* 23. *Adverſar. cap.* 17.

A. Au-
GUSTIN. qui reconnoît en lui ce grand fond
d'érudition, que tout le monde y
trouve, prétend qu'il étoit capable
de faire quelque chose de meilleur
à l'égard de cet Auteur, s'il avoit
voulu s'en donner la peine.

3. *Annotationes ad M. Verrii Flacci
quæ extant, & ad Pompeium Festum
de Verborum significatione. Venetiis*
1560. *in-8°.* Les Notes d'*Augustin*
fur ces Auteurs ont reparu dans
l'édition que *Joseph Scaliger* en a
donné à *Paris* en 1576. *in-8°.* &
dans celle de M. *Dacier*, faite auffi
à *Paris* en 1681. Ce Sçavant porte
des Notes d'*Augustin* le même jugement que *Scaliger* a porté des
précedentes, en difant qu'il auroit
pû mieux faire.

4. *Juliani Antecessoris Novellarum
Justiniani Epitome, cum notis & Pa-
ratitlis, & Constitutionum Græcarum,
quæ desunt in Cod. Justin. collectio &
interpretatio. Ilerdæ* 1567. *in-8°.* It.
*cum ejusdem Augustini scholiis & va-
riis lectionibus ex Bibliotheca P. Pithæi.
Basileæ* 1576. *in-fol.*

5. *Tres antiquæ Collectiones Decre-
talium cum notis A. Augustini ad pri-*

mam; *accedit quarta Collectio Decre-* A. Au-
talium cum ſcholiis J. Teutonici. Ilerdæ GUSTIN.
1576. *fol.* It. *Romæ* 1583. *in-*4°. It.
cum Jacobi Cujacii & aliorum an-
notationibus. Cura Caroli Labbæi. Pa-
riſ. 1609. *in-fol.* It. *Pariſ.* 1621. *fol.*
On a ajoûté encore de nouveau dans
cette derniere édition la Notice des
Evêchez par *Aubert le Mire.*

6. *De triginta Romanorum gentibus*
& familiis cum Fulvii Urſini familiis,
quæ in antiquis Numiſmatibus ab Urbe
condita ad tempora Auguſti reperiuntur.
Cum figuris, Romæ 1577. *in-fol.* It.
Lugduni 1592. *in-*4°. Il n'y a dans
cette édition que quelques extraits
du Livre de *Fulvius Urſinus.* It. avec
l'Ouvrage entier de cet Auteur par
les ſoins de *Charles Patin. Paris* 1663.
in-fol. On a remarqué pluſieurs fautes dans cet Ouvrage d'*Auguſtin.* La
reſſemblance des noms lui a fait
ſouvent mal-à-propos mettre dans
une même famille des gens d'une
extraction bien differente.

7. *De nominibus propriis Pandecta-*
rum cum notis. Tarracone 1579. *fol.*
Ce Livre, qui eſt eſtimé, eſt extrêmement rare. Il fut pouſſé à la

A. Au-vente de la Bibliotheque de M. *Col-*
GUSTIN. *bert jusqu'à* 120. livres.

8. *Constitutiones Provinciales & Sy-*
nodales Tarraconensium. Tarracone
1580. *in*-4°.

9. *Canones Pœnitentiales cum notis.*
Tarracone 1581. *in*-4°. It. *Venetiis*
1584. *in*-4°. It. *Paris.* 1641. *in-fol.*
avec son *Epitome Juris Pontificiu ve-*
teris. Les Pieces contenuës dans ce
Recüeil sont, *Pœnitentiale Roma-*
num. Beda de remediis peccatorum.
Rabani Mauri pœnitentium liber. S.
Gregorii Nysseni. Epistola ad Letoium.
S. Gregori Thaumaturgi. Epistola Ca-
nonicæ Canon ultimus. Canones pœni-
tentiales Diœcesis Astensio.

10. *De Legibus & Senatus-Con-*
sultis Romanorum ; adjunctis Legum
antiquarum & Senatus-Consultorum
fragmentis. Cum notis Fulvii Ursini.
Romæ 1584. *in*-4°. It. *Paris.* 1585.
in-fol. It. *Lugduni* 1592. *in*-4°. &
1606. *in-fol.*

11. *Epitome Juris Pontificii Veteris*
in tres partes divisa, de Personis, de
Rebus, & de Judiciis. La premiere
partie de cet Ouvrage a été imprimée seule à *Tarragone* en 1585. *infol.*

Toutes les trois ont enſuite paru   A. Au-
enſemble à *Rome* en 1611. & en GUSTIN.
1614. *in-fol.* & à *Paris* en 1641. 2.
vol. in-fol. On a inſeré dans cette
derniere édition les Canons peni-
tentiaux. A la fin de la ſeconde partie on trouve un excellent Ouvrage
d'*Auguſtin*, intitulé : *De quibuſdam
veteribus Canonum Eccleſiaſticorum
collectoribus judicium ac cenſura.*

   12. *Bibliothecæ Antonii Auguſtini
librorum manuſcriptorum Græce & Latine Index. Tarracone* 1586. *in-*4°.

   13. *Dialogos de las Medallas, Inſ-
cripciones, y otras Antiquedades. Tar-
ragona* 1587. *in-*4°. Cette édition,
qui eſt rare, eſt en très-beaux caracteres. *Nicolas Antonio* en cite une
plus ancienne de l'an 1575. *in-*4°.
mais il paroît douter, ſi elle a jamais exiſté. M. *de Spanheim* dit que
ces Dialogues ſont excellens & bien
travaillez, mais qu'ils excitent plûtôt la ſoif de ces ſortes d'études,
qu'ils ne l'appaiſent. Qu'il n'explique que les Medailles qui ſont entre
les mains de tout le monde, & qu'il
ne touche pas à une infinité d'autres, qui regardent les antiquitez

A. AU-
GUSTIN.
Grecques, Asiatiques & Africaines.
Cet Ouvrage a été traduit deux fois
en Italien. La premiere traduction,
dont l'Auteur n'est point marqué,
a été publiée sous ce titre: *I Dis-*
corsi del S. Don Antonio Agostini so-
pra le Medaglie & altre Anticaglie.
In Vinegia in-4°. Il n'y a point de
date. L'autre est intitulée: *Dialoghi*
di Don Antonio Agostini intorno alle
Medaglie, Inscrittioni & altre Anti-
chita. In Roma 1592. *in-fol.* L'Auteur de celle-ci est *Denis Octavien*
Sada. La difference qu'il y a entre
ces deux traductions, est que la
premiere represente fidellement l'o-
riginal & n'y ajoûte rien; au lieu
qu'il y a dans la seconde plus de
trois cens Medailles qui ne sont pas
dans l'Ouvrage d'*Augustin*, & plusieurs bonnes observations de *Sada*,
outre une dissertation fort sçavante
de *Lelio Pasqualini* sur les Medailles
de *Constantin*. On y a de plus mis
chaque Medaille à sa place, ce qui
est plus commode que de les avoir
toutes ensemble au commencement,
comme elles sont dans l'original.
Nicolas Antonio s'est trompé en ne
mettant

mettant que dix Dialogues à l'Ouvrage d'*Augustin*, il y en a onze ;
celui que *Schot* y a ajoûté, fait, non
pas le onziéme, comme il le prétend, mais le douziéme. Ce nouveau Dialogue de *Schot* a été traduit aussi en Italien, & a été ajoûté
à une nouvelle édition de la traduction de *Sada*, faite à *Rome* en
1650. *in-fol. Frederic Jaques Leickher*
cite des éditions de cette même traduction faites aussi à *Rome in-fol.* en
1600. & en 1625. Enfin les Dialogues d'*Augustin* ont été traduits en
Latin par *André Schot*, Jesuite d'*Anvers*, qui y en ajoûte un nouveau
de Prisca Religione ac Diis Gentium,
& sa traduction a paru sous ce titre :
*Antonii Augustini Antiquitatum Ro-
manarum Hispanarumque in nummis
Veterum Dialogi XI. Latine redditi.
Antuerpiæ* 1617. *in-fol.*

14. *Dialogorum XL. de emendatione Gratiani Libri duo. Tarracone*
1586. *in-*4°. It. *Paris.* 1607. *in-*4°.
It. *Stephanus Baluzius emendavit,
notis illustravit, & novas emendationes
adjecit ad Gratianum. Paris.* 1672.
*in-*8°. Cet Ouvrage est le plus con-

Tome IX. G

A. AU-
GUSTIN.
fiderable de ceux qu'*Augustin* a faits
fur le Droit Canon , il eft d'un travail prodigieux , d'une exactitude
merveilleufe & d'une très-grande
utilité. Il étoit devenu extrêmement rare , c'eft ce qui a engagé
M. *Baluze* à en donner une nouvelle édition beaucoup plus belle
& plus correcte que les deux précedentes , avec de fçavantes notes.
Gerard von Maftricht l'a fuivie dans
celle qu'il a donnée de ce Livre à
Duisbourg en 1677. *in*-8°. & où il
a ajoûté des notes de fa façon , &
une Préface qui contient l'Hiftoire
du Droit Canon.

15. *Epiftola ad Hieronymum Blan-*
cam de Cæfar-Auguftanæ Patriæ com-
munis Epifcopis atque Conciliis , inferée dans le Livre de *Jerôme de Blan-*
cas , intitulé , *Aragonenfium rerum*
Commentarii. Cæfar-Augufta 1588. It.
dans le premier tome de la *Biblio-*
theca Hifpana d'*André Schot. Franco-*
furti 1608. *in*-4°. It. dans le premier
volume des Conciles d'Efpagne par
le Cardinal d'*Aguirre.*

16. *Fragmenta veterum Hiftorico-*
rum ab Antonio Auguftino & Fulvio

Urſino collecta. Antuerpiæ 1595. A. Au-
in-8°.

17. *De perfecto Juriſconſulto &*
Epiſcopo. Pariſ. 1607. *in*-4°. Je ne
connois cet Ouvrage que par la Bibliotheque Juridique de *Lipenius.*

18. *De Pontifice Maximo , Pa-*
triarchis & Primatibus , Archiepiſcopis,
&c. Roma 1617. *fol.* Cet Ouvrage
eſt cité ſous ſon nom dans la Bibliotheque de *Heinſius*, p. 19.

19. *Repertorium Epitomatarum De-*
ciſionum Rotæ. Cet Ouvrage , qui eſt
en deux Livres, ſe trouve dans les
déciſions choiſies de la Rote de
Theodoſe Rubeus. Roma 1637. *fol.*

20. *Breviarium , Horæ , & Ordina-*
rium Ecclesiæ Ilerdenſis. Ilerdæ.

Il étoit , lorſqu'il mourut , ſur
le point de mettre au jour un Recüeil des Conciles Grecs & Latins.

André Schot , Jeſuite , qui étoit
ſon ami , a fait ſon Oraiſon Funebre, qui a été imprimée à *Anvers* en
1586. *in*-4°. & réimprimée dans ſa
Bibliotheca Hiſpana, tom. 2. M. *Baluze*
l'a miſe à la fin de ſon édition des
Dialogues d'*Auguſtin de emendatione*
Gratiani. Elle ſe trouve encore dans

les *Vitæ clariſſimorum Juriſconſultorum. Lipſiæ* 1686. *in-*12. avec les notes de l'Editeur *Frederic Jacques Leickher.* V. auſſi *Nicolas Antonio. Bibl. Hiſpana.*

GABRIEL NAUDE.

G. NAU-
DE'. *GABRIEL Naudé* naquit à *Paris* d'une famille honnête le 2. Fevrier 1600. C'eſt la date du *P. Jacob* & de *Tommaſini* (a) qu'il eſt plus ſûr de ſuivre que celle de *Patin*, qui met ſa naiſſance au premier de ce mois, & celle de *Pierre Hallé* qui la recule au trois.

Ses parens le voyant dans ſa jeuneſſe appliqué à la lecture, & lui trouvant de la diſpoſition pour les ſciences, l'éleverent avec ſoin dans le deſſein de le faire étudier.

On le mit d'abord dans une Communauté de Religieux, pour y apprendre les premiers élémens de la Langue Latine & les principes de la Religion.

Il paſſa de là dans l'Univerſité,

(a) *Gymnaſ. Patavin.*

où il s'appliqua avec beaucoup G. Naude.
d'ardeur & de succès aux Humani- DE'.
tez, & fit ensuite sa Philosophie
sous deux fameux Professeurs de
son tems, *Jean Cecile Frey*, & *Pierre
Padet*, & il fut reçu Maître-ès-Arts
de fort bonne heure.

Sa Philosophie finie, il fut quelque tems incertain sur le parti qu'il
prendroit. Ses amis lui conseilloient
d'étudier en Theologie ; mais son
inclination le portoit du côté de la
Medecine, & il la suivit.

Si l'on en croit le *Patiniana*, il
étudioit en 1622. avec *Gui Patin*
sous *René Moreau* Docteur en Medecine & Professeur à *Paris*. Ce
qu'il y a de sûr, c'est que la maniere dont il fit ses études de Medecine lui acquit un nom dans le
monde. *Henri de Mesmes*, Président
à Mortier, ayant entendu parler de
lui, voulut l'avoir pour son Bibliothecaire, & le retint quelque tems
chez lui.

Ce poste empêchoit *Naudé* de se
perfectionner autant qu'il auroit
souhaité dans la science qu'il avoit
embrassée, & il le quitta en 1626.

G. Nau-
de'.

pour aller l'étudier à *Padoue*. Mais
il ne demeura pas long-tems dans
cette Ville. La mort de son pere &
ses affaires domestiques, ausquelles
il falloit mettre ordre, le rappelle-
rent à *Paris*, avant que l'année fût
écoulée.

La Faculté de Medecine le choisit en 1628. pour faire le Discours
ordinaire à la reception des Licen-
tiez, & il répondit parfaitement à
ce qu'on avoit attendu de lui. Son
Discours est imprimé.

Pierre du Puy, qui l'estimoit,
ayant parlé de lui au Cardinal *Bagni*,
ce Prélat le prit pour son Bibliothecaire & son Secretaire en Langue Latine, & l'emmena avec lui
à *Rome* au Printemps de l'année
1631.

Naudé demeura auprès de ce
Cardinal jusqu'à sa mort, qui arriva le 24. Juillet 1641. & pendant
cet intervalle il alla à *Padoue* recevoir le bonnet de Docteur en Medecine, pour mieux soûtenir la
qualité dont Louis XIII. l'avoit
honoré; je veux dire celle de son
Medecin avec des appointemens.

Cettè cérémonie ſe fit le **25.** Mai G. NAU-
1633. & on a le Diſcours qu'il pro- DE'.
nonça en cette occaſion.

Après la mort de ſon protecteur,
il ſe diſpoſa à retourner en France,
mais pluſieurs perſonnes de conſideration s'efforcerent par des offres
avantageuſes de le retenir en Italie :
il leur préfera le Cardinal *Antoine
Barberin*, à qui il s'attacha. Cependant le Cardinal de *Richelieu*, qui
vouloit en faire ſon Bibliothecaire,
l'ayant rappellé, il ſe rendit auſſi-
tôt à *Paris.* Il ne fut pas long-tems
au ſervice de ce Miniſtre. Car il
revint à *Paris*, ſelon le Patiniana le
10. Mars **1642.** & le Cardinal de
Richelieu mourut le **4.** Decembre
ſuivant.

Le Cardinal *Mazarin* le trouvant
ſans emploi, le prit auprès de lui,
dans la même qualité de Bibliothecaire, & *Naudé* lui forma une très-
riche Bibliotheque, qu'il commença par le premier volume, & que
dans l'eſpace de ſept ans il fit mon-
ter à plus de quarante mille volumes. Ce fut alors que ce Cardinal
lui donna deux petits Benefices,

G iiij

G. NAU-
DE'.

un Canonicat de *Verdun* & le Prieuré
de l'*Artige* en Limousin. *Patin* dans
une Lettre à *Charles Spon* datée du
22. Mars 1648. parle ainsi à son
sujet : » J'ai reconnu une chose en
» lui, dont j'ai regret, vû que toute
» sa vie je l'en avois toujours connu
» fort éloigné : c'est qu'il commen-
» ça à se plaindre de sa fortune, &
» de l'avarice de son Maître, duquel
» il n'a pû, ce dit-il, avoir encore
» aucun bien, que douze cens li-
» vres de rente de Benefices, &
» qu'il se tuë pour trop peu de chose.
» Je pense que c'est la peur de mou-
» rir avant que d'avoir amassé du
» bien pour laisser à des freres & à
» des neveux qu'il a en grande
» quantité.

Naudé eut le chagrin de voir
dissiper cette Bibliotheque qu'il
avoit ramassée avec tant de soin ;
lorsque le Cardinal *Mazarin* eut été
éloigné, elle fut venduë, & *Patin*
marque dans une Lettre du 5. Mars
1652. que *Naudé* avoit acheté tous
les Livres de Medecine pour trois
mille cinq cens livres.

La Reine de Suede, qui tâ-

G. NAU-
DE'.

choit d'attirer dans ses Etats tous
les sçavans de l'Europe, fit alors
proposer à *Naudé*, qui étoit sans
emploi, de venir auprès d'elle remplir celui de son Bibliothecaire, &
il accepta cette proposition. Mais
le séjour de la Suede lui déplut
bientôt, les mœurs du Pays, en-
tièrement differentes des nôtres,
l'en dégoûterent, & voyant la France plus tranquille qu'elle n'avoit
été jusques-là, il résolut d'y revenir, & quitta la Suede comblé des
presens de la Reine & de plusieurs
personnes de consideration.

Les fatigues qu'il eut à souffrir
dans le voyage, lui causerent une
fiévre qui l'obligea à s'arrêter à
Abbeville, & il mourut dans cette
Ville le 29. Juillet 1653. âgé de
53. ans.

C'étoit un homme fort sage &
fort reglé dans ses mœurs, très-
sobre & qui ne buvoit que de l'eau.
L'étude faisoit sa principale occupation, & il étoit veritablement
un *Helluo Librorum*; aussi les con-
noissoit-il parfaitement. Il parloit
avec beaucoup de liberté, & cette

G. Nau-
de'.

liberté s'étendoit quelquefois sur les choses de la Religion d'une maniere qui pourroit faire concevoir de lui des idées desavantageuses, si les sentimens Chrétiens dans lesquels il mourut, ne faisoient croire que son cœur n'avoit aucune part aux expressions trop libres qui lui échappoient, sur tout dans ces débauches Philosophiques, où il se trouvoit quelquefois avec *Gui Patin* & *Gassendi.*

Le P. *Jacob* a fait son Epi.aphe, que j'infererai ici, parce qu'elle contient un abregé de sa vie.

D. O. M.

Gabrieli Naudæo Lutetiæ Parisio-
rum in S. Mederici Parochia honestis
parentibus IV. *nonas Februarii anno*
1600. *nato, Medico Patavino, ac*
Romano Regio Academico Humoristæ,
Perpetuo, Abstemio, Canonico Virdu-
nensi, Priori Artiguæ apud Lemovi-
censes integerrimo, Philologo eximio,
Poëtæ à natura formato, cultori Mu-
sarum celeberrimo, Henrici Memmii
Senatus Parisiensis Præsidis insulati
primum, deinde Emin. Principum S.
R. E. Cardinalium Joannis Francisci

à Balneo, *Antonii Barberini summi* G. Nau-
Pontificis Urbani VIII. ex fratre ne- DE'.
potis, & Julii Mazarini Regum Chrift.
Ludovici XIII. & XIV. arcanorum
Consiliorum arbitri, tandem Chriftinæ
Suecorum, Vandalorum, & Gothorum
Reginæ Bibliothecario, Viro Religione,
pietate, morum integritate, & animæ
candore verè conspicuo, vindici verita-
tis fortissimo, fidelissimo omnibus litte-
ratis amico, scriptori variorum libro-
rum utroque idiomate eruditissimo reduci
ex Suecia Abbatis-Villæ apud Morinos
violenti febre correpto, poft suscepta
Ecclesiæ Sacramenta die XXIX. *Julii*
anno Incarn. 1653. *inter suorum ma-*
nus chriftianè & piè mortuo.

Frater Ludovicus Jacob à sancto
Carolo Cabilonensis Ordinis Carmeli-
tarum amico singulari amicus singularis
posuit.

Catalogue de ses Ouvrages.

1. *Le Marfore ou Discours contre*
les Libelles. Paris 1620. *in-*8°. Ce
Livre eft extrêmement rare.

2. *Inftruction à la France fur la*
verité de l'Hiftoire des Freres de la
Rose-Croix. Paris 1623. *in-*8°. It.
avec la Continuation de l'Hiftoire du

G. NAU-
DE'.

Progrès de l'Heresie, par Claude Ma-
lingre. Paris 1624. *in-*4°. Cet Ouvrage est très-curieux ; on y voit
un détail exact de tout ce qui regarde les prétendus Freres de la
Rose-Croix, que *Naudé* fait voir
n'être que des imposteurs.

3. Apologie pour les grands person-
nages faussement soupçonnez de Magie.
A. M. le Président de Mesme. Paris
1625. *in-*8°. It. *la Haye* 1652. *in-*
8°. It. *Paris* 1669. *in-*8°· 2. *vol.* It.
nouvelle édition, où l'on a ajoûté quel-
ques remarques. Amsterdam 1712.
*in-*8°.

4. Avis pour dresser une Bibliothe-
que. A M. le Président de Mesme.
Paris 1627. *in-*8°. It. *Paris* 1644.
*in-*8°. avec le *Traité des plus belles*
Bibliotheques de *Louis Jacob.* It. traduit, suivant le Catalogue des Ouvrages de *Naudé*, en Latin sous ce
titre : *G. Naudæi Dissertatio de ratione*
erigendi Bibliothecam. Ericus Mauri-
tius nunc primùm edidit, Præfationem,
Notas & Epistolas duas de præcipuis ac
ineditis nonnullis Galliæ ac Germaniæ
Bibliothecarum MSS. adjunxit. Ham-
burgi 1658. *in-*12. Mais cette tra-

duction qui a été annoncée dans le G. Nau-
Catalogue de la foire de *Francfort*, DE.
n'a point été publiée. Il y en a une
de *Jean André Schmidt*, qui ſe trouve
dans un Recüeil Latin *de Bibliothecis*,
imprimé à *Helmſtadt* 1703. *in-4°.*
On a fait depuis d'autres Ouvrages
bien meilleurs ſur cette matiere.

5. *De antiquitate & dignitate
Scholæ Medicæ Pariſienſis Panegyris
cum Orationibus encomiaſticis ad IX.
Iatrogoniſtas Laurea Medica donandos
ad ampliſſimum conſultiſſimumque Medicorum Pariſienſium ordinem. Pariſ.*
1628. *in-8°.* C'eſt le Diſcours qu'il
fit au Paranymphe de Medecine ;
il roule, ſuivant la coutume, ſur
l'Eloge de la Medecine & de chacun
des Bacheliers.

6. *Addition à l'Hiſtoire de Louis
XI. contenant pluſieurs recherches curieuſes ſur diverſes matieres. Paris*
1630. *in-8°.* It. dans le *Supplément
aux Memoires de Philippe de Comines*,
ou dans le troiſiéme tome ajoûté à
ces Memoires. *Bruxelles* 1713. *in-8°.*
» Ce Livre ne contient pas de ſim-
» ples narrations, mais des remar-
» ques & de bonnes preuves que

G. NAU-
DE'.

» nos Rois ont été inftruits dans les
» Lettres, fur tout *Louis XI.* On y
» trouve auffi plufieurs particulari
» tez de fon regne, comme l'origine
» de l'Imprimerie. On peut dire
» que ce Traité a plus de merite par
» fes digreffions litteraires, que par
» le fujet que promet le titre. (*Le
Long Bibl. Hift. de la France.*)

7. *Joannis Riolani patris Medici
Parifienfis Regii Commentaria in ar-
tem parvam Galeni, cum Præfatione
Gabrielis Naudæi ad V. C. Joannem
Riolanum filium. Parif.* 1631. *in-*24.

8. *Propædeumatum Philofophicorum
Joannis Riolani Medici Regii liber,
cum Præfatione G. Naudæi ad doct.
virum Renatum Moræum* (Moreau)
*Doctorem & Profefforem Medicum.
Parif.* 1631. *in-*24.

9. *De ftudio liberali Syntagma.
Urbini* 1632. *in-*4°. It. *Arimini* 1633.
*in-*8°. It. *Amftelod.* 1645. *in-* 12.
dans un Recüeil de differentes Pieces
de Studiis inftituendis. pp. 74. 141.
Naudé y donne de fort bons preceptes fur la maniere d'étudier.

10. *Quæftio Iatro-Philologica. I.
An magnum homini à Venenis pericu-*

lum. Roma 1632. *in-8°.* It. *Geneva* G. NAU-
1650. *in-8°.*   DE'.

11. *Discours sur les divers incen-*
dies du Mont-Vesuve, & particulie-
rement sur le dernier, qui commença
le 16. *Decembre* 1631. *Paris* 1632.
in-8°. It. inseré dans le *Mercure Fran-*
çois. Il a paru dans le même tems
un autre Ouvrage sur le même sujet,
qui est intitulé : *Vincentii Alfarii*
Crucii Vesuvius ardens, sive exercita-
tio Medico-Physica ad incendium Ve-
suvii montis 16. *mensis Decembris*
1631. *Roma* 1632. *in-4°.* L'Auteur,
qui étoit Professeur en Medecine
dans le College Romain, avouë
qu'il a copié le Livre de *Naudé.*

12. *Bibliographia Politica ad nobil.*
& erud. vir. Jacobum Gaffarellum.
Venetiis 1633. *in-12.* It. *Wittem-*
berga 1640. *in-16.* avec un autre
Ouvrage qui roule sur le même
sujet, par les soins d'*Auguste Buch-*
ner. It. *Lugd. Bat.* 1642. *in-24.* It.
Amstelod. 1645. *in-12.* dans un Re-
cüeil *de Studiis instituendis.* pp. 7-73.
It. traduit en François sous ce titre :
La Bibliographie Politique du sieur
Naudé, contenant les Livres & la Me-

G. NAU-
DÉ.

thode neceſſaire à étudier la Politique.
Avec une Lettre de M. Grotius, &
une autre du ſieur Hamel ſur le même
ſujet. Le tout traduit de Latin en
François par C. Challine, E. S. D.
M. A. Paris 1642. *in-8..* Cet Ouvrage eſt curieux, quoiqu'il y ait
des fautes, & que *Naudé* ait reconnu lui-même qu'il n'avoit pas
été aſſez exact. Les Etrangers, &
particulierement les Allemands,
l'ont accuſé de n'avoir pas rendu
juſtice à leurs Ecrivains, d'avoir
paſſé ſous ſilence une partie de ceux
qu'ils prétendent avoir le mieux
traité de la Politi que, & de n'a-
voir parlé des autres qu'avec beaucoup de froideur & de malignité.
(*Konig. Bibl. vet. & nova.*)

13. *Gratiaram Actio habita in Col-*
legio Patavino, pro Philoſophia &
Medicinæ Laurea ibidem impetrata
anno 1633. *die* 25. *Maii. Cum fauſtis*
amicorum acclamationibus. Venetiis
1633. *in-*8°.

14. *Deli' Origine & Governo della*
Republica di S. Marino breve relatione
di Matteo Valli Secretario e Cittadino
di eſſa Republica. Avec une Préface
Latine

Latine de M. Naudé à M. de *la Mothe le Vayer In Padoua* 1633. in-4°.

15. *Quæſtio Iatro - Philologica. II. An vita hominum hodie quam olim brevior? Ad Joſephum Mariam Sua-reſium Vaſionenſem Epiſcopum. Cæſenæ* 1634. *in*-8°. It. *Geneva* 1650. *in*-8°.

16. *Quæſtio Iatro-Philologica III. An matutina ſtudia Veſpertinis ſalu-briora? Ad D. Peireſcium. Patavii* 1634. *in*-8°. It. *Geneva* 1650. *in*-8°.

17. *Quæſtio Iatro-Philologica. IV. An liceat Medico fallere ægrotum? Ad Thadæum Colicoam Urbani VIII. Medicum à cubiculo, & Canonicum Vaticanum* 1635. *in*-8°. It. *Geneva* 1650. *in*-8°.

18. *Hieronymi Cardani Mediolá-nenſis, Civiſque Bononienſis de Præ-ceptis ad Filios Libellus. Ex Biblio-theca G. Naudæi cum ejus Præfatione ad D. Renatum Moreau Renati filium. Pariſ.* 1635. *in*-8°.

19. *Quæſtio Iatro-Philologica. V. De fato & fatali vitæ termino, Ad Joan-nem Beverovicium, Doctorem Medicum Patavinum. Lugd. Bat.* 1635. *in*-8°. It. *Geneva* 1640. *in*-8°. avec les qua-

Tome IX. H

G. Nau-tre précedentes sous le titre de *Pen-*
DE'.   *tas Quæstionum Iatro-Philologica-*
rum.

20. *Nicolai ex Comitibus Guidiis*
Marchionis Montis-Belli Elogium.
in-4°.

21. *De studio militari Syntagma.*
Ad Ludovicum ex Comitibus Guidiis
à Balneo. Romæ 1637. *in-4°.* *Naudé*
parcourt dans cet Ouvrage toutes
les connoissances qui peuvent être
utiles à un homme de Guerre, & y
mêle, selon sa coutume, plusieurs
digressions fort curieuses.

22. *Epistola ad Baldum Baldum Flo-*
rentinum, Medicinæ Practica in almo
UrbisGymnasioProfessorem ordinarium.
Cette Lettre se trouve à la tête du
Livre de *Baldo Baldi* intitulé : *Dis-*
quisitio Iatro-Physica ad textum 23.
libri Hippocratis, de aëre, aquis & lo-
cis. Romæ 1637. *in-4°.*

23. *Epistola ad Petrum Gassendum*
de obitu Nicolai Fabricii Peirescii.
Romæ 1637. *&* 1638. *in-4°.* It. à la
fin de la vie de M. de *Peiresc. Paris*
1641. *in-4°.*

24. *Ludovici Canalis Marchionis*
ab Altavilla Elogium. Romæ 1638.
in-4°.

25. *Considerations Politiques sur les G. Nau-*
coups d'Etat. Au Cardinal de Bagni. DE'.
Rome 1639. *in-*4°. It. *Amsterdam*
1667. *in-*12. It. sous ce titre : *La*
science des Princes avec les Reflexions
Historiques, Morales & Politiques de
L D. M. (*Louis du May*) 1573.
*in-*8°. Il est dit dans la Préface de
la premiere édition, qu'il n'en fut
tiré que douze exemplaires ; mais
ce fait est faux, il en fut tiré plus
de cent. » J'ai appris du P. *Jacob* ,
» dit *Colomiés* , dans son Recüeil de
» Particularitez , que *Naudé* fit ce
» Livre par le commandement de
» M. d'Emeri Surintendant des Fi-
» nances , & non pas par celui du
» Cardinal *Bagni* , qui étoit mort ;
» à qui il parle néanmoins de tems
» en tems dans l'Ouvrage , pour se
» mieux cacher. « Je ne sçai si l'on
doit faire beaucoup de fond sur ce
recit ; ce qu'il y a de sûr , c'est qu'il
est faux que le Cardinal *Bagni* fût
mort, lorsque *Naudé* composa cet
Ouvrage , puisqu'il parut en 1639.
& que ce Cardinal ne mourut que
deux ans après en 1641.

26. *Instauratio Tabularii Majoris*

H ij

G. Nau- *Templi Reatini facta jussu & auspiciis*
de'. *D. Joannis Francisci Cardinalis à*
Balneo Episcopi Reatini anno 1638.
Roma 1640. in-4°.

27. *Gabrielis Naudæi Epigrammata*
in virorum literatorum imagines, quas
illustrissimus Eques Cassianus à Puteo
sua in Bibliotheca dicavit, cum appen-
dicula variorum Carminum ad D. Cas-
sianum à Puteo. Romæ 1641. in-8°.
On trouve à la fin de ce volume :
Gab. Naudæi Epistola ad Ill. V. Pe-
trum Ottobonum utriusque signaturæ Re-
ferendarium, & Urbis Reatinæ Mo-
deratorem. Data Romæ 14. Kal. De-
cemb. 1640.

28. *Lessus in funere domestico Emin.*
Principis Joan. Francisci Card. à Bal-
neo. Ad. Cl. V. Paganinum Gauden-
tium. Romæ 1641. in-4°. It. *Paris.*
1650. *in-4°.* à la fin des deux Livres
d'Épigrammes.

29. *Il Testamento del Cardinal Ba-*
gni. Roma 1641. in-fol. C'est *Naudé*
qui l'a fait imprimer.

30. *Licetus Leonis Allatii Carmine*
Græco & Latino Guidonis de Souvigny
Blasensis expressus, cum Præfatione G.
Naudæi. Romæ 1641. in-4°.

31. *Instrumentum plenariæ securi-* G. NAU-
tatis scriptum anno Justiniani Impera- DE'.
toris 38. Id est, Instrumentum quo
transigit Gratianus tutor cum Stephano
pupillo, è Bibliotheca Card. à Balneo
prolatum à Gab. Naudæo & Carolo
Morono dicatum. Romæ. 1641. in-4°.
Cette Piece avoit déja paru, & le
Président *Brisson* en avoit donné
une copie dans le sixiéme Livre de
son Traité *de Formulis. Colomiés* estimoit davantage celle de *Brisson*,
que celle de *Naudé*; mais il se trompe, quand il dit que cette derniere
parut à *Rome* en 1630. ce ne fut
qu'en 1641.

32. *G. Naudæi Exercitatio : Quod*
senæ nomen Cæsenæ sed Senogalliæ con-
veniat. Ad Joan. B. Donium Patri-
cium Florentinum. Paris. 1642. in-8°.

33. *Leonardus Aretinus de studiis*
& litteris ex Bibliotheca Gab. Naudæi
cum ejusdem Præfatione ad Lucretiam
Barberinam. Paris. 1642. in-8°.

34. *Joannis Cordesii Ecclesiæ Le-*
movicensis Canonici Elogium. A la
tête du Catalogue de la Bibliotheque de M. *de Cordes. Paris.* 1643.
in-8°.

G. NAU-
DE'.

35. *Hieronymi Cardani Mediola-
nensis de propria vita liber. Ex Bibliotheca Gab. Naudæi, cum ejusdem judicio de Cardano & Præfatione ad
Ælium Diodatum J. C. & Philoso-
phum clarissimum. Parif.* 1644. *in-*8°.
Ce Jugement de *Naudé* a été réimprimé à la tête des Œuvres de *Car-
dan. Lyon* 1663. *in-fol.*

36. *Adami Blacvodæi in Curia Præ-
sidiali Pictonum, & Urbis in Decu-
rionum Collegio Regis Consiliarii Elogium.* Il se trouve à la tête des Œuvres de cet Auteur. *Parif.* 1644.

37. *Panegyricus dictus Urbano VIII.
Pont. Max. ob beneficia ab ipso in M.
Thomam Campanellam collata. Ad
Franciscum & Antonium Cardinales
Barberinos. Parif.* 1644. *in-*8°.

38. *In Epistolam D. Pauli ad Ti-
tum Paraphrasis ad Card. D. Joannem
Bellaium. Autore J. Gopilo. Cum Præfatione Gab. Naudæi ad Cl. V. Ludovicum Mariam Suares Ecclesiæ Me-
tropolitanæ Avenionensis Præpositum.
Parif.* 1644. *in-*8°.

39. *Julii-Cæsaris Lagallæ Philosophi Romani vita à Leone Allatio con-
scripta. Cum Præfatione Gab. Naudæi*

ad Cl. V. Guidonem Patinum. Parif. G. NAU-
1644. *in-8°.*   DE'.

40. *Bartholomæi Perdulcis Doctoris*
Medici Parifienfis in Jacobi Sylvii
Anatomen , & Hippocratis librum de
natura humana Commentarii, cum Præ-
fatione Gabrielis Naudæi ad Cl. V.
Jacobum Jovin , Doctorem Medicum
Parifienfem. Parif. 1644. in-4°.

41. *Joannis Bapt. Donii Patricii*
Florentini Differtatio de utraque Pæ-
nula , cum Præfatione G. Naudæi ad
J. Fr. Slingelandum. Parifiis 1644.
in-8°.

42. *Auguftini Niphi Opufcula Mo-*
ralia & Politica, cum Gab. Naudæi
Judicio de Nipho , & Præfatione ad
Joan. B. Gaftonem Ducem Aurelia-
nenfem. Parif. 1645. in-4°.

43. *Hieronymi Rorarii Exlegati*
Pontificii , quod animalia bruta ra-
tione utantur melius homine libri duo ;
cum Præfatione G. Naudæi ad Petrum
& Jacobum Puteanos. Parif. 1645.
in-8°. Cet Ouvrage a été réimprimé
deux ou trois fois depuis.

44. *Gabrielis Naudæi ex Italia dif-*
cedentis Apobaterion ad amicos. Pata-
vii 1645. in-fol. It. dans le fecond

G. Nau-
DE'.

Livre des Epigrammes. *Parif.* 1650.
in-8°.

45. *Scipionis Claramontii Philosophi & Mathematici celeberrimi de al-
titudine Caucasi liber, cura Gabrielis
Naudæi editus, cum ejusdem Præfatione ad Ismaëlem Bullialdum.* Parif.
1646. *in*-4°.

46. *Jugement de tout ce qui a été
imprimé contre le Cardinal Mazarin
depuis le* 6. *Janvier jusqu'au premier
Avril* 1649. *in*-4°. 1650. *seconde édition augmentée.* 1650. *in*-4°. Cette
seconde édition est de 717. pages,
& c'est à quoi on la reconnoît.
» Ce Jugement est fait en forme de
» Dialogue entre *Saint-Ange* Li-
» braire & *Mascurat* Imprimeur. Il
» porte ordinairement le nom de
» *Mascurat*, sous lequel est caché
» *Camusat* Imprimeur de *Paris*, &
» sous celui de *Saint-Ange*, *Gabriel*
» *Naudé*. C'est un Ouvrage plein
» d'une belle & agréable érudition,
» & qui contient une Apologie de
» ce Cardinal. (*Le Long Bibl. de la
France.*) *Patin* dans une Lettre à
M. *Spon* du 3. Septembre 1649.
parle ainsi de ce Livre. » Il est de

492.

» 492. pages. L'Auteur en a fait G. Nau-
» tirer 250. exemplaires & l'a pre- de'.
» ſenté au Cardinal *Mazarin* à exa-
» miner. S'il eſt approuvé il le
» mettra au jour. Nous ſommes
» cinq de ſes amis qui avons auſſi
» commiſſion de l'examiner , dont
» Meſſieurs *Dupuy* ſont l'un , M.
» *Talon* Avocat General l'autre ,
» je ſuis le troiſiéme ; les deux au-
» tres ne m'ont pas été revelez.
» Là dedans ſont introduits deux
» Vendeurs de Pieces Mazarines ,
» l'un deſquels accuſe le *Mazarin*,
» & l'autre le deffend chaudement
» & plaiſamment.

47. *Epigrammatum libri duo , primus ad Caſſianum à Puteo , & ſe-
cundus ad Coſmam Naudæum nepotem
cariſſimum. Pariſ. 1650. in-8°.*

48. *Joſephi Mariæ Suareſii , Epiſ-
copi , Diatribæ duæ. Quarum prima
Univerſalis Hiſtoriæ Syntaxim ex Au-
toribus Græcis nondum editis , altera
diverſorum locorum & fluminum ſy-
nonymiam exhibet ; cum Præfatione
Gab. Naudæi. Pariſ. 1650. in-8°.*

49. *Remiſe de la Bibliotheque de
M. le Cardinal Mazarin par le ſieur*

Tome IX.   I

G. Nau-
de'.

Naudé entre les mains de M. Tubeuf.
1651. in-4°.

50. Avis à Nosseigneurs du Parlement sur la vente de la Bibliotheque
de M. le Cardinal Mazarin. 1652.
in-4°.

51. In clarissimi viri Petri Puteani
obitum Elogia. Paris. 1651. in-4°. It.
avec la vie de Pierre Pithou par Nicolas Rigaut. Paris 1652. in-4°. It.
parmi les Miscellanea de Menage.
Paris 1653. in-4°.

52. Lettre à M. Gassendi datée de
Stokolm le 19. Octobre 1652. sur les
bonnes qualitez de l'esprit de la
Reine de Suede. Elle se trouve parmi celles de M. Gassendi, p. 336.

53. Relation du sieur Naudé à Messieurs Dupuy, de quatre Manuscrits qui
sont en Italie, touchant le Livre de
Imitatione Christi, faussement attribuez à Jean Gersen Benedictin Abbé
de Verceil, par l'Abbé Constantin Cajetan l'an 1641. Cette Relation a
été imprimée par les soins du Pere
Fronteau Chanoine Regulier de sainte Genevieve, dans son Livre intitulé : Thoma à Kempis de Imitatione
Christi libri IV. cum evictione fraudis,

qua nonnulli hoc opus Joanni Gerſen G. Nau-
Benedictino attribuere. Pariſ. 1649. de'.
in - 8°. Le Cardinal de *Richelieu*
ayant donné ordre qu'on imprimât
au Louvre le Livre de *l'Imitation
de Jeſus-Chriſt*, le P. *Gregoire Ta-
riſſe* General des Benédictins de S.
Maur, lui demanda que cette édition fût publiée ſous le nom de
Jean Gerſen Religieux de l'Ordre de
S. Benoît, qu'il diſoit en être le
veritable Auteur, ſur l'autorité
de quatre anciens Manuſcrits qui
étoient à *Rome*. Le Cardinal, avant
que de rien ordonner là-deſſus, fit
écrire à *Rome* pour examiner ces
Manuſcrits, & *Gabriel Naudé*, qui
étoit alors Secretaire du Cardinal
Bagni, fut nommé avec *Fioravente
Martinelli*, l'un des Sous-Gardes
de la Bibliotheque du Vatican,
pour cet examen. Leur rapport ne
fut pas favorable aux Benedictins;
il leur parut que le nom de *Gerſen*,
qui ſe trouvoit dans quelques-uns
de ces Manuſcrits étoit d'une écri-
ture plus récente que les Livres
mêmes; & *Naudé* envoya à Meſſieurs *Dupuy* une Relation de ce

I ij

G. NAU-qui s'étoit passé en cette occasion,
DE'. & de tout ce qu'ils avoient vû : Relation que le P. *Fronteau* infera
quelques années après dans le Livre
dont je viens de parler, & qui fut
l'origine d'une rude guerre que les
parties interessées firent à son Auteur.

Le P. *Robert de Quatremaires* de
la Congregation de S. *Maur*, homme d'esprit & d'érudition, mais
ardent & caustique, fit une Réponse
vive au Livre du P. *Fronteau*, dans
laquelle il accusa M. *Naudé* de mauvaise foi dans l'examen des Manuscrits & dans la relation qu'il en
avoit faite, & le soupçonna même
d'avoir falsifié les Manuscrits en
question, pendant qu'il les avoit
eus entre les mains, & d'avoir rendu témoignage en faveur des Chanoines Reguliers, pour récompense
d'un Prieuré simple qu'il avoit
dans leur Ordre, quoiqu'il ne lui
eût été donné que quatre ans après
qu'il eut envoyé cette relation à
Messieurs *Dupuy*. D'un autre côté
François Valgrave Benedictin Anglois, fit une nouvelle Réponse,

dans laquelle *Naudé* ne fut pas traité
plus favorablement.

Ce Sçavant fe voyant attaqué &
accufé de fourberie & de falfifica-
tion, ne fe contenta pas d'employer
la défenfe ordinaire aux Gens de
Lettres, qui eft de fe juftifier par
des Ecrits publics, il s'adreffa encore aux Magiftrats pour tirer réparation de l'injure qu'on lui avoit
faite, & prefenta fa Requête au
Châtelet pour faire faifir & fupprimer les exemplaires des Livres de
Quatremaires & de *Valgrave*. Les
Benedictins firent renvoyer la Caufe aux Requêtes du Palais. Ce Procès, où les Chanoines Reguliers de
fainte Genevieve intervinrent dura
quelque tems. Enfin la Caufe ayant
été plaidée entre toutes Parties, il
fut ordonné le 12. Fevrier 1652.
que les paroles injurieufes refpecti-
vement employées feroient fuppri-
mées ; on donna main-levée des
exemplaires du Livre de *Valgrave*,
qui avoient été faifis : on fit défenfe
de faire imprimer le Livre de l'*Imitation de J. C.* fous le nom de *Jean
Gerfen* Abbé de *Verceil*, & on donna

I iij

G. NAU-permiffion de l'imprimer fous ce-
DE'. lui de *Thomas à Kempis.* Les Benedictins appellerent de ce Jugement
des Requêtes du Palais à la Grande
Chambre, mais cet appel ne fut
point fuivi. Voici les Pieces que
Naudè compofa dans la pourfuite
de ce Procès.

54. *Requête fervant de Factum au
procès pendant aux Requêtes du Palais
entre Maître G. Naudé Prieur de l'Artige, demandeur en fuppreffion d'injures & calomnies contre D. Placide
Rouffel, Prieur de S. Germain-des-
Prez, & D. Robert Quatremaires fon
Religieux, & auffi contre D. François
Valgrave, Religieux Benedictin &
Prieur de Launoy, défendeurs. Auquel
Procès ledit Naudé foûtient veritable
la Relation par lui donnée en la ville
de Rome en 1641. & imprimée de nouveau fur la fin de cette prefente Requête, touchant certains Manufcrits
du Livre* de Imitatione Chrifti. 1650.
& 1651. *in-*4°.

55. *Avis fur le Factum des Benedictins, par Gabriel Naudé.* Cet Avis
a été imprimé avec la copie de
deux Lettres écrites par M. *Philippe*

Chifflet Abbé de *Balerne*, à un de G. Nau-
fes amis, touchant le veritable Au- DE'.
teur des Livres de l'*Imitation* de
J. C. Paris 1651. *in-*8°.

56. *Placet des Peres Benedictins*,
demandeurs en fait de main-levée contre Maître Gabriel Naudé défendeur.
Avec les réponfes & corrections dudit
Naudé, pareillement demandeur en
réparation d'injures & calomnies écrites contre lui par lefdits Benedictins défendeurs, au fujet de la Relation par
lui faite dès l'année 1641. fur la fauffeté de certains Manufcrits du Livre
de Imitatione Chrifti, dont les Benedictins fe veulent fervir, pour ôter
ledit Livre à *Thomas à Kempis* fon
legitime Auteur, & le donner à un
fuppofé *Jean Gerfen*, qu'ils difent avoir
été Religieux de l'Ordre de S. Benoît.
Enfemble un Avis fur le Factum def-
dits Peres Benedictins. 1652. *in-*4°.

57. *Raifons peremptoires de Maître
Gabriel Naudé*, demandeur en fuppreffion d'injures & calomnies, & défendeur en main-levée contre D. *Placide
Rouffel*, Robert *Quatremaires* & *François Valgrave*, Religieux Benedictins,
défendeurs en main-levée des Livres

I iiij

G. NAU-
DE'.

sur eux saisis, & les Congregations de
S. Maur & de Cluny intervenans,
pour montrer que les quatre Manuscrits
de Rome, dont lesdits Benedictins se
servent pour ôter le Livre de l'Imita-
tion de Jesus-Christ à Thomas à Kem-
pis & le donner à un supposé Gersen,
sont falsifiez, & qu'ils ne peuvent l'a-
voir été que par le nommé Constantin
Cajetan, Religieux Benedictin, ou
par quelques autres du même Ordre,
avec une conviction manifeste de dix
faussetez principales commises par les-
dits Benedictins en la seule affaire de
leur prétendu Gersen. 1652. *in*-4°.

58. *Velitatio prima Kempensis ad-*
versus J. Launoium. Parisiis 1651.
in-8°. *Naudé* mene assez rudement
dans cet Ecrit M. *de Launoy,* qui
avoit attribué à *Gersen* le Livre de
l'*Imitation.*

59. *Bibliographia Kempensis, sive*
eorum qui dissertationibus aut libris edi-
tis Thomæ Kempensis Causam adver-
sus Gersenistas tuendam susceperunt syl-
labus alter. Paris. 1651. *in*-8°.

60. *Causa Kempensis conjectio pro*
Curia Romana; ad Cardinalem Fran-
ciscum Barberinum. Paris. 1651. *in*-12.

Cet Ecrit de même que les deux G. NAU-
précedens eſt d'un ſtile vif & em- DE'.
porté ; l'Auteur y maltraite de la
maniere la plus cruelle l'Abbé *Ca-*
jetan.

61. *Georgii Heſeri è Soc. Jeſu ad-*
versùs Pſeudo-Gerſeniſtas præmonitio
nova ; cum indice operum omnium
Thomæ de Kempis C. R. ex Mſſ. per-
vetuſtis nuper edita & notis illuſtrata,
juxta editionem factam Ingolſtadii an-
no 1650. *Cum Præfatione Gabrielis*
Naudæi ad R. P. Georgium Heſerum.
Pariſ. 1651. *in-8°.* Naudé non content des Ouvrages qu'il avoit compoſez par rapport à l'Auteur de l'I-
mitation,& contre ſes adverſaires en
cette matiere, publia auſſi quelques
Ouvrages d'autres Auteurs , qui
étoient du même ſentiment que lui,
& les accompagna de Préfaces de
ſa façon. Tel eſt celui dont je viens
de rapporter le titre , & les quatre
ſuivans.

62. *Vita & ſyllabus operum omnium*
Thomæ à Kempis Canonici Regularis
Ordinis S. Auguſtini ab Autore ano-
nymo , ſed coævo , non longè poſt obi-
tum illius conſcripta. Quæ ex Monaſ-

G. NAu-
DE'.

terii Rebdorffensis Canonicorum Regularium Ordinis S. Augustini tribus pervetustis Codicibus Mss. in lucem protulit Georgius Heserus Soc. Jesu. Paris. 1651. *in-8°.*

63. *Thomas de Kempis à seipso restitutus. Autore Thoma Carræo; cum Præfatione Gab. Naudæi. Paris.* 1651. *in-8°.* Cet Ouvrage de *Thomas Carré*, Confesseur des Benedictines Angloises de *Paris*, n'est pas le plus élégant, mais un des plus solides qui ayent été composez pour la défense de *Thomas à Kempis.*

64. *Argumenta duo nova ; primum Theophili Eustati P. T. à similitudine quam habent Libri IV. de Imitatione Christi , cum aliis Canonicorum Regularium spiritualibus libris. Alterum Joannis Frontonis C. R. à frequenti in iisdem libris vita communis & devotorum facta mentione. Quibus demonstratur adversùs Pseudo – Gersenistas Thomam Kempensem verum esse Autorem librorum* de Imitatione Christi. *Cum Præfatione Gab. Naudæi. Paris.* 1651. *in-8°.*

65. *Testimonium adversùs Gersenistas triplex : Lucæ Holstenii, Leonis*

Allatii , Camilli de Capua Benedictini, G. Nau-
ab *Antonio Francisco Payen Advocato* DE'.
in Curia Romana litteris consignatum.
Cum Præfatione Gabrielis Naudæi.
Paris. 1652. in-8°.

66. *Epistola Gabrielis Naudæi ;*
cura Antonii de la Poterie. Geneva
1667. in-12. Quoiqu'il y ait dans
ces Lettres plusieurs particularitez
litteraires assez curieuses , on n'y
trouve pas cependant tout ce que
la réputation de *Naudé* pourroit y
faire chercher.

67. *Bibliographia Militaris in Ger-*
mania primùm edita, cura Georgii
Schubarti. Jenæ 1683. in-12. Ce
n'est point là un Livre nouveau ,
ce n'est qu'un morceau du Traité
de *Naudé de Studio Militari ,* où ce
Sçavant donne une liste des Auteurs
tant anciens que modernes , qui ont
écrit sur l'Art Militaire.

68. *Epistola ad Paulum Zacchiam*
Medicum Romanum. Elle se trouve
à la tête du Livre de cet Auteur ,
intitulé : *Quæstiones Medico-Legales.*

69. Il y a trois Lettres de *Naudé*
parmi celles de *Gassendi* à qui elles
sont adressées. La premiere datée

G. Nau-
de'.

de *Paris* le dernier Octobre 1630.
fous le nom de *Gabriel Mifocrucius
Refeus, Parifinus.* La feconde de
Rome le 13. Janvier 1632. La troifiéme d'un Château de la Romagne
en Italie, nommé *Giaggioli* le 22.
Septembre 1633.

70. *Epiftola ad Cl. V. Jacobum
Philippum Tomafinum, Canonicum S.
Mariæ in Vantio.* A la tête des Ouvrages de *Caffandra Fidelis*, publiez
par *Tommafini.* 1636. *in-8°.*

71. On trouve dans le Livre de
Fortunio Liceti intitulé : *De Quæfitis
per Epiftolas à Viris claris refponfa de
variis rebus Philofophicis, Phyficis,
Medicis & Theologicis. Bononiæ* 1640.
*in-*4°. Plufieurs Lettres de *Naudé,*
dont je donnerai ici la lifte. 1. *De
Salluftio Commentariis illuftrando ;*
c'eft la huitiéme du tome premier,
p. 44. II. *De Apologetico munere in-
termittendo, & de fenfu Ariftotelis
circà legem Hebræorum :* Let. 17. du
premier tome, *p.* 82. III. *De latioń
umbra ducta ex eodem opaco manè
& vefperè quam meridie.* Let. 22. du
premier tome, *p.* 124. IV. *De fu-
perhumano credendi modo Ariftotelico,*

deque seria confirmatione per fabularum G. Nau-
scriptores. Let. 32. du premier tome, DE'.
p. 252. *V. De Natura Dæmonis non
divina apud Aristotelem.* Let. 34. du
premier tome, p. 285. *VI. De Pro-
blemate pulcherrimo à Leone Allatio
ad Licetum transmisso.* Let. 37. du
tome premier, p. 507. *VII. De no-
mine Litheosphorus Judicium.* Tome
3. ch. 36. p. 170. *VIII. De Apologetico: De Magnete num sit vena ferri
præcellens: De puella quæ post casum
sine læsione oculorum cuncta singularia
videbat duplicata: De saxo magno in
corpore piscis: Deque saccaro in tenebris
micante.* Ibid. cap. 50. p. 223.

72. *Epistola ad Joannem Fronto-
nem Canonicum Reg. S. Genovefæ, de
evictione fraudis, qua nonnulli opus
de Imitatione Christi Thomæ à Kempis
Joanni Gersen Benedictino attribuere.*
Paris. 1649. *in-8°.* à la tête des Livres de l'*Imitation* imprimez par les
soins du P. *Fronteau.*

73. *Naudæana ou singularitez remarquables prises des conversations de
M. Naudé.* Ce Livre qui est une
rapsodie de bévûës & de faussetez,
est joint au *Patiniana* qui ne vaut

G. NAU-
DE'. pas mieux. *Paris 1701. in-12.* It.
*seconde édition revûë, corrigée & aug-
mentée d' Additions. Amsterdam 1703.
in-12.* Les Additions de cette édition sont fort curieuses.

V. *Gabrielis Naudæi Tumulus com-
plectens Elogia, Epitaphia, Carmina
tum Latina, tum Gallica variorum
cl. Virorum. Cura & labore R. P. Ludovici Jacob Cabilonensis Ord. Carme-
litarum Collectus. Paris. 1659. in-4°.*
Ce qu'on a de plus instructif sur la
vie de *Naudé* dans ce Recüeil, est
l'éloge qu'en a fait *Pierre Hallé.*

JEAN BEVEROVICIUS.

J. BEVE-
ROVICIUS JEAN *Beverovicius,* appellé en
sa langue *Jean van Bevervvyk,*
naquit à *Dordrecht* le **17.** Novembre
1594. de *Barthelemi van Bevervvyk,*
issu d'une famille illustre dans le
Pays, & de *Marie Vesal,* parente
du fameux Medecin de ce nom.

Il apprit les Langues Grecque &
Latine sous *Gerard Jean Vossius,* qui
professoit alors dans l'Ecole de
Dordrecht. Il passa à l'âge de seize

ans à *Leyde*, où il continua à s'ap- J. BEVE-
pliquer aux Belles Lettres sous *Jean* ROVICIUS
Baudius & *Daniel Heinsius*, & étudia la Medecine sous *Pierre Pavv*,
Everharh Vorstius & *Jean Heurnius*.

Le desir de se perfectionner dans
la connoissance de la Medecine lui
fit quitter *Leyde*, après quatre années de sejour, pour venir en France. Il y étudia sous les plus fameux
Professeurs qu'il y eut alors à *Caën*,
à *Paris* & à *Montpellier*, & ce fut
dans cette derniere Ville qu'il prit
des leçons de *Jean Varandé*, & de
François Ranchin. Il alla ensuite à
Padoue, où l'étude de la Medecine
étoit fort cultivée, & il y suivit
Roderic Fonseca, *Sanctorius* & *Jean B.*
Silvaticus. Ce fut en cette Ville qu'il
se fit recevoir Docteur en Philosophie & en Medecine.

Il passa après cela à *Boulogne*,
où il s'appliqua à la Pratique sous
les yeux de *Fabrizio Bartoletti*, qu'il
accompagna pendant quelque tems
dans ses visites.

Le desir de revoir sa Patrie lui fit
quitter l'Italie, lorsqu'il se sentit
assez fort pour agir de lui-même ;

J. BEVE-
ROVICIUS

& il paſſa pour s'y rendre à *Bâle* où il vit *Felix Platerus* & *Gaſpar Bauhin*, & à *Louvain*, où il fit connoiſſance avec *Thomas Fienus*, & *Erycius Puteanus*.

De retour à *Dordrecht*, il pratiqua avec beaucoup de ſuccès la Medecine, & ſon merite l'éleva bientôt aux premiers poſtes & aux dignitez les plus conſiderables.

En 1625. il fut nommé premier Medecin de la Ville & Profeſſeur en Medecine. Il fut enſuite en 1627. Préſident du Conſeil, en 1629. Bourguemaître, en 1631. Préſident de l'Amirauté, & en 1633. Adminiſtrateur de l'Hôpital des Orphelins. Il aſſiſta outre cela pluſieurs fois à l'Aſſemblée des Etats Generaux de Hollande & de weſtfriſe en qualité de Deputé de la ville de *Dordrecht*.

Il mourut le 19. Janvier 1647. dans ſa 53ᵉ année, & fut enterré dans la grande Egliſe de *Dordrecht*, où l'on mit ſur ſon tombeau cette Epitaphe.

Lex hic medendi, ſanitatis regula,
Salus ſalutis civium, vitæ artifex,
Mors

Mortis fugator ſedulus , victor ſuæ   J. BEVE-
Scriptis ſuperſtes ipſe poſt mortem ROVICIUS
   ſibi ,
Dordrechti Apollo & Æſculapius
   jacet.
Defuncto lubens mœrenſque poſuit
   Daniel Heinſius.

Catalogue de ſes Ouvrages.

1. *Idea Medicinæ Veterum. Lugd. Bat.* 1637. *in-8°.*

2. *De Calculo Renum & Veſicæ liber ſingularis ; cum Epiſtolis & Conſultationibus magnorum Virorum. Lug. Bat. Elzevir.* 1638. *in-12.*

3. *Epiſtolæ duæ de Calculo.* Dans le Livre de *Saumaiſe* intitulé : *Interpretatio Hippocratei Aphoriſmi* 79. *de Calculo. Lugd. Bat.* 1640. *in-8°.* *Saumaiſe* étoit d'un ſentiment different de celui de *Beverovicius* ſur cette matiere, & il ne rapporte ſes deux Lettres que pour les refuter.

4. *Exercitatio in Hippocratis Aphoriſmum de Calculo. Lugd. Bat.* 1641. *in 12.*

5. *Encomium Medicinæ. Rotterod.* 1644. *in-8°.*

6. Αυτάρκεια *Bàtaviæ, ſive introductio ad Medicinam indigenam. Lugd.*

J. BEVE-*Bat.* 1644. *in*-12. It. *ibid.* 1663. *in*-
ROVICIUS 12. » Ce Livre , dit *Vigneul Mar-*
» *ville* dans ses *Melanges* , est un fort
» petit volume , mais très - bien
» rempli. *Beverovicius* y prouve so-
» lidement , que sans avoir recours
» aux remedes qui viennent des Païs
» Etrangers , la Hollande doit se
» contenter des siens dans l'exer-
» cice de la Medecine. La lecture
» de ce petit Livre n'a rien que
» d'utile & d'agréable ; car outre
» l'érudition fine , il se trouve en-
» core à la tête de chaque Chapi-
» tre de jolis Vers de la composi-
» tion de *Corneille Boy* , qui en ex-
» priment le sens en peu de mots.

7. *Epistolica quæstio de vita termino*
fatali an mobili ? Cum Doctorum res-
ponsis. Dordrechti 1634. *in*-8°. It.
editio longè auctior. Lugd. Bat. 1636.
in-4°. Ce Recüeil contient deux
Parties qui ont été suivies d'une
troisiéme. *De eadem quæstione pars*
tertia & ultima. Accedit seorsim no-
bilissimæ & doctissimæ Virginis Annæ
Mariæ à Schurman de eodem argu-
mento Epistola. It. ejusdem argumenti
alia à Joh. Elichmanno ex mente &

monimentis Arabum & Perfarum con- J. BEVE-
texta. Lugd. Bat. 1639. *in-*4°. It. ROVICIUS.
ibid. 1651. *in-*4°.

8. *Epiftolicæ Quæftiones cum Doctorum refponfis. Accedit Beverovicii,
necnon Erafmi, Cardani, Melanchto-
nis Medicinæ Encomium. Rotterodami*
1644. *&* 1665. *in-*8°. Les Queftions
agitées dans ce Recüeil roulent fur
la Medecine, l'Hiftoire Naturelle
& la Critique.

9. *Montanus* ἐλεγχόμενος, ,*five re-
futatio argumentorum quibus Medicinæ neceffitatem impugnat. Dordrechti*
1634. *in-*8°. On fçait que *Mon-
tagne* s'eft raillé en plufieurs endroits de fes *Effais* de la Medecine
& des Medecins; & c'eft pour les
deffendre contre fes railleries que
Beverovicius a entrepris cet Ouvrage.

10. Il a outre cela compofé plufieurs Livres en Flamand, tels
font : *Le Tréfor des fains ; le Tréfor
des malades ; Traité de la pefte ; Traité
du fcorbut ; l'Excellence des Femmes,*
& quelques autres.

V. *Valerii Andreæ Bibliotheca Belgica.* La defcription de la ville de

Dordrecht par *Matthieu van Balen.*
Le Dictionnaire Historique Flamand de *Luisius-Lindenius Renovatus.*

CLAUDE JOLY.

C. JOLY. CLAUDE *Joly* naquit à *Paris* le 2. Fevrier 1607. d'une famille dans laquelle il trouva de grands exemples d'érudition & de pieté. Son pere *Guillaume Joly* étoit Lieutenant General de la Connétablie de la Marêchaussée de France & mourut en 1613. Sa mere étoit fille du fameux *Antoine Loisel.*

Il fit ses Humanitez avec beaucoup de succès, & passa ensuite à l'étude du Droit. Comme il étoit destiné à l'étude du Barreau, il se fit recevoir Avocat, & plaida pendant quelque tems. Il avoit tous les talens necessaires pour réussir dans cette profession; mais il lui préfera l'Etat Ecclesiastique, auquel il se sentoit appellé.

Il fut pourvû en 1631. d'un Canonicat de l'Eglise de Paris, sur la

réſignation de *Gui Loiſel* Conſeiller C. JOLY.
au Parlement, ſon oncle maternel,
& il en a rempli toute ſa vie les
devoirs avec une grande exactitude.

Son excellent naturel, ſecondé
d'une bonne éducation, l'avoit diſ-
poſé aux vertus que demande l'Etat
Eccleſiaſtique, & une application
continuelle jointe à un travail infatigable, les lui fit acquerir dans
un degré éminent.

La lecture & la meditation des
Livres Sacrez & des Ouvrages des
Peres, le remplit des plus pures
maximes de notre Religion, qui
furent depuis la regle conſtante &
invariable de ſa conduite.

M. le Duc de *Longueville* allant à
Munſter en qualité de Plenipoten-
tiaire pour la paix generale de l'Europe, l'y mena avec lui, & M. *Joly*
l'aſſiſta fidellement de ſes conſeils
& de ſes avis.

Pendant les troubles de Paris,
il fit un voyage à *Rome*, & y conſerva la tranquillité que la chaleur
des partis avoit ôtée à toute la
France. Dès qu'il eut la liberté d'y

C. Joly. revenir, il reprit ses fonctions avec son zele ordinaire.

Il fut fait Chantre de son Eglise en 1671. & on le chargea en divers tems de l'Officialité, sans qu'il l'eut jamais recherchée; le premier qui l'en chargea fut M. le Cardinal de *Rets*, après la mort de *Jean-François de Gondi*; il en fut chargé de nouveau par le Chapitre durant la vacance du Siege, & enfin par M. de *Noailles* Archevêque de Paris; & dans tous ces tems il fit paroître un amour sincere pour la justice & une parfaite intégrité.

Il étoit d'une humeur agréable, d'une candeur & d'une probité sans égales. Il a conservé dans sa plus grande vieillesse une santé parfaite, un sens merveilleux, une présence d'esprit admirable, une memoire prodigieuse, & une égalité d'ame qui le faisoit aimer & respecter de tout le monde.

Son assiduité à l'Office Divin surpassa tout ce qu'on peut imaginer; il n'a jamais manqué de se lever la nuit pour assister à Matines, & il ne perdoit aucune des heures du jour.

Il joüiffoit encore , malgré fon grand âge, d'une fanté parfaite , quand allant à Matines il tomba par malheur dans un trou , fait dans l'Eglife de Notre-Dame pour la conftruction du Grand Autel. Il fut bleffé legerement de cette chûte, mais la fiévre l'ayant pris il mourut le 15. Janvier 1700. âgé de 93. ans. Il avoit été 69. ans Chanoine , 29. ans Chantre , & cinq ans Of-ficial.

Malgré fon affiduité à l'Office Divin, fes emplois & fon âge, il n'a point ceffé d'étudier continuel-lement. Il avoit une belle Biblio-theque qu'il a donnée au Chapitre de l'Eglife de *Paris*. Il avoit princi-palement étudié les Auteurs du moyen & du bas âge , & particu-lierement les Hiftoriens François. Il joignoit agréablement l'érudi-tion Ecclefiaftique à la Profane , & l'Hiftoire au Droit & à la Theo-logie. Il avoit un ftile mâle , mais un peu dur , fans affectation & fans ornement.

Catalogue de fes Ouvrages.

1. *De reformandis Horis Canonicis*

C. JOLY. *ac ritè constituendis Clericorum mu-*
neribus Consultatio. Cui accessit libellus
de origine, usu, ac mutatione Officii
Divini. Autore J. Stella 1643. *in-*8°.
secunda editio 1676. *in-*12. M. Joly
s'est caché dans cet Ouvrage sous
le nom de *Stella*. Il y recherche l'o-
rigine de l'usage de reciter l'Office
Ecclesiastique en particulier, & les
Loix de l'Eglise qui peuvent y
obliger. Quoiqu'il n'eût jamais
manqué à reciter son Office, &
qu'il fût très-assidu à l'Office public, il ne semble pas faire un crime aux Ecclesiastiques, qui ayant
d'autres occupations indispensables,
omettroient de reciter leur Breviai-
re en particulier.

2. *Antonii Loiselli patris & vidi*
filii vita. Paris. 1643. *in-*8°. *Antoine*
Loisel, dont *Claude Joly* a écrit la
vie, étoit son grand-pere, & *Guy*
son oncle.

3. *Recüeil de Maximes veritables*
& importantes pour l'Institution du
Roi, contre la pernicieuse politique du
Cardinal Mazarin, Surintendant de
l'Education de sa Majesté. Paris 1652.
*in-*8°. *& in-*16. C'est un des meilleurs

leurs Ouvrages que l'on ait sur l'é- C. JOLY.
ducation des Princes.

4. *Opuscules divers tirez des Memoires d'Antoine Loisel avec quelques
Ouvrages de Baptiste du Mesnil & de
P. Pithou, recüeillis par Claude Joly.
Paris 1652. in-4°. It. Paris 1656.
in-4°.* Joly n'a pas été simplement
éditeur de ces Opuscules, il y a
joint quelques Pieces de sa façon;
tels sont les Eloges de *Guillaume
Bailly*, Président de la Chambre
des Comptes, de *Guillaume Joly* son
pere, & de *Gui Coquille*.

5. *Regles Chrétiennes pour entrer
& vivre saintement dans le Mariage.
Paris 1664. in-12. seconde édition,
Paris. Desprez, 1685. in-12.*

6. *Traité de la Restitution des Grands
avec une Lettre touchant quelques
points de la Morale Chrétienne.
1665. in-16.* Cet Ouvrage est très-
instructif.

7. *Codicille d'Or, tiré de l'Institution du Prince Chrétien d'Erasme, &
autres Pieces. 1665. in-12.* Les Pieces qui composent ce volume ont
été recüeillies & traduites par M.
Joly.

Tome IX.   L

C. JOLY.

8. *De l'Etat du Mariage, traduit du Latin de François Barbaro, avec quelques autres Traitez touchant les Offices domestiques. Paris 1667. in 12.*

9. *Dissertatio de verbis Usuardi relatis in Martyrologio Parisiens. de Assumptione B. Mariæ Virginis. Senonis 1669. in-12.* Le Martyrologe d'Usuard s'exprime sur l'Assomption de la Vierge en ces termes : *Decimo octavo Kalendas Septembris. Dormitio sanctæ Dei Genitricis Mariæ, cujus sacratissimum Corpus, etsi non inveniatur super terram, tamen pia Mater Ecclesia ejus venerabilem memoriam sic festivam agit, ut pro conditione carnis eam migrasse non dubitet : quo autem venerabile illud Spiritus-Sancti Templum nutu & consilio divino occultatum sit, plus elegit sobrietas Ecclesiæ cum pietate nescire, quam aliquid frivolum & apocryphum inde tenendo docere.* On avoit toujours lû dans l'Eglise de *Paris* jusqu'à l'an 1540. ou 1549. le jour de l'Assomption cette Leçon du Martyrologe d'*Usuard* ; mais on y substitua en ce tems-là une Homelie. En 1668. l'exemplaire du Martyrologe s'étant

trouvé uſé, ſur la propoſition qui
fut faite dans le Chapitre d'en faire
écrire un autre, on délibera s'il
n'étoit pas plus à propos de réta-
blir au jour de l'Aſſomption les
termes du Martyrologe d'*Uſuard*,
& la concluſion du Chapitre du 1.
Août fut qu'on ſuivroit l'ancien
uſage, qu'on retrancheroit l'Homelie, & qu'on liroit les paroles
d'*Uſuard*. M. *Joly* compoſa cet Ouvrage, de même que les ſuivans,
pour juſtifier cette concluſion.

10. *Epiſtola Apologetica ad Car-
dinales Retzium & Bullonium pro
Uſuardi verbis de Aſſumptione beatæ
Mariæ Virginis & concluſione Capituli
Pariſienſis. Rothomagi* 1670. *in-*12.

11. *Traditio antiqua Eccleſiarum
Franciæ de verbis Uſuardi ad Feſtum
Aſſumptionis B. M. V. vindicata adversùs Jacobum Gaudinum, cum Reſ-
ponſione ad Vindicias Parthenicas Nicolai Ladvocati Billialdi. Senonis*
1672. *in-*12. Meſſieurs *Gaudin* &
Ladvocat Chanoines de Notre Dame,
qui s'étoient oppoſez à la concluſion du Chapitre pour la reſtitution
des termes du Martyrologe d'*U-*

C. JOLY. *suard*, non contens de cette démarche, entreprirent de défendre l'Assomption corporelle de la Vierge par leurs Ouvrages, & publièrent pour cela les deux Livres suivans. *Jacobi Gaudini Assumptio corporea B. Mariæ Virginis vindicata adversùs Cl. Joly Dissertationem. Parisiis 1670. in-12. Nic. Ladvocati Bilialdi Vindiciæ Parthenicæ, de vera Assumptione corporea B. Mariæ Virginis adversùs Dissertationem Cl. Joly. Par. 1670. in-12.* C'est pour répondre à ces deux Auteurs, que M. *Joly* a publié ce dernier Ouvrage, où il rapporte tout ce que les anciens & les modernes ont écrit sur le sujet qu'il traite, & tous les passages qui se peuvent alléguer pour & contre l'Assomption corporelle de la Vierge. J'ajoûterai que M. de *Launoy* entra dans cette dispute par un Ouvrage intitulé : *Joan. Launoii judicium de Controversià super exscribendo Parisiensis Ecclesiæ Martyrologio exorta. Lauduni 1671. in-8°.* où il soûtint qu'il falloit retenir les paroles d'*Usuard*, & que *Nicolas Ladvocat* lui répondît par celui-ci : *Repetita*

Vindiciæ pro Assumptione corporali B. Mariæ Virginis, *seu confutatio libelli Joannis Launoii de eadem controversia. Paris. 1672. in-8°.*

C. JOLY.

12. *Voyage de Munster, de Hollande, &c. Paris 1672. in-12.*

13. *Statuts & Reglemens des petites Ecoles de Grammaire de la Ville, Cité, Université, Fauxbourgs & Banlieuë de Paris. Paris 1672. in-12.*

14. *Des Ecoles Episcopales & Ecclesiastiques, pour le droit des Chantres, Chanceliers & Ecolastres des Eglises Cathedrales de France, & particulierement du Chantre de l'Eglise de Paris, sur les Ecoles qui lui sont commises. Paris 1673. in-12.*

15. *Factum pour Claude Joly Chantre & Chanoine de l'Eglise de Paris, contre les Recteur, Doyens & Suppôts de l'Université de Paris. in-4°.* Ce Factum est contre une Requête de la Faculté des Arts du 19. Fevrier 1678. touchant le droit du Chantre sur les Ecoles de Paris.

16. *Factum pour le Chapitre de l'Eglise de Paris, au sujet des petites Ecoles. in-4°.* Ce Factum est contre

L iij

C. Joly. les Curez de *Paris*, qui prétendoient les Ecoles de charité indépendantes de la Jurisdiction du Chantre.

17. *Second Factum de Claude Joly, pour répondre à celui des Curez de Paris. in-4°.*

18. *Eclaircissement à M. l'Archevêque de Paris pour Messieurs les Doyen & Chapitre, & le sieur Joly Chantre & Chanoine de l'Eglise de Paris, sur un Factum intitulé :* Réponse des Curez de Paris au second Factum de Claude Joly. *in-4°.*

19. *Extraits des Registres des Conclusions Capitulaires de l'Eglise de Paris, pour servir de Factum general contre les Curez de Paris & autres tenant les Ecoles dans la Ville de Paris & Banlieuë sans leur permission. in-4°.*

20. *Ecritures pour Claude Joly, Chanoine & Chantre de l'Eglise de Paris, pour servir de Contredits à la production du Recteur & Suppôts de l'Université de Paris, ou Réponse à un Libelle intitulé :* Factum ou Traité Historique des Ecoles de l'Université de Paris. *in-4°.*

21. *Memoire touchant les démêlez* C. JOLY. *du Cardinal de Rets avec la Cour* au sujet de l'Archevêché de *Paris,* Cette Piece, extraite d'un plus grand Ouvrage qui n'a pas été imprimé, a été jointe aux Memoires de M. *Joly* son neveu dans la seconde édition d'*Amsterdam* 1718.

Il a composé une vie d'*Erasme,* qui contient aussi celle de la plûpart des Sçavans du seiziéme siecle, mais elle est demeurée manuscrite parmi ses papiers, quoiqu'elle fût en état de voir le jour. *Colomiés* rapporte dans sa *Bibliotheque choisie,* que pour composer cette vie, il avoit lû sept fois tous les Ouvrages d'*Erasme.*

V. son Eloge par M. *Louis le Gendre,* & *du Pin Bibl. des Auteurs Ecclesiastiques.*

POGGIO BRACCIOLINI.

P. BRAC- IL n'eſt gueres de Sçavant ſur
CIOLINI. lequel les Auteurs ayent commis
plus de fautes que *Pogge*. Pluſieurs
ſe ſont trompez ſur ſon nom même,
& ſur celui de ſa famille. *Michel*
Juſtiniani croit qu'il s'appelloit
Charles , le confondant ainſi avec
Charles Aretin , qui étoit de la famille des *Marſuppini*. Quelques-
uns lui ont donné le nom de *Jac-*
ques , & d'autres celui de *Jean-Ba-*
tiſte ; mais ces noms ſont ceux de
deux de ſes enfans. *Boiſſart* & *Pope-*
Blount après lui l'ont appellé *Jean*
François , mais c'étoit auſſi le nom
d'un de ſes fils. Son veritable nom
eſt *Poggio* , qui étoit celui d'un
Evêque de Florence, qui vivoit
dans le onziéme ſiecle , & que les
Florentins reverent ſous le nom
de *ſaint Poggio* (en Latin *Podius*.)
Il le reçut de ſon ayeul qui le portoit ; car ſon pere ſe nommoit *Guc-*
cio , nom que M. de *la Monnoye*
croit être formé par corruption

d'*Uguccio* diminutif d'*Ugo*.

Pour ce qui eſt de ſa famille, les uns veulent qu'il fût de celle des *Brandolini*, les autres de celle des *Blandolini* ; mais d'autres avec plus de fondement le mettent de celle des *Bracciolini*. Il s'appelloit donc *Poggio di Guccio Bracciolini*, ſuivant l'uſage des Italiens, qui ajoûtent à leur nom celui de leur pere.

Son ayeul *Poggio* étoit Notaire à *Lanciolina*, lieu voiſin de *Terra-nuova*, où il ſe tranſplanta dans la ſuite avec ſa famille. Ce fut dans ce dernier endroit, qui eſt du ter-ritoire de *Florence*, près d'*Arezzo*, que naquit notre Auteur en 1380.

Il alla à *Florence* en 1398. âgé de 18. ans, pour y faire ſes études. Il étudia d'abord la Langue Latine, ſous *Jean de Ravenne*, & enſuite la Grecque ſous *Emmanuel Chryſolo-ras.* Il s'appliqua même dans la ſuite à l'Hebraïque, comme il le témoi-gne dans une de ſes Lettres ; ce qui fait voir que M. *Huet* & d'autres ſe ſont trompez, lorſqu'ils ont pré-tendu qu'on n'avoit point cultivé

P. BRAC-
CIOLINI.
l'Hebreu en Italie dans le quator-
ziéme & quinziéme siecle.

Après s'être suffisamment instruit
sous de si bons Maîtres, il alla à
Rome sous le Pontificat de *Boniface*
I X. & non pas *Nicolas IX.* comme
on lit dans les *Memoires de Littera-*
tures de M. de *Sallengre*, & il s'y
mit au service du Cardinal de *Bari*,
qui étoit *Ludolf Marramoro*, ou *Mar-*
ramaldo, Napolitain.

Il eut ensuite l'emploi d'*Ecrivain*
des Lettres Apostoliques, qu'il remplit pendant dix ans, & parvint
après à la Charge de Secretaire du
Pape, poste qu'il occupa pendant
quarante ans.

Pendant la tenuë du Concile General de *Constance*, quelques Cardinaux & Seigneurs de *Rome* l'en-
voyerent en cette Ville avec *Bar-*
thelemi de *Montepulciano*, en 1414.
pour y chercher des Livres anciens;
commission dont il s'acquitta parfaitement bien ; car pendant le
sejour qu'il fit dans cette Ville, il
déterra quantité d'anciens Auteurs
manuscrits, comme on le verra plus
bas.

Pogge de retour du Concile de
Conſtance, fit un voyage en Angleterre, comme il paroît par ſes Lettres. Il le fit apparemment avec le
Cardinal de *Wincheſter*, car dans les
Lettres qu'il a écrites pendant ſon
ſejour en ce Royaume, il l'appelle
toujours ſon maître, *Dominus meus*
Cardinalis. Il demeura la plûpart du
tems à *Londres*, & s'y occupa à vi-
ſiter les Monaſteres, dans l'eſperance d'y trouver quelques Manuſcrits ; mais il n'y réuſſit pas ſi bien
qu'en Allemagne, & ſes peines furent perduës.

Quelques-uns diſent que le Pape
Martin V. l'envoya enſuite en Hon-
grie, mais on ne ſçait aucune par-
ticularité de ce voyage ; ils ajoûtent qu'il s'arrêta enſuite long-tems
à *Ferrare* & à *Boulogne*, d'où il alla
à *Rome*, & qu'échappé des mains
des voleurs, il s'y entretint avec
Charles Aretin, & *Coſme de Medicis*
ſur le malheur des tems, & ſe plai-
gnit à eux de ſon triſte ſort, qui
l'obligeoit à mener une vie ambu-
lante, ſemblable à celle des Scy-
thes, qui ne peuvent ſe fixer en au-

P. BRACA-
CIOLINI.

P. BRAC- cun lieu. C'est *Pogge* lui-même qui
CIOLINI. nous l'apprend dans son Traité du
Malheur des Grands.

Enfin lassé de toutes ces courses,
il résolut de se fixer quelque part &
de se marier. Il avoit déja eu trois
fils d'une Maîtresse, quoiqu'il fût
Clerc, & il s'en excuse plaisam-
ment, mais assez mal dans une de
ses Lettres au Cardinal Julien de S.
Ange, où il lui dit : *Asseris me habere filios, quod Clerico non licet, sine
uxore, quod laïcum non decet. Possum
respondere habere filios me, quod laïcis
expedit, & sine uxore, qui est mos Clericorum ab Orbis exordio observatus;
sed nolo errata mea ulla excusatione
tueri.*

Il étoit déja sur le retour, c'est-
à-dire, âgé de 54. ans, lorsqu'il
épousa *Vaggia*, ou *Selvaggia di Chino
di Manente*, de la famille de *Buondelmonti*, qui étoit alors riche & illustre, & qui subsiste encore à *Florence* avec éclat. M. de *Sallengre* &
M. *Lenfant* ont mal-à-propos retranché de son nom les deux *di*, qui
marquent ceux de son pere & de son
grand-pere.

Ce mariage fe fit à *Florence* en
1435. & il témoigna dans la fuite
s'en fçavoir bon gré, fon époufe
étant jeune, belle & doüée de bonnes qualitez. Elle lui apporta une
dot, qui paroîtroit maintenant affez
mince, puifqu'elle ne fut que de
600. florins.

P. BRAC-
CIOLINE

Il retourna enfuite à *Rome* avec
elle, & ce fut là que naquirent tous
fes enfans, excepté *Lucrece*. Il y
continua dans fon emploi de Secretaire Apoftolique, qu'il exerça
fous fept Papes, *Innocent VII. Gregoire XII. Alexandre V. Jean XXIII.
Martin V. Eugene IV. Nicolas V.*
pendant quarante ans. Il n'en étoit
pas pour cela plus riche, & c'eft une
chofe dont il fe plaignoit dans fes
Lettres à fes amis, fur tout lorfque
fa famille fe fût augmentée.

On lui propofa en 1453. après la
mort de *Charles Aretin*, la Charge
de Secretaire de la Republique de
Florence, & il l'accepta avec plaifir.
Il quitta alors la ville de *Rome*,
quoiqu'avec peine, à caufe des amis
qu'il y avoit, & alla fixer fa demeure à *Florence*, où on lui avoit

P. BRAC-
CIOLINI.

déja donné le droit de Bourgeoisie
en 1414. Quoiqu'il fût déja âgé de
plus de 72. ans, il s'appliqua plus
que jamais à l'étude, autant que ses
emplois le lui pouvoient permettre,
& c'est depuis ce tems là qu'il a
composé les plus considerables de
ses Ouvrages.

L'amour qu'il avoit pour la retraite l'engagea à faire bâtir à *Val-
d'Arno* près de *Florence* une maison
de campagne dont il faisoit ses délices, & qu'il apppelloit son Academie. Il s'y retiroit le plus qu'il
pouvoit, principalement dans l'Eté,
& n'en sortoit qu'avec chagrin. Il est
probable que ce fut là qu'il composa
son Histoire de *Florence*.

Panormita dit dans une de ses Lettres au Roi *Alphonse*, que *Pogge*
vendit un *Tite-Live* écrit de sa main
pour acheter une maison de campagne près de *Florence*; c'est apparemment celle-ci dont il s'agit là.

Il mourut en cette Ville le 30.
Octobre 1459. âgé de 79. ans, &
fut enterré dans l'Eglise de Sainte
Croix.

Il laissa de *Vaggia Buondelmonti*

fa femme cinq fils & une fille. P. BRAC-
Celle-ci, nommée *Lucrece* fut ma- CIOLINI.
riée en 1456. à *François di Niccolo*
Cocchi Donati.

Les fils fe diftinguerent tous par
leur fcience, quoiqu'ils n'ayent pas
eu tant de réputation que leur pere.

Pierre Paul entra dans l'Ordre de
S. Dominique, & mourut à *Rome*
le 6. Septembre 1464. à l'âge de 26.
ans, étant Prieur de *Sainte Marie*
fur la Minerve.

Jean Batifte fut Docteur en Droit,
& Chanoine de *Florence* & d'*Arezzo,*
Acolyte du Pape & Clerc affiftant
de fa Chambre. Il mourut en 1470.
Il a écrit en Latin la vie de *Nicolas*
Piccinini, un des premiers Capitai-
nes de fon tems, & celle de *Domi-*
nique Capranica Cardinal.

Philippe fut pendant une année
Chanoine de *Florence* ; mais ayant
refigné fon Canonicat à fon frere
Jean François, il quitta l'Etat Ecclefiaftique, & époufa *Alexandra*
del Beccuto, iffuë d'une illuftre famille, qui fubfifte encore aujour-
d'hui. Il en eut trois filles, en qui
finit le nom des *Pogges.*

P. BRAC- CIOLINI.

Jacques fut un beau génie & se distingua beaucoup dans les Belles Lettres. Il traduisit en Italien l'Histoire de *Florence*, que son pere avoit écrite en Latin, & la dédia à *Frederic de Feltro* Comte d'*Urbin*. Il dédia aussi à *Ferdinand* Roi de *Naples* la Version Italienne de la vie de *Cyrus* Roi de Perse, que son pere avoit traduite du Grec. Il mit encore en Italien les vies de quatre Empereurs Romains, sçavoir celles d'*Antonin le Pieux* & *Marc Antonin le Philosophe*, tirées de *Jules Capitolin*, celle d'*Alexandre Severe*, par *Ælius Lampridius*, & celle d'*Ælius Adrien* par *Spartien*. Il ne se contenta pas de traduire, il composa aussi de son chef. Il publia un petit Commentaire sur le Poëme Italien de *François Petrarque*, intitulé : *Le Triomphe de la Renommée*; un Traité de l'*Origine de la Guerre entre les Anglois & les François*, & une vie Latine de *Philippe Scholarius*, autrement dit *Pippo Spano*. Il fut Secretaire du Cardinal *Riario* jusqu'à l'an 1478. qu'ayant trempé dans la Conjuration des Pazzi, il fut pendu avec d'autres d'autres Conjurez à une fenêtre du Palais. *Ange Politien*, qui nous a donné une excellente Hiſtoire de cette Conjuration, ne parle gueres avantageuſement de *Jacques*. C'étoit, ſelon lui, un homme remuant, avide de nouveautez, d'une vanité & d'une préſomption inſupportable, médiſant de tout le monde avec fureur, ſans épargner ni grands ni petits, & une ame venale.

Jean François fut Chanoine de *Florence*, & eut quelques emplois à la Cour de *Rome*, ayant été Clerc de la Chambre du Pape, & Abbréviateur des Lettres Apoſtoliques. Il étoit fort verſé dans le Droit Canon, à en juger par le Traité qu'il publia ſur le pouvoir du Pape & celui du Concile. *Leon X.* l'eſtimoit fort, & le fit ſon Secretaire. Il mourut à *Rome* le 25. Juin 1522. âgé de 79. ans, comme on le voit par ſon Epitaphe qui eſt dans l'Egliſe de S. *Gregoire.*

Tels ſont les enfans du *Pogge*, dont il eſt bon de tracer ici le caractere.

Il paroît par ſes Ouvrages qu'il

Tome IX. M

du P. BRACCIOLINI.

P. BRAC-
CIOLINI.

aimoit les Belles Lettres avec paſſion, & qu'il avoit une inclination
particuliere pour ceux qui les cul-
tivoient. Son fort étoit la Litterature & l'Eloquence, dont il fut un
des principaux reſtaurateurs. Il ne
borna pas ſes études aux bons Auteurs de l'Antiquité Profane. On
voit par ſes citations qu'il étoit
aſſez verſé dans l'Hiſtoire Eccleſiaſtique & dans la lecture des Pé-
res, ſur tout de S. Chryſoſtome &
de S. Auguſtin. Il ne paroît point
qu'il ſe ſoit exercé à la Poëſie, ſi
ce n'eſt par une aſſez mauvaiſe Epitaphe qu'il fit d'*Emmanuel Chryſo-
loras*. Les Auteurs ſe ſont accordez
à loüer ſon ſtile, qu'il ſçavoit va-
rier ſelon les ſujets qu'il traitoit.
On trouve dans ſes Harangues une
éloquence aiſée, ſans enflure & ſans
déclamation. Il avoit pris *Ciceron*
pour modele, & on peut dire qu'il
l'imitoit aſſez bien. Le ſtile de ſes
Lettres eſt ſimple, naturel & inſi-
nuant, comme le doit être le ſtile
Epiſtolaire. Les Satyres de Juvenal
n'approchent pas de la mordacité
& du cauſtique de ſa plume dans

ſes invectives. Ses *faceties* ou ſes P. BRAC-
bons mots ſont écrits dans un lan- CIOLINI.
gage fort negligé, & quelquefois
plat & barbare, apparemment afin
qu'ils fuſſent plus à la portée du
peuple. A l'égard de ſon Hiſtoire,
on ne ſçauroit la lire ſans y reconnoître *Tite-Live*, *Salluſte* & les
meilleurs Hiſtoriens de l'Antiquité,
au jugement de *Benoît Aretin*.

Ses Lettres témoignent qu'il
étoit bon citoyen, bon pere, bon
mari, bon ami. Sa tendreſſe pour
ſes amis ne ſe bornoit pas à des
proteſtations ou à des loüanges. Il
leur rendoit tous les ſervices qu'il
pouvoit, & n'épargnoit pour cela
ni ſon crédit, ni celui de ſes amis
& de ſes protecteurs. Il ne manquoit pas non plus à la plus ſolide
de toutes les marques d'amitié, qui
eſt de donner des conſeils ſalutaires,
& de les donner d'une maniere en-
gageante.

Il regardoit l'avarice comme une
paſſion baſſe & indigne d'un honnête homme, auſſi étoit il deſinte-
reſſé, liberal & communicatif; il
avoit bien ſouvent à la bouche ce

P. BRAC-CIOLINI. bon mot de *P. Syrus*, qu'il manque bien des chofes à un homme paùvre, mais que tout manque à un avare. *Defunt inopia multa, avaritia omnia.* Vivant fans ambition, il n'a jamais fait aucune démarche pour s'avancer dans les voyes de la fortune. Enfin on remarque dans fes écrits ce caractere de modeftie qui fied fi bien aux Sçavans, quoiqu'il foit affez rare parmi eux.

Si tant de belles qualitez ne furent pas effacées par de grands defauts, elles en furent au moins ternies. *Pogge* ordinairement moderé, ne laiffoit pas de fe mettre quelquefois en colere. Mais il avoit la prudence de s'abftenir de parler ou d'écrire jufqu'à ce que fon feu fût rallenti, comme il le marque à un de fes amis. Il n'ufa pas cependant toujours de cette fage précaution, comme il paroît par ces fanglantes invectives qu'il compofa contre plufieurs perfonnes, & par quelques Lettres qui ne font point encore imprimées.

Les enfans qu'il eut dans le célibat témoignent affez qu'il eut une

jeuneſſe déreglée. Parmi ſes Lettres
manuſcrites, qui ſont dans la Bibliotheque de *Wolfénbutel* ; il y en
a une où il dépeint, même en termes aſſez libres, la paſſion qu'il
avoit euë pour les femmes. Les obſcenitez qu'il a répanduës dans ſes
facéties, ſont une preuve que ſa
plume n'étoit pas plus chaſte que ſa
vie.

Un autre grand défaut de *Pogge*,
c'eſt ſon ſtile mordant & emporté
quelquefois juſqu'à la fureur. On
pourroit plus aiſément excuſer ce
défaut dans ſon ſiecle, que dans un
ſiecle poli comme le nôtre, où cependant on n'en voit que trop ſouvent des exemples. *Paul Jove* nous
apprend, qu'un jour dans un lieu
public, & en preſence des Secretaires Apoſtoliques, la malignité
de la langue de *Pogge* lui attira deux
bons ſoufflets de la part de *George
de Trebiſonde* ; *Pogge* ne diſconvient
pas entierement de ce fait, mais il
prétend que ce fût une veritable
batterie, où il ſe défendit fort bien,
& où il n'y eut pas ſeulement des
ſoufflets de donnez, mais des coups

P. BRAC- de pied, de bâton & d'épée.
GIOLINI. Les Auteurs, dont la décou-
verte est dûë à *Pogge*, sont les suivans.

1. *Tertullien.*

2. *Quintilien.* L'exemplaire des
Ouvrages de cet Auteur, que *Pogge*
trouva, n'étoit pas le seul qu'on eut,
puisque, lorsqu'il l'eût envoyé à
Leonard Aretin, celui-ci lui marqua
qu'il travailloit à le collationner
avec celui qui étoit dans sa Bibliotheque. Il est à propos de rapporter
ici la maniere dont il trouva ce
Manuscrit, telle qu'elle est décrite
dans une de ses Lettres à *Guarin de
Verone* son ami. » Le bonheur, dit-il
» voulut que nous trouvant à *Cons-
» tance*, sans sçavoir que faire,
» l'envie nous prit d'aller voir le
» lieu où le *Quintilien* étoit enfer-
» mé, dans le Monastere de *S. Gal*
» à vingt mille de cette Ville. Nous
» y allâmes pour nous amuser, &
» dans le dessein d'y chercher des
» Livres, qu'on disoit y être en
» quantité. Parmi un très-grand
» nombre de volumes, nous y trou-
» vames le *Quintilien* sain & sauf,

» mais tout couvert de poussiere. P. BRAC-
» Les livres étoient non pas dans un CIOLINI.
» lieu tel qu'ils meritoient d'être,
» mais dans un lieu obscur & af-
» freux, savoir au fond d'une tour,
» où l'on ne mettroit pas des cri-
» minels condamnez à mort. Ceci
suffit pour refuter le conte de *Paul*
Jove, qui dit que le *Quintilien* fut
trouvé dans la boutique d'un Chaircuitier; conte qui a été copié par
un grand nombre d'Auteurs.

3. Le Commentaire d'*Asconius*
Pedianus sur huit Oraisons de *Ci-*
ceron. M. *L'enfant* s'est trompé en
distinguant l'Ouvrage d'*Asconius* du
Commentaire sur les Oraisons de
Ciceron.

4. *Lucrece*. Il n'y avoit qu'une
partie de son Poëme dans le Manuscrit que *Pogge* déterra.

5. *Silius Italicus.*

6. *Ammian Marcellin.* Aucun de
ceux qui ont publié cet Auteur,
n'a fait à *Pogge* honneur de cette dé-
couverte.

7. *Manilius.* C'est sur le Manuscrit de *Pogge*, quoiqu'imparfait,
que se fit la premiere édition de cet

P. Brac- Auteur à *Boulogne* en 1474. *Jean*
Ciolini. *Albert Fabricius* s'eſt trompé lour-
dement, en diſant dans ſa *Bibliothe-*
que Latine, que c'eſt *Pogge* lui-même qui a donné cette édition, puiſqu'il étoit mort en 1459. c'eſt-à-
dire, quinze ans avant qu'elle parut.

8. *L. Septimius*, à qui on attribuë
la Verſion du faux *Darés* Phrygien.

9. Les trois premiers Livres de
Valerius Flaccus.

10. *Caper*, *Eutychus* & *Probus*,
trois anciens Grammairiens.

11. Les Livres de *Ciceron*, *de Fi-*
nibus & *de Legibus*, & ſes Oraiſons
pro Cecinna, *de Lege Agraria contrà*
Rullum, *ad Populum contrà Legem*
Agrariam, *in Lucium Piſonem*, *pro*
Rabirio Piſone, *pro C. Rabirio perduel-*
lionis reo, *pro Roſcio Comœdo*. La dé-
couverte de ces ſept Oraiſons eſt à
la fin d'un Manuſcrit de la Bibliotheque de ſainte Marie de *Florence*,
attribuée à *Pogge*. Il en a découvert
encore une autre, dont on ignore
le titre, puiſqu'il ſe fait (*a*) une
gloire d'en avoir déterré huit.

(a) *Lib. de Infelic. Princip.*

12.

12. Une partie de *Columella.*

13. *Frontinus*, *de Aquæductibus.* Il trouva cet Auteur au *Mont-Caffin*, où l'on voit encore, felon le Pere *Mabillon*, fon Manufcrit, fur lequel toutes les autres copies ont été faites.

Il eft tems de venir aux Ouvrages de notre Auteur. Les principaux, excepté fon Hiftoire de *Florence*, ont été ramaffez enfemble, & imprimez ainfi plus d'une fois. La premiere édition parut en 1510. *in-fol.* à *Strasbourg* ; ce fut à un certain *Thomas D. Aucuparius*, qui fe donne le titre de Poëte couronné, *Poëta laureatus*, qu'on eut l'obligation de ce recüeil. Il dit dans une efpece de dédicace à *Sebaftien Brandt*, que de tous les Ouvrages de *Pogge*, on n'avoit jufque-là imprimé prefque autre chofe que fes *Facetiæ*, & qu'ayant ramaffé divers Ecrits de cet Auteur, il avoit crû lui rendre fervice, de même qu'aux Gens de Lettres, de les faire imprimer. L'année fuivante 1511. on réimprima les Ouvrages de *Pogge* à *Paris in-*4°. Deux ans après, c'eft-à-dire en 1513. il s'en fit dans la même Ville

POGGE BRAC-CIOLINI.

Tome IX. N

POGGE une nouvelle édition fort augmen-
BRAC- tée ; & sur celle-là se fit, par les
CIOLINI. soins d'*Henri Bebelius*, l'édition de
Bâle en 1538. chez *Henri Petri*, qui
est la plus commune. Elle porte
pour titre : *Poggii Florentini Ora-
toris & Philosophi Opera*, *collatione
emendatorum exemplarium recognita.*
Toutes ces éditions sont fort peu
exactes, les fautes y sont sans nombre, & il n'est gueres possible de
décider laquelle est la moins fau-
tive.

Les Pieces contenuës dans ce recüeil sont :

1. *Historia disceptativa de Avaritia.*
Cette dispute sur l'Avarice est en
forme de Dialogue. *Pogge* y fait
parler *Antoine Lusco*, *Cincio*, *Barthelemi de Montepulciano* & quelques
autres.

2. *Historia disceptativa convivales
III.* *Pogge* adresse cette Histoire
convivale au Cardinal *Prosper Co-
lonne*, à qui il dit que le tems qu'il
avoit employé à composer ses Ouvrages l'avoit beaucoup aidé à sup-
porter le malheur des tems ; qu'il
n'avoit pû songer sans regret & sans

douleur , que quoiqu'avancé en âge , il étoit fi peu à fon aife, qu'il fe trouvoit obligé de fonger plû-tôt à gagner fa vie qu'à cultiver fon efprit ; que néanmoins la ge-nerofité du Pape *Nicolas V.* lui avoit ôté pour lors tout fujet de plainte, enforte qu'il paroiffoit être enfin reconcilié avec la fortune. Voici ce qui a donné occafion à cet Ou-vrage. La même année que la pefte obligea *Nicolas V.* de quitter *Rome, Pogge* fe retira à *Terra-nuova* fon lieu natal. Il y fut vifité par *Char-les Aretin*, *Benoît Aretin* Jurifcon-fulte , & *Nicolas Fulgini* fameux Philofophe & Medecin de profef-fion. Après le repas ils agiterent les trois queftions qui font le fujet de ces Differtations. 1°. Lequel des deux doit faire des remercie-mens, celui qui a été invité à un repas, ou celui qui l'a invité. 2°. Lequel des deux Arts de la Mede-cine ou du Droit Civil eft le plus excellent. 3°. Si les anciens Ro-mains ont eu tous la même langue, c'eft-à-dire, s'il y a eu une langue pour les Gens de Lettres , & une

POGGE BRAC-CIOLINI.

N ij

POGGE
BRAC-
CIOLINI.

autre differente pour le commun peuple.

3. *Liber de Nobilitate.* Comme *Pogge* parle dans ce Traité un peu cavalierement des Venitiens, *Lauro Quirini*, Noble Venitien, lui répondit vivement, ce que fit aussi *Leonard de Chio* dans un Traité Apologetique de la veritable Noblesse, qui se trouve en manuscrit dans la Bibliotheque de M. *Facciolati*. Au reste *Pogge* dans une Lettre à *Thomasius* Philosophe & Medecin Venitien, avoüe qu'il n'avoit mal parlé des Venitiens, que pour se venger de quelques Nobles de cette Republique, qu'il s'imaginoit avoir excité la guerre en Italie; & ajoûte qu'il ne vouloit point de mal à cette Nation, qu'il avoit même eu dessein de se faire recevoir Bourgeois à *Venise*, & de s'y retirer pour le reste de ses jours; que dans cette vûë, il avoit résolu d'en écrire l'histoire; mais qu'ayant été rappellé dans sa Patrie, & y ayant obtenu un poste honorable, il avoit changé de sentiment.

4. *De humana conditionis miseria.*

On fent bien par le mal que *Pogge*
dit dans cet Ouvrage des Moines ,
des Cardinaux & des Papes même,
qu'il n'étoit plus à *Rome* lorfqu'il le
compofa. Ce fut immédiatement
après fon arrivée à *Florence* qu'il
l'écrivit. Il ne fe trouve que dans
la troifiéme édition de fes Œuvres.

5. *Ruinarum urbis Romæ defcriptio.*
M. de *Sallengre* a inferé ce petit
Traité dans le premier volume de
fon *Novus Thefaurus Antiquitatum
Romanarum.*

6. *Afinus Luciani in Latinum ver-
fus.*

7. *Liber invectivarum contrà Feli-
cem Antipapam , Francifcum Philel-
phum & Laurentium Vallam.* *Pogge*
fçavoit déclamer à merveille , les
termes offençans & les épithetes injurieufes ne lui coûtoient rien ; &
on le voit fans peine par ces Pieces
dont le contenu répond parfaitement au titre qu'elles portent.

La premiere regarde *Amedée* Duc
de Savoye, élu Pape, fous le nom
de *Felix V.* par le Concile de *Bâle.*
Il n'y eft gueres épargné non plus
que le Concile qui l'avoit élû.

POGGE
BRAC-
CIOLINI.

Les trois suivantes sont contre *François Philelphe*. *Poggé* les composa pour venger son ami *Nicolas Niccoli* de deux Satyres que *Philelphe*, qui étoit naturellement fort médisant, avoit publiées contre lui. On ne peut rien ajoûter aux infamies qu'il dit de celui qu'il attaque, & il faut avoüer que si le quart de ce qu'il lui reproche est veritable, c'étoit un grand scelerat. Mais la passion paroît trop visiblement dans son discours, pour en croire la moindre chose.

Il s'agit encore de *Philelphe* dans la cinquiéme, qui est intitulée : *Invectiva excusatoria cum Francisco Philelpho.* C'est une espece de Lettre de reconciliation à *Philelphe*, mais qui est écrite en termes fort generaux, qui dans le fond ne signifient pas grande chose ; en effet il lui en avoit trop dit, pour pouvoir se retracter avec honneur.

Les quatre invectives qui suivent sont contre *Valla*, que *Pogge* traite avec le dernier mépris. On y trouve à chaque page les épithetes de *bestia, latrator furibundus, insanus, convi-*

tiator demens , hæreticus, monſtrum ,
&c. Il ne s'agiſſoit cependant que
de quelques mots & de quelques
phraſes que *Valla* avoit condamnées
dans les Lettres de *Pogge* , comme
peu Latines; c'étoit là le ſeul ſujet de
leur démêlé. Il y a une cinquiéme invective de *Pogge* contre *Valla,* mais
elle n'a point été imprimée , & ſe
trouve ſeulement en manuſcrit dans
la Bibliotheque de M. *Fontanini.*

8. *Orationes.* Ces Diſcours ſont
au nombre de cinq. Les quatre premiers contiennent un Eloge funebre du Cardinal de *Florence* , du
Cardinal de *Sainte Croix* , de *Nicolas*
Niccoli & de *Laurent de Medicis.*
Le cinquiéme eſt adreſſé au Pape
Nicolas V. & tend à exhorter ce
Pontife à la beneficence & à la liberalité , à joindre la miſericorde à
la juſtice, & à écouter avec doci-
lité les remontrances qu'on pourroit
lui faire.

9. *Liber Epiſtolarum.* Les plus conſiderables de ces Lettres , qui ſont
au nombre de 42. ſont 1. celle où
il fait à *Coſme de Medicis* une deſcription de la vie champêtre. 2.

N iiij

POGGE BRAC- CIOLINI. Celle à *Nicolas Niccoli* contenant une description des bains de *Bade.* 3. Celle à *Leonard Aretin* sur le supplice de *Jerôme de Prague*, qui a été imprimée plusieurs fois en divers recüeils, & dont on trouve une traduction Françoise dans le *Poggiana* de M. *Lenfant.* 4. Une longue Dissertation Apologetique contre *Guarin de Verone*, avec lequel il s'étoit broüillé au sujet du Parallele de Cefar & de Scipion. Il avoit mis dans une de ses Lettres *Scipion* au-deffus de *Cefar. Guarin*, qui donnoit la préference à *Cefar*, en fut si irrité, qu'il écrivit contre *Pogge*, qui avoit été jusques-là son ami, une Piece si pleine d'invectives, qu'il semble qu'il eût fongé plûtôt à le déchirer qu'à défendre *Cefar.* On n'a point cette Piece, à laquelle *Pogge* a répondu par cette Dissertation. Au reste ils se reconcilierent dans la suite.

10. *Dialogus de infelicitate Principum.* On raisonne fort librement dans ce Dialogue fur les bonnes & les mauvaises qualitez des Princes. *Hallervord* (a) en parle comme s'il

(a) *Bibliot. Curiofa.*

POGGE
BRAC-
CIOLINI.

eût paru pour la premiere fois en
1629. du moins il dit qu'il fût tiré
de la Bibliotheque Imperiale par
Elie Ehingerus, & publié cette année là à *Francfort in-8°*.

11. *Facetiæ*. Ce ſeul Ouvrage,
qui eſt un recüeil de bons mots &
de bons contes, a plus contribué à
faire connoître *Pogge*, que tout ce
qu'il a écrit d'ailleurs. Il fut le premier qui publia quelque choſe dans
ce goût là, & il a été ſuivi d'une
infinité d'autres, qui ſouvent ont
pillé ſes contes, ſans lui en faire
ſeulement honneur. C'eſt ainſi qu'on
trouve dans *Rabelais*, dans les cent
Nouvelles nouvelles, dans l'*Arioſte*,
dans les *Ducento Novelle* de *Celio
Maleſpini*, dans *la Fontaine*, & dans
divers autres, le conte de l'*Anneau
de Hans Carvel*, dont l'invention eſt
dûë à *Pogge*, & qui le donne dans
la 133ᵉ de ſes Faceties ſous le nom
de *Philelphe*. Il nous apprend lui-
même dans ſa ſeconde invective
contre *Valla*, que ces Faceties
étoient de ſon tems répanduës par
toute l'Italie, la France, l'Eſpagne,
l'Allemagne, l'Angleterre, & qu'el-

POGGE
BRAC-
CIOLINI.

les étoient lûës de tous ceux qui entendoient le Latin. Nous voyons dans la Préface de cet Ouvrage ce qui y a donné occasion. Il y raconte que du tems de *Martin V.* quelques perfonnes d'efprit, entre lefquels étoient *Antoine Lufco*, *Cincio* Romain, *Razello de Boulogne*, & lui, avoient pratiqué dans le Vatican un petit réduit, où ils s'affembloient pour parler librement de toutes chofes & de tout le monde. Ils appelloient cet endroit *il Buggiale*, ce qui fignifie en Italien, un lieu de recréation, où l'on debite des fables & des bagatelles, & où l'on fe divertit aux dépens de qui il appartient. On y difoit des nouvelles, on y faifoit des contes, on frondoit contre tout ce qu'on n'approuvoit pas, & on approuvoit fort peu de chofes; fur tout on n'y épargnoit pas le Pape, qui pour l'ordinaire étoit mis le premier fur les rangs; c'eft de cet endroit que font fortis la plûpart des bons mots & des plaifanteries qu'on lit dans les Faceties de *Pogge*.

Un Ouvrage auffi libre & auffi

rempli d'obſcenitez , ne pouvoit POGGE
manquer de Cenſeurs. *Geſner* eſt un BRAC-
de ceux qui ſe ſont le plus déchaînez CIOLINI.
contre lui ; il l'appelle *Opus turpiſſi-*
mum & aquis incendioque digniſſimum.
L'Abbé *Tritheme* ne l'a pas moins
décrié dans ſon Traité *de Scriptori-*
bus Eccléſiaſticis. Eraſme faiſoit ſans
doute alluſion à cet Ouvrage , lorſqu'il a dit que *Pogge* étoit ſi ignorant , que ſes Ouvrages , quand
même ils ne ſeroient pas remplis
d'obſcenitez, ne meriteroient pas
d'être lûs , & qu'il étoit ſi obſcêne ,
que quand même il ſeroit très-ſça-
vant , on ne devroit avoir aucun
commerce avec lui ; car il en parle
ailleurs tout autrement , & dans
une de ſes Lettres à *Corneille Gouda-*
nus , il lui donne les qualitez de *Vir*
nec inelegans nec indoctus. Il eſt ſurprenant après cela que le bon Moi-
ne *Jacques Philippe de Bergame* ait
donné aux Faceties de *Pogge* le titre
de *Pulcherrimus Liber.*

Au reſte on a fait des éditions
ſans nombre de ces Faceties, qu'on
a ſouvent jointes avec les bons mots
de *Henri Bebelius* , de *Nicodeme Friſ-*

POGGE
BRAC-
CIOLINI.

chlin, d'*Alphonse* Roi d'Arragon, &c. On les a aussi traduites en diverses Langues. On en a une ancienne traduction Françoise imprimée à *Paris* en 1605. *in*-16. & une nouvelle faite par M. *Durand*, & accompagnée de ses Reflexions, qui a été imprimée à *Amsterdam* en 1712. *in*-12.

Telles sont les Œuvres de *Pogge* inferées dans le Recüeil dont j'ai parlé. Mais il en a fait beaucoup d'autres, qui ne s'y trouvent pas.

1. Le plus considerable, est son *Histoire de Florence*. Il la commença après son retour dans cette Ville ; mais il ne l'acheva pas entierement. Ce fut son fils *Jaques*, qui y mit la derniere main, & la divisa en huit Livres. Il fit plus, il la traduisit en Italien, & sa traduction fut imprimée pour la première fois à *Venise* en 1476. *in-fol.* sous ce titre : *Historia Fiorentina di Poggio Fiorentino, tradotta di Lingua Latina in Lingua Toscana* ; ensuite à *Florence* en 1492. dans la même forme ; & enfin dans la même Ville en 1598. *in-*4°. sous ce titre : *Historia Fiorentina di M.*

Poggio libri otto dall' origine de' Guelſi **POGGE**
e Gibellini ſin' all' anno 1453. *tradotta* BRAC-
in lingua volgare, riveduta e corretta CIOLINI,
da Franceſco Serdonati. Cette troiſiéme édition eſt bien plus correcte
que les autres. L'Original Latin n'a
paru qu'en 1715. par les ſoins de M.
Recanati : Poggii Hiſtoria Florentina
nunc primùm edita, notiſque & Aucto-
ris vita illuſtrata ab Joanne-Baptiſta
Recanato, Patritio Veneto, Academi-
co Florentino. Venetiis 1715. *in-*4°.
Les Notes de l'Editeur, qui ſervent
à éclaircir & quelquefois même à
corriger le texte, ſont curieuſes.
Pour ce qui eſt de l'Hiſtoire même,
qui contient ce qui s'eſt paſſé à *Flo-*
rence depuis 1350. juſqu'à l'an 1455.
on trouve à redire qu'il n'ait point
parlé des troubles qui ont agité cette
Republique au-dedans, & qu'il s'y
ſoit montré trop partial ; ce qui a
donné occaſion à cette Epigramme
de *Sannazar.*

Dum patriam laudat, damnat dum
Poggius hoſtem,
Nec malus eſt civis, nec bonus hiſ-
toricus.

Il eſt à remarquer qu'on trouve

POGGE
BRAC-
CIOLINI.

dans l'Histoire de *S. Antonin*, &
dans celle de *Mantoue* par *Barthelemi Platine*, des périodes entieres
de l'Histoire de *Pogge*, d'où il est
certain qu'ils les ont prises, puisque *Pogge* écrivoit avant *Platine*,
& que son stile est facile à distinguer
de celui de S. *Antonin*, qui est rude
& grossier.

2. *Poggii Bracciolini Florentini Historiæ de Varietate Fortunæ, Libri IV.
ex Msf. Cod. Bibliothecæ Ottobonianæ
nunc primùm editi & notis illustrati à
Dominico Georgio. Accedunt ejusdem
Poggii Epistolæ 57. quæ numquam an-
teà prodierant. Omnia à Joanne Oliva
Rhodigino vulgata. Parisf.* 1723. in-
4°. Les trois premiers Livres de cet
Ouvrage, qui sont en forme de Dialogues, répondent au titre. Le quatriéme est une description des Indes
Orientales, où l'Auteur rapporte
ce qu'il dit avoir appris à *Florence*
d'un Venitien nommé *Nicolas de
Conti*, & qu'il joint aux précédens,
pour presenter aux Lecteurs quelque chose d'amusant & d'agréable,
après leur avoir offert jusques-là
beaucoup d'objets tristes. Il avoit

été déja imprimé feparément en POGGE 1492. & *Ramufio* l'a inferé en Ita- BRAC- lien dans le premier volume du re- CIOLINI. cüeil de fes Voyages f. 338. Il y a bien des fables dans cette Relation. Le ftile de *Pogge* dans cet Ouvrage eft clair, vif & nombreux, mais quelquefois un peu negligé, & fa latinité eft en quelques endroits dure & peu exacte, quoique le tour en foit affez heureux. Il fe méprend fouvent dans les circonftances des faits qu'il rapporte, & juftifie par là le jugement de ceux qui préten- dent qu'il étoit mauvais Hiftorien.

3. Il a fait l'Oraifon Funebre de *Leonard Aretin* fon ami, mort à *Florence* en 1443. que M. *Baluze* a publiée le premier dans le troifiéme volume de fes *Mifcellanea. Bayle* femble ne l'avoir pas connuë, puif- qu'il n'en fait aucune mention dans fon Dictionnaire, à l'article de *Leo- nard Aretin.*

4. *Diodori ficuli Libri fex Latine, Poggio interprete. Venetiis* 1476. & 1493. *in-fol.* It. *Bafileæ* 1530. & 1578. *in-fol.* Ce titre porte fix Li- vres, quoique *Pogge* n'ait traduit

que les cinq premiers Livres de *Dio-dore*, parce qu'il a partagé le premier en deux. Quelques Auteurs, entr'autres *Vincent Obsopæus* dans l'édition de cet Auteur faite à *Bâle* en 1539. prétendent ôter à *Pogge* cette traduction, sous prétexte qu'il étoit fort ignorant dans la Langue Grecque, & qu'il étoit même peu versé dans la Latine, prétexte qui n'a aucun fondement & qui est opposé au sentiment general. Il est sûr qu'elle est de lui, & qu'il la fit par ordre du Pape *Nicolas V.* à qui il la dédia, par une Epître, où il marque que c'étoit aussi par son ordre qu'il avoit traduit la *Cyropedie de Xenophon.* Aussi l'une & l'autre de ces traductions portent à leur tête le nom de *Pogge*, tant dans les imprimez que dans les manuscrits, & lui sont attribuez unanimement par *Jacques de Bergame*, *Volaterran*, *Hugolin Verino* & quelques autres. C'est mal-à-propos qu'on a prétendu qu'elles étoient d'un Anglois nommé *Jean Frée*, sur la foi d'une copie manuscrite de ces traductions, à la tête de laquelle

quelle un Copiſte ignorant avoit mis ſon nom, comme l'a fort bien remarqué *Wood* dans ſon Hiſtoire de l'Univerſité d'*Oxford.*

5. *Pogge* a donc traduit en Latin la *Cyropedie de Xenophon*, mais ſa traduction n'a pas été imprimée ; elle eſt ſeulement en manuſcrit dans pluſieurs Bibliotheques. *Jaques* ſon fils a fait une traduction Italienne de cet Ouvrage ſur le Latin de ſon pere, & elle a été imprimée à *Tivoli* en 1527. *in-*8°.

Pogge a fait quelques autres Ouvrages, comme un Dialogue contre les hypocrites, une Harangue contre les médiſans, une Diſſertation où il examine ſi un vieillard ſe doit marier, & quelques autres ; mais tout cela n'eſt qu'en manuſcrit.

Il eſt auſſi un de ceux à qui on a attribué le Traité *de tribus Impoſtoribus*, Livre imaginaire, qui n'a jamais exiſté. C'eſt *Campanella* qui le lui attribue dans ſon *Atheiſmus Triumphatus.*

Je finirai cet article en relevant quelques fautes que *Varillas* a faites

Tome IX. O

POGGE
BRAC-
CIOLINI.

en parlant de *Pogge* dans ses *Anecdotes de Florence.*

1. Il dit que *Pogge* travailla en
même tems qu'*Aretin* à l'éducation
de *Laurent de Medicis* : d'où a-t'il
pû apprendre ce fait dont aucun
Auteur ne fait mention, & qui n'eſt
pas même probable ? puiſque *Laurent de Medicis* n'avoit qu'onze ans
lorſque *Pogge* mourut en 1459.
D'ailleurs *Leonard Aretin*, dont il
veut parler, ne peut pas non plus
avoir travaillé à ſon éducation,
puiſqu'il eſt mort en 1443. cinq
ans avant la naiſſance de *Laurent de
Medicis.*

2. De la maniere dont *Varillas*
s'exprime, on diroit que *Pogge* n'auroit été Secretaire que de deux Papes *Eugene IV.* & *Nicolas V.* au lieu
qu'il l'a été de ſept.

3. Il a fort joliment brodé l'a-
vanture des soufflets donnez à *Pogge.*
» Un jour, dit-il, que l'on criti-
» quoit les Brefs, ſelon la coutume,
» dans une Aſſemblée de Gens de
» Lettres, *Poggio* ne pût ſouffrir
» qu'on en loüât un qui avoit été
» dreſſé par *George de Trebiſonde*,

» & il lui échappa ce Vers faty- POGGE
» rique.   BRAC-
   » *Graculus efuriens in Cœlum , juf-* CIOLINI.
    » *feris , ibit.*

» *George* , qui n'entendoit pas rail-
» lerie, lui repartit fur le champ
» par une couple de foufflets, qui
» furent fuivis d'une rifée fi generale,
» que *Poggio* fut obligé de fe cacher,
» & même de fortir le lendemain de
» *Rome* , où il jugeoit bien qu'il n'y
» avoit rien à faire pour lui , après
» un tel affront. Il retourna donc à
» *Florence.* Mais il ne manque à
tout cela que la verité. *Pogge* refta
encore long-tems à *Rome* après cette
avanture , qui fe paffa comme je l'ai
rapporté plus haut.

4. *Varillas* a tort de dire que
Pogge mourut quelque tems avant
la Conjuration de *Pazzi* , puifque
fa mort arrivée en 1459. préceda de
dix-neuf ans cette Conjuration ,
qui fe fit en 1478.

5. Le Conte du *Quintilien* trouvé
dans la boutique d'un Chaircuitier,
felon *Jove*, étoit trop fingulier ,
pour que *Varillas* le negligeât ; mais
il a enchéri fur cet Auteur & a voulu

POGGE
BRAC-
CIOLINI.

raconter ce fait à sa maniere. »*Pogge*, » dit-il, eut encore le bonheur de » découvrir les Inftitutions & les » dix-neuf premieres Declamations » de *Quintilien*, en furetant dans » la boutique d'un Epicier Alle- » mand, qui les alloit déchirer pour » en faire des enveloppes. C'étoit un endroit bien propre à *fureter*, pour y trouver des Livres, que la boutique d'un Epicier !

M. *Recanati* dans la belle vie de *Pogge*, qu'il a mife à la tête de fon Hiftoire de *Florence*, dit qu'il fut Secretaire Apoftolique fous huit Papes, & met pour le dernier *Calixte III*. Mais comment l'auroit-il pû être de celui-ci, puifqu'il retourna à *Florence* en 1453. & s'y fixa, & que ce Pape ne fut elû qu'en 1455?

V. *Jove Elog. Volaterran. Liv. 21. J. Philippe de Bergame Suppl. Chronic. an.* 1416. *Recanati. Vita Poggii. Journ. de Venife tome* 9. *Memoires de Litterature par Sallengre*, tom. 2. pag. 1. *Poggiana par M. Lenfant*, *Amfterdam* 1720. 2. tom. *in-*12. *Remarques fur le Poggiana, par M. de la Mon-*

noye. Paris 1722. *in*-12. *Offervazioni Critiche ed Apologetiche fopra il Libro del fign. Jacobo Lenfant intitolato Poggiana, fatte da Giovanbatifta Recanati, in Venezia* 1721. *in*-8°. *Iftoria degli Scrittori Fiorentini del Padre Giulio Negri. In Ferrara* 1722. *in-fol.*

BARTHELEMI SCALA.

BARTHELEMI *Scala* naquit à *Colle* petite ville de la
Tofcane, comme l'atteftent tous
les Auteurs Italiens ; ainfi *Voffius* fe
trompe lorfqu'il le fait Florentin.
Ce qu'il dit de l'année de fa naiffance fouffre auffi quelque difficulté : il la met après *Poccianti* en
1424. & cependant *Scala* fe difoit
en 1470. âgé de 38. ans, & préten-
doit en 1480. en avoir cinquante.
Toutes ces dates ne peuvent s'accorder.

Son extraction n'avoit rien que
de bas, étant fils d'un Meûnier ; &
s'il parvint aux premieres Charges
de la Republique de Florence, il
n'en fut redevable qu'à fon merite.

B.Scala. Il alla certainement à *Florence* avant l'an 1450. puisqu'il y étudia avec *Jacques Ammannati*, qui quitta vers cette année la ville de *Florence* pour aller à *Rome*, où plusieurs années après le Pape *Pie II.* le fit Cardinal.

Cosme de Medicis, surnommé le Pere de la Patrie, voyant en lui d'heureuses dispositions pour les sciences, le prit sous sa protection & lui donna les moyens de faire ses études. Ce fut apparemment en ce tems qu'il étudia en Droit, & que s'y étant fait recevoir Docteur, il se mit à fréquenter le Barreau.

Après la mort de *Cosme*, arrivée le premier d'Août 1464. *Pierre de Medicis* son fils lui témoigna beaucoup d'affection. Ce fut par son entremise que la Republique lui confia des negotiations importantes & l'employa dans des affaires difficiles.

En 1467. les Florentins étant en guerre avec les Venitiens formerent un Conseil de dix personnes, pour regler tout ce qu'il y auroit à faire sur ce sujet, & *Scala* fut un de ces

dix , ſi on s'en rapporte à *Philelphe.* B.SCALA.
Mais comme on ne trouve point
ſon nom dans la liſte que les Hiſtoriens en ont donnée , je n'aſſurerai
rien là-deſſus.

Ce qu'il y a de ſûr , c'eſt qu'il
étoit déja avant ce tems là Secretaire ou Chancelier de la Republique. Le 13. Septembre 1471. on lui
donna de même qu'à tous ſes deſ-
cendans le droit de Bourgeoiſie de
la ville de *Florence* , & il obtint
l'année ſuivante des Lettres de No-
bleſſe.

En 1484. les Florentins envoye-
rent au Pape *Innocent VIII.* une
Ambaſſade ſolemnelle pour le complimenter ſur ſon exaltation au Pontificat. *Scala*, qui fut un des ſix
qu'on choiſit pour ce ſujet porta la
parole, & fit au Pape un diſcours
qui lui plût ſi fort, qu'il le fit le
25. Decembre de la même année
Chevalier de l'Eperon d'or & Senateur de *Rome.*

En 1486. il fut élû Gonfalonier
de la Republique. Son tems fini,
il fut fait de nouveau Chancelier.
En 1494. on reforma la Chancellerie,

B.SCALA. & on lui ôta fa Charge pour quelques foupçons qu'on avoit conçus de lui ; mais fon innocence ayant été reconnuë quelque tems après, on l'y rétablit auffi-tôt.

La goute le fit beaucoup fouffrir fur la fin de fes jours. Il mourut à *Florence* l'an 1497.

Il avoit époufé *Madeleine Benci* d'une famille illuftre de *Florence*, dont il eut un fils nommé *Julien*, & cinq filles, une defquelles nommée *Alexandra*, s'eft renduë celebre par fon érudition & par fon habileté dans les Langues Grecque & Latine.

Il eut une difpute affez vive avec *Politien*, comme il paroît par leurs Lettres. La jaloufie y eut un peu de part, & *Politien*, qui en agit d'abord poliment à fon égard, le menagea fi peu dans la fuite, qu'on trouva parmi fes Poëfies une Epigramme violente contre lui. La voici.

Hunc quem videtis ire faftofo gradu
  Servis tumentem publicis.
Fortuna ludens furfuris plenum tulit
  Ad ufque fupremos gradus
                              Cafurus

Casurus usque nutat , & jamjam cadet B. SCALA:
Sed non gradatim *scilicet.*

Pour entendre le fin de cette Epigramme , il faut sçavoir que *Scala*
avoit fait bâtir un fort beau Palais
à *Florence* , & qu'il avoit fait mettre sur le frontispice de la porte ses
armes , qui étoient une échelle, avec
ce mot au-dessous *gradatim* pour
marquer qu'il s'étoit élevé peu à
peu & par degrez aux premieres
Charges de la Republique.

Erasme ne porte pas un jugement
fort avantageux de *Scala*, il croyoit,
dit-il , être Ciceronien dans son
stile ; mais au jugement de *Politien*,
il n'étoit pas même Latin , & qui
plus est, il n'avoit pas le sens commun. Cette décision est un peu trop
dure , principalement par rapport
au dernier article.

Catalogue de ses Ouvrages.

1. *Bartholomæi Scala de Historiâ*
Florentinâ quæ extant in Bibliotheca
Medicæa , *edita ab Oligero Jacobæo.*
Roma 1677. *in-*4°. L'Editeur a dé-
dié cet Ouvrage à M. *Magliabecchi*,
à qui il étoit redevable. *Scala* avoit
écrit cette Histoire en vingt Livres,

Tome IX.   P

B. Scala. mais la mort ne lui a pas permis de mettre la derniere main à tout l'Ouvrage, il n'avoit mis en ordre que les quatre premiers, & une partie du cinquiéme.

2. *Vita di Vitaliani Borromeo. In Roma* 1677. *in-*4°. C'est *Christophe Bartholin* fils de *Thomas* qui a fait imprimer cette vie.

3. Le Discours qu'il fit au Pape *Innocent VIII.* a été aussi imprimé *in-*4°. mais le lieu ni l'année n'y sont pas marquez ; il est probable qu'il le fut à *Florence* peu de tems après qu'il eut été prononcé.

4. *Oratio pro Imperatoriis Militaribus signis dandis Constantio Sfortiæ Imperatori. in-*4°. Le lieu ni l'année ne sont pas marquez. *Scala* prononça ce Discours le 4. Octobre 1481. en qualité de Chancelier de *Florence,* lorsque *Constance Sforce* fut établi Chef des Troupes de la Republique.

5. Il a écrit beaucoup de Lettres tant en son nom, qu'au nom de la Republique, mais il n'y en a que quatorze d'imprimées, huit avec celles de *Politien,* à qui elles sont

adreſſées, deux à *Laurent de Medi-* B. Scala. *cis*, qui ſont jointes à ſon Hiſtoire de *Florence*, & quatre à *Auguſtin Dati*, qui ont été jointes aux ſiennes.

6. *Apologia contrà Vituperatores civitatis Florentiæ. Florentiæ* 1496. *fol.* Cet Ouvrage eſt fort rare.

V. le *Journal de Veniſe*, tome 22. p. 404.

MARTIAL D'AUVERGNE.

CET Auteur eſt peu connu ; MARTIAL on ne convient pas même du D'AU- Pays dont il étoit. *La Croix du Maine* VERGNE. prétend que quoiqu'il portât le nom de *Martial d'Auvergne*, il étoit cependant Limouſin ; mais il eſt ſeul de ce ſentiment, & l'on ſçait qu'il eſt peu exact, & que ſouvent il n'eſt pas ſûr de s'en rapporter à lui. Il s'eſt peut-être imaginé que cela étoit ainſi, parce que *Martial* eſt un nom de Batême fort commun aux Limouſins, à cauſe de S. *Martial* Apôtre du Pays. *Benoît le Court* Commentateur de ſes *Arrêts d'A-*

MARTIAL
D'AU-
~E.
mour, dit au contraire qu'il étoit du Pays dont il portoit le nom, & la chose est assez croyable. Il est vrai qu'il finit ses Vigiles du Roi Charles VII. par ces mots.

O vous, Messeigneurs, qui verrez
Les Vigiles, & les lirez,
Ne prenez pas garde à l'Acteur,
Car grand faultes y trouverez;
Mais, s'il vous plaist, le excuserez,
Veu qu'il est un nouvel Facteur
    Martial de Paris.

Mais il est à croire qu'il ne s'est surnommé de *Paris*, que parce qu'il s'y étoit transplanté & marié, comme le dit *la Chronique scandaleuse.*

Ce qu'il y a de sûr, c'est qu'il étoit Procureur au Parlement & Notaire au Châtelet de *Paris.*

La Croix du Maine dit qu'il se souvient d'avoir lû dans les Histoires de France, qu'il mourut à *Paris* d'une fiévre chaude, & qu'il se précipita dans l'eau, étant pressé de la fureur de son mal; nouvelle preuve de l'inexactitude de cet Auteur, qui copie d'imagination ce qu'il se souvient confusément d'a-

voir lû , fans pouvoir fe reffouvenir M ARTIAE
en quel endroit.   D'Au-

Le Livre où *la Croix du Maine* VERGNE.
avoit lû quelque chofe d'approchant
à ce qu'il dit, eft *la Chronique fcan-*
daleufe. Voici ce qu'on y trouve
touchant notre Auteur. » Au mois
» de Juin (1466.) advint que plu-
» fieurs hommes & femmes perdi-
» rent leur bon entendement , &
» mêmement à *Paris* : il y eut entre
» aultres ung jeune homme nommé
» Maître *Marcial d'Auvergne* , Pro-
» cureur en la Cour de Parlement ,
» & Notaire au Châtelet de *Paris,*
» lequel après qu'il eût été marié
» trois femaines avecques une des
» filles de Maître *Jacques Fournier* ,
» Confeiller du Roi en fadite Cour
» de Parlement , perdit fon enten-
» dement en telle maniere, que le
» jour de S. Jean-Baptifte environ
» neuf heures du matin, une telle
» frenaifie le print, qu'il fe jetta par
» la fenêtre de fa chambre en la ruë,
» & fe rompit une cuiffe , & froiffa
» tout le corps, & fut en grant dan-
» gier de mourir.

Il n'en mourut donc pas , comme

le dit *la Croix du Maine*, qui par
une autre faute le fait vivre en
1480. pendant qu'il le fait mourir
d'une chute arrivée en 1466.

Le P. *le Long* met sa mort en
1508. je ne sçai sur quelle autorité.

Voilà tout ce qu'on sçait de cet
Auteur, qui étoit un des hommes
de son siecle, qui écrivoit le mieux
& avec plus d'esprit, & qui est
plus connu par ses Ouvrages, que
par les circonstances de sa vie.

Ces Ouvrages sont.

1. *Les Arrêts d'Amour.* Ils furent
imprimez à *Paris* en 1528. & même
auparavant, suivant *la Croix du
Maine*, qui est toujours negligent
à marquer exactement l'année des
éditions & leur forme. Mais ils ne
parurent accompagnez des Commentaires Latins de *Benoît le Court*
qu'en 1533. à *Lyon* chez *Seb. Gry-
phius*, *in-4°.* Ces Commentaires se
trouvent dans la plûpart des éditions suivantes, qui sont celles de
Lyon 1538. *in-4°.* de *Paris* 1544.
in-8°. de *Lyon* 1546. *in-8°.* M. le
Duchat croit que c'est la premiere

où l'on trouve le cinquante-deu- MARTIAL
xiéme Arrêt & l'*Ordonnance ſur le* D'AU-
fait des Maſques. Celle de *Paris* 1555. VERGNE.
in-16. une *in*-16. en 1566. chez *Je-*
rôme Marnel, où je ne ſçai pour-
quoi on a omis l'Arrêt 52. & l'*Or-*
donnance ſur le fait des Maſques. L'é-
dition la plus ample de toutes eſt
celle de *Roüen* 1587. *in*-16. parce
qu'outre les 51. Arrêts compoſez
originairement par *Martial d'Au-*
vergne & commentez par *Benoît le*
Court, outre le 52e Arrêt & l'*Or-*
donnance ſur le fait des Maſques, qui
ſont deux Pieces de l'invention de
Gilles d'Avrigny, dit *le Pamphile*,
Avocat au Parlement de *Paris*, elle
contient de plus un 53e *Arrêt rendu*
par l'Abbé des Cornars en ſes grands
Jours tenus à Roüen, *pour ſervir de*
reglement touchant les arrerages requis
par les femmes à l'encontre des maris.
Les *Arrêts d'Amour* ſe trouvent encore dans un Recüeil intitulé : *Pro-*
ceſſus Juris Jocoſerius. Hanovia 1611.
in-8°. Ce ſont des Pieces purement
badines, où regne une grande naï-
veté, & ç'a été une plaiſante imagination que de les aller commenter

P iiij

MARTIAL férieusement , comme a fait *Benoît*
D'AU- *le Court* , qui étale beaucoup d'éru-
VERGNE. dition dans son Commentaire , &
y développe fort bien plusieurs
questions du Droit Civil , mais dont
peu de personnes s'aviseront d'y aller chercher la solution.

Les Arrêts sont écrits en Prose ,
mais l'Ouvrage commence par des
Vers , dont je rapporterai ici quelques-uns.

> *Environ la fin de Septembre*
> *Que faillent violetes & flours ,*
> *Je me trouvai en la Grand' Chambre*
> *Du noble Parlement d'Amours ;*
> *Et advint si bien qu'on vouloit*
> *Les derniers Arrêts prononcer ,*
> *Et que à ceste heure on appelloit*
> *Le Greffier pour les commencer.*
> *Si estoient illec bien six*
> *A les rapporter & avoir ,*
> *Au milieu desquels je m'assis ,*
> *Pour en faire comme eux devoir.*
> *Le Président tout de drap d'or*
> *Avoit robbe fourrée d'ermines ,*
> *Et sur le cou un camail d'or ,*
> *Tout couvert d'èmeraudes fines....*
> *Plusieurs Amans & Amoureux*
> *Illec vinrent de divers lieux.*

Et d'Amans courroucez , joyeux.
Par derriere les bancz j'en vis ,
Qui lefdits Arrêts écoutoient ,
Dont leurs cœurs eftoient tant ravis
Qu'ils ne favoient où ils eftoient.
Les uns de paour ferroient leurs dens,
Les autres émeuz & ardens ,
Tremblans comme la feüille en l'Ar-
          bre.
Nul n'eft fi fage ne parfait ,
Que quand il oit fon jugement ,
Qu'il ne foit à moytié deffait ,
Et troublé à l'entendement.
Je laifferai cette matiere ,
Car de cela peu me chaloit :
Et racompterai la maniere
Comme le Préfident parloit.

Pour donner une idée de ces Arrêts , qui ne font pas communs ,
malgré toutes les éditions qui s'en
font faites , j'en mettrai ici un , qui
eft le trentiéme.

Un amy fe plainct de ce que pour fervir
     à fa Dame , il ha tout defpendu :
     laquelle depuis n'a tenu compte de
     lui : concluant à ce qu'elle fuft con-
     demnée à l'entretenir comme devant.

Ceans s'eft plainct un Amoureux d'u-

MARTIAL
D'AU-
VERGNE.

ne sienne Dame, que la ha longuement
servie. Disit que du temps qu'il eut
premierement cognoissance à elle, il
estoit bien ayse, & avoit du sien large-
ment. Et quand elle lui demandoit aucune chose à prester ou donner, jamais ne
lui eust refusée. Or estoit vray que pour
toujours fournir aux fraiz & aux grandes cheres, chevance y avoit été emploïee,
& tellement que ses eaües estoient de-
venües bien basses. Mais il cuydoit
qu'elle deust soubvenir, comme il ha
faict à elle, & la pria de lui ayder &
de l'entretenir, dont n'a rien voulu
faire : ains luy ha plainement répondu
qu'il perdoit son temps, & que puisqu'il n'avoit plus de quoy, elle n'en
tenoit compte. Et non contente de ce,
luy ha faict dire, qu'il se retire chez ses
amis ; car plus n'avoit intention de l'ay-
mer, ny de lui faire aucun bien. Et
encore, qui pis est, se mocque de lui
devant les autres, en le monstrant au
doigt : qui lui est plus de martyre, que
qui le frapperoit d'un cousteau parmi le
cœur. Si requeroit finablement ledict
Amant, que sadicte Dame fut condemnée, nonobstant son adversité, de l'entretenir seulement en amour, & lui

faire chere, comme elle souloit, & MARTIAL
qu'il fut préferé devant tous les autres, D'AU-
attendu mesmement qu'il estoit des pre- VERGNE.
miers venus & des anciens serviteurs.

De la partie de cette deffenderesse fut
deffendu au contraire, & disoit pour
son proffit, que quiconque veult d'a-
mours joüir, baille l'argent devant la
main; & que c'est grande folie, que de
s'attendre à l'escuelle d'autruy, s'il ne
fournit & remplit. Disoit avec ce, que
le Galand au temps de sa fortune, &
que les biens lui venoient en dormant,
s'est mescongneu, & en ha festoyé un &
autre, dont il se sust bien passé; maintenant s'il a disette, il n'est pas trop
mal employé. Et quant est de l'aimer,
elle disoit qu'elle n'y estoit pas tenuë;
car les biens & vertus, qui souloient
estre en luy, n'y sont plus. Et ne falloit
ja ramentevoir les bonnes cheres du
temps passé; car si ledict Amant lui
ha faict tant de plaisirs & services,
aussi lui en ha elle fait plusieurs autres,
qu'il n'est ja besoin de declairer. Et
puisque il est ainsi que pauvreté maintenant le guerroye, adonc elle n'en veut
plus; car aussi au lieu où elle habite,
n'y a que toute malheureté, & jamais

MARTIAL D'AUVERGNE. *ne s'y treuve joye. Et quant est au surplus pour les biens, qu'elle lui offroit un povre bâton en sa main pour s'en aller, avec la prébende de Va-t'en pour récompense de ses services. En concluant que à tort se plaignoit d'elle, & en demandoit despens.*

Après lesquelles deffenses proposées, les Gens d'Amours, qui s'estoient adjoinct avec ledit Amant, disoient que cette femme n'étoit pas digne qu'on parlast d'elle devant les gens de bien. Car par son propos jamais n'aymoit que pour argent, & ainsi confessoit avoir vendu les biens d'Amours. Et qu'elle en ha meschamment usé en son temps, & aussi pareillement estoit voix & commune renommée qu'elle aime toujours trois ou quatre, & qu'elle les succe jusques aux os, & puis encore s'en mocque, qui est pis : car quelque femme que ce soit jamais ne doibt despriser le serviteur qui l'a servie, combien qu'il lui souvienne de beaucoup de fortunes. Et requeroient lesdictes Gens d'Amours à l'encontre d'elle qu'elle fut condemnée à faire amende honnorable, & à lui rendre & restituer tout ce qu'elle ha eu de lui, & dont il devoit être crû par son ser-

ment, *veu la maniere de proceder. Et* MARTIAL
avec ce, qu'elle ſoit bannie à tousjours D'AU-
dudiĉt Royaume d'Amours, comme in- VERGNE.
digne d'y converſer.

Ce povre Amánt pour ſes repliques
diſoit, qu'en tant qu'il lui touche, qu'il
eſtoit encore content, que tous les biens
qu'il lui avoit donnez demouraſſent
pour elle, comme ſiens, & ne vouloit
qu'on lui en oſtât rien; mais requeroit
ſeulement qu'elle l'aimaſt comme devant. Et encore promettoit de lui en
faire. A quoy elle répondit, que quand
elle le verroit, en feroit ſon debvoir,
mais juſques alors lui conſeilloit de changer air, pour recouvrer ſanté, & ob-
vier qu'il ne fuſt pas malade : & diſoit
oultre, qu'à la contraindre d'aimer l'on
ne ſçauroit, & auſſi tel amour qui ſeroit donné par force ne dureroit point,
mais plus de mal faiĉt à celui qui l'ob-
tient, que s'il n'en avoit point.

Si ont été les parties ouyes appoinc-
tées en droit & Conſeil. Finablement
veu le procez, & conſideré tout ce
qu'il falloit conſiderer en cette matiere,
la Cour dit qu'elle condemne cette re-
belle femme à rendre & reſtituer audiĉt
Amoureux tout ce qu'il affermera en

MARTIAL
D'AU-
VERGNE.

sa conscience lui avoir baillé & donné, nonobstant l'offre par lui faite, de ne lui en vouloir demander aucune chose. A laquelle offre la Cour n'y obtempere point, veu que ladicte deffenderesse ne l'accepte, & qu'elle s'est renduë ingrate, & ordonne qu'à ce faire sera contrainte par la prinse de ses biens, & emprisonnement de son corps. Et à toujours la bannit des biens & service d'Amours, en disant avoir forfaict de corps & de biens. En maniere qu'elle sera abandonnée à un chacun pour desormais servir le commun & devenir à tous publique.

2. *Les Vigiles de la mort du Roy Charles VII. à neuf Pseaumes & neuf Leçons : contenant la chronique & les faits advenus durant la vie dudit Roy. Paris* 1493. *in-4°. It. Paris* 1505. *& * 1528. *It. Paris* 1724. *in-8°.* 2. *vol.* Cet Ouvrage qui est en Vers contient la vie du Roi *Charles VII.* La versification n'en est pas exacte; mais l'Auteur y fait paroître de l'invention. On y voit comment ce Roi chassa les Anglois de la France, dont ils occupoient une bonne partie. *Martial d'Auvergne* étoit l'hom-

me de ſon ſiecle qui écrivoit le MARTIAL
mieux & avec le plus d'eſprit. Cet D'AU-
Ouvrage lui acquit beaucoup de ré- VERGNE.
putation.

3. *Les devotes loüanges à la* VIERGE
Marie. Paris, *Jean du Pré* 1492. It.
Paris, Simon Voſtre 1509. *in-8°.* Cet
Ouvrage eſt encore en Vers.

4. *L'Amant rendu Cordelier à l'Ob-
ſervance d'Amour.* Lyon 1545. *in-16.*
La Croix du Maine ne parle point
de cet Ouvrage, qui eſt cité au n°
1701. de la Bibliotheque de M.
Brochard.

V. la *Bibliotheque de la Croix du
Maine.*

GUY PANCIROLE.

GUY *Pancirole* naquit le 17. G. PAN-
Avril 1523. à *Reggio*, où ſa CIROLE.
famille étoit une des plus illuſtres,
d'*Albert Pancirole*, fameux Juriſconſulte de ſon tems.

Il apprit les Langues Latine &
Grecque ſous *Sebaſtien Corrado* &
Baſſiano Lando, & y fit en peu de
tems de ſi grands progrez, que ſon

G. PAN-
CIROLE.

pere crut pouvoir le faire passer à l'âge de 14. ans à l'étude du Droit. Ce fut lui-même qui lui en apprit les premiers élémens, & *Guy* les étudia sous lui pendant trois ans, sans cesser pour cela de s'appliquer à l'étude des Belles Lettres.

On l'envoya ensuite en Italie, pour s'y donner entierement à celle de la Jurisprudence sous les Professeurs celebres qui y enseignoient. Il alla d'abord à *Ferrare*, où il prit les leçons de *Pasceto* & d'*Hyppolite Riminaldi*; il passa de là à *Pavie*, où il eut pour Maître le fameux *André Alciat*; il étudia ensuite à *Boulogne* sous *Marianus Socin*, & à *Padoue* sous *Marc Mantua* & *Jules Oradini*. Ce fut en cette derniere Ville qu'il termina son cours de Jurisprudence, auquel il avoit employé sept ans. La réputation qu'il s'y fit par son habileté, qui parut en plusieurs occasions dans des disputes publiques, attira l'attention du Senat de *Venise*, qui le nomma le 30. Octobre 1547. lorsqu'il n'étoit encore qu'étudiant, second Professeur des *Institutes* dans l'Université de *Padoue*.

doue. Cette nomination l'obligea de
ſe faire recevoir Docteur, & ce fut
Marc Mantua qui lui en donna le
bonnet.

G. PAN-
CIROLE.

Il s'acquitta des devoirs de ſon
emploi avec tant de ſoin & d'application, qu'on crut devoir augmenter ſes gages trois ans après, c'eſt-à-
dire en 1550.

Après avoir rempli cette chaire
pendant ſept ans, il fut avancé le
10. Fevrier 1554. à la premiere des
Inſtitutes, qu'il ne garda pas cependant long-tems ; car *Matthieu Gri-*
baldi, ſecond Profeſſeur du Droit
Romain, étant mort en 1556. *Pan-*
cirole fut nommé à ſa place le 8.
Octobre de cette année, & il la
conſerva pendant quinze ans.

Le déſir de parvenir à la premiere
chaire lui cauſa quelques chagrins
en differens tems. Le premier qu'il
eut à eſſuyer, fut lorſque *Jerôme*
Torniel ſon collègue y fut avancé en
1559. mais quoiqu'il y eut de l'in-
juſtice dans les prétentions qu'il
avoit à ce ſujet, puiſque *Torniel*
étoit beaucoup plus ancien que lui,
on augmenta pour l'appaiſer l'année

Tome IX. Q

G. Pan-
cirole.

suivante 1560. son honoraire, qui
étoit de trois cens florins.

Il eut plus de sujet de se plaindre,
lorsque *Torniel* étant mort en 1563.
on lui donna pour successeur *Jules*
Salerno, qui avoit à la verité ensei-
gné dans plusieurs Universitez d'I-
talie, mais qui étoit étranger à
celle de *Padoue* ; & beaucoup plus
encore, lorsque *Salerno* étant mort
l'année suivante 1564. on mit à sa
place *Jean Cefalo*. Il se dégoûta
alors entierement de l'Université
de *Padoue*, résolu à la quitter lorsque l'occasion s'en presenteroit.

Elle ne se presenta qu'en 1571.
Aimon Craveta premier Professeur
en Droit Romain étant mort cette
année à *Turin*, le Duc de Savoye,
Emmanuel Philibert lui offrit sa place
avec un honoraire de mille pieces
d'or ; & *Pancirole* l'accepta avec
plaisir. Il n'eut pas sujet de se repentir de ce changement, car ce Prince lui témoigna toute sorte de
consideration, de même que son
fils *Charles Emmanuel*, qui augmenta
ses appointemens de cent pieces, &
les auroit même augmentez davan-

tage, si les Chefs de l'Université G. Pan ne s'y fussent opposez, dans la crainte que cette liberalité ne tournât en coutume, & qu'on ne fût obligé d'en donner autant à ceux qui viendroient après lui.

La République de *Venise* sentit bientôt la perte qu'elle avoit faite par son départ, & elle voulut réparer sa faute en le nommant à la place de *Cefalo*, mort en 1580. Mais *Pancirole* se trouvoit trop bien à *Turin* pour se rendre à ses desirs. Il fut cependant obligé de le faire dans la suite ; car l'air du Piémont lui devint si funeste, qu'il perdit presque entierement un œil, & qu'il se vit en danger de perdre aussi l'autre. La crainte qu'il en eut, lui fit écouter les propositions qu'on lui fit de nouveau en 1582. & mille ducats d'appointemens qu'on lui offrit avec la chaire qu'il avoit tant souhaitée, l'engagerent à retourner dans une Ville qu'il n'avoit quittée que par dépit.

Le Duc de Savoye fit tout ce qu'il pût pour le retenir, & lui offrit jusqu'à 1400. pieces d'or de

Q ij

G. PAN-
CIROLE.

pension , & même plus ; mais la
crainte de devenir aveugle l'emporta en lui sur toute autre consideration. La ville de *Turin* voulut
à son départ lui donner des marques de son estime, en lui accor-
dant le droit de Bourgeoisie , & en
lui faisant present de quelques pieces d'argenterie.

Il retourna donc à *Padoue*, où il
professa pour la seconde fois jusqu'à
l'an 1599. qu'il mourut le premier
Juin âgé de 76. ans , après avoir vû
augmenter ses appointemens jusqu'à la somme de 1200. ducats ,
d'abord en 1589. & ensuite en
1595. *Tommasin* dit qu'il mourut
en 1591. âgé de 75. ans ; mais il y
a trop de confusion dans toutes ses
dates , qui ne s'accordent point &
qui se contredisent même souvent,
comme on peut le voir en confe-
rant ce qu'il dit de *Pancirole* dans
ses Eloges & dans son Histoire de
l'Université de *Padoue*, pour pouvoir les suivre. Dans le même endroit où il le fait mourir en 1591.
il dit que les Papes *Gregoire XIV.*
& *Clement VIII.* voulurent plusieurs

fois l'attirer à *Rome* pour le con- G. PAN-
fulter, mais qu'il refufa toujours CIROLE.
de quitter le fejour de *Padoue*, pour
aller à la Cour de *Rome*. Comment
Clement VIII. auroit-il fouhaité
l'attirer à *Rome*, puifqu'il ne fut
élû Pape que le 30. Janvier. 1592.
& qu'il y avoit déja plus de huit
mois que *Pancirole* étoit mort, felon lui?

    Pancirole fût enterré à fainte Juf-
tine de *Padoue*, après qu'on eut fait
fon fervice dans l'Eglife de S. Antoine, où *François Vidua* de *Padoue*
prononça fon Oraifon funebre.
    Catalogue de fes Ouvrages.
    1. *Notitia utraque dignitatum cum*
Orientis, tum Occidentis ultrà Arca-
dii Honoriique tempora & in eam Guidi
Panciroli Commentarium. Venetiis
1593. & 1602. *in-fol.* It. *Lugduni*
1608. *fol.* It. *Geneva* 1623. *in-fol.*
It. dans le feptiéme tome des *Anti-*
quitez Romaines de Gravius. Il ne
s'eft encore rien fait, au jugement
de l'Abbé *Lenglet*, de plus fçavant,
ni de plus utile pour l'Hiftoire Romaine, que cet Ouvrage.
    2. *De Magiftratibus municipalibus*

G. PAN-
CIROLE. *& corporibus artificum libellus*, imprimé avec l'Ouvrage précédent &
dans le troisiéme tome des *Antiquitez Romaines de Grævius.* Ce traité
est très-propre, suivant *Struve*,
pour entendre les Loix qui concernent la Magistrature Romaine, &
il peut suffire, quoique l'Auteur s'y
trompe souvent, de même que dans
le précédent, par rapport à la Geo-
graphie.

3. *De Rebus Bellicis.* Ce petit
Traité a été joint à la notice dans
l'édition de *Lyon* de 1608.

4. *De quatuordecim Regionibus
urbis Romæ, earumdemque ædificiis
tam publicis quam privatis libellus ;*
imprimé à la suite de la notice.

5. *Thesaurus variarum Lectionum
utriusque Juris in tres libros districtus
ab Hercule ex fratre nepote in lucem
editus. Venetiis* 1610. *in-fol.* It. *Lugduni* 1617. *in-4°.*

6. *Consilia. Venetiis* 1578. *in-fol.*

7. *De claris Legum Interpretibus
Libri IV. Venetiis* 1637. *& 1655.
in-4°.* It. *Francofurti* 1721. *in-4°.*
M. *Hoffman*, qui a publié cette derniere édition, dans laquelle il a

joint à l'Ouvrage de *Pancirole* ceux G. PAN-
de *Jean Fichard*, de *Marc Mantua*, CIROLE.
de *Jean B. de Gazalupis*, de *Catellan*
Gotta, & d'*Alberic Gentilis* ſur le
même ſujet, croit que *Pancirole*
n'avoit point mis la derniere main
à cet Ouvrage. Ce qui l'a fait entrer dans cette penſée, c'eſt que
ſouvent il n'y a point de liaiſon dans
la narration, que le ſtile en eſt dur
& inégal, & qu'en quelques endroits l'Auteur ne s'accorde point
avec lui-même. Mais ces défauts
n'empêchent point que le Livre ne
ſoit utile.

8. *Rerum Memorabilium Libri duo;*
quorum prior deperditarum, poſterior
noviter inventarum eſt. Ex Italico La-
tine redditi & notis illuſtrati ab Hen-
rico Salmuth. Edimbergæ 1599. *in-*8°.
2. *vol. ſecunda editio. Ibid.* 1607.
*in-*8°. 2. *vol.* It. *Francofurti* 1617.
*in-*8°. It. *Cum notis ejus Auctioribus.*
Francofurti 1631. 1646. & 1660. *in-*
4°. It. *Lipſiæ* 1707. *in-*4°. *Salmuth*
dans ſon Epître Dedicatoire à *Fre-*
deric Electeur Palatin datée du 5.
Mars 1599. marque que *Joachim*
Camerarius, Medecin de *Nuremberg*,

G. Pan-
cirole.

lui avoit communiqué un Manuscrit Italien de cet Ouvrage, que *Pancirole* avoit écrit en cette Langue en faveur du Duc de Savoye, & qu'il croyoit n'avoir jamais été imprimé, & l'avoit engagé à le traduire en Latin, ce qu'il avoit fait, en y joignant d'amples Commentaires. Il y parle de *Pancirole* comme d'un homme encore vivant ; ce qui fait voir que *Tommasini* & plusieurs autres après lui se sont trompez en le faisant mourir en 1591. Son Ouvrage a été traduit en François par *Pierre de la Noüe* sous ce titre : *Les Antiquitez perduës. Des choses nouvellement inventées. Lyon* 1608. *in-8°. Olaus Borrichius* a opposé à la premiere Partie de l'Ouvrage de *Pancirole* une Dissertation, où il fait voir que notre siecle n'a rien perdu de ce que l'Antiquité avoit de bon & d'utile, & qu'au lieu du titre qu'il lui a donné, il auroit dû y mettre celui-ci : *De rebus hodie in desuetudinem abeuntibus,* ou bien, *De rebus antiquorum, quas posteritas intuitu meliorum abolevit, antiquavit, correxit. Michel Watson*

a

a donné une eſpece de Supplément de cet Ouvrage de *Pancirole*, qui eſt intitulé : *Theatrum variarum rerum exhibens excerpta & annotata in Libris de rebus memorabilibus.* *Breme* 1663. *in-8°*.

G. PAN- CIROLE.

9. *Pancirole* a fait des Notes ſur tous les Ouvrages de *Tertulien* ; mais il n'en a paru que celles qui ſont ſur le Traité de ce Pere *De Oratione.* C'eſt M. *Muratori* qui les a publiées, avec ce Traité plus complet qu'on ne l'avoit eu juſques-là , dans le troiſiéme volume de ſes *Anecdota.* *Patavii* 1713. *in-4°*.

10. *Stimuli virtutum , adoleſcentiæ Chriſtianæ dicati ex Italica P. Guil. Baldeſani Latine facti.* *Coloniæ* 1594. *in*-12.*(Draudius Bibliot. Claſſica.)

V. ſa vie par *Jacques - Philippe Tommaſini* dans le premier volume de ſes Eloges , & dans les *Vitæ clariſſimorum Juriſconſultorum Leickeri.* Une autre plus exacte & plus fournie de dates , à la tête du Livre *De claris Juris Interpretibus* , & dans le Recüeil de *Leicker.*

* Ce Livre ſe trouve à Paris, chez Briaſſon.

Tome IX.   R

OLAUS VORMIUS.

OLAUS *Vormius* naquit le 13. Mai 1588. à *Arhusen* Ville du Danemarc., dont son pere., issu d'une ancienne famille de Gueldre, étoit Bourguemestre. Il étudia d'abord dans sa Ville natale pendant six ans, après lesquels on l'envoya au College de *Lunebourg*. Il ne demeura cependant qu'une année en ce lieu. Il avoit des parens à *Emmerick* dans le Duché de Cleves, qui souhaiterent l'avoir auprès d'eux, & il y alla continuer ses études.

Après trois années de sejour en cette Ville, il retourna à *Arhusen*, d'où son pere l'envoya à *Marpourg* pour y faire sa Philosophie. Il la commença en 1605. mais les troubles ne lui permirent pas de l'achever ; les Theologiens & les Professeurs de la Confession d'*Ausbourg* ayant été chassez de cette Ville se retirent à *Giessen* ; il les y suivit & y acheva son cours. Il s'appliqua

enfuite quelque tems à la Theolo- O. VOR-
gie, de laquelle il paffa bientôt à MIUS.
la Medecine, dont il avoit réfolu
d'embraffer la profeffion.

Il alla dans ce deffein à *Strasbourg*
en 1607. & y apprit pendant trois
mois les premiers élémens de cette
fcience. La réputation des Medecins de *Bâle* l'attira enfuite en cette
Ville, où il fit de grands progrez
fous *Felix Platerus*, *Gafpar Bauhin*
& *Thomas Zuinger*.

Sur la fin de l'année 1608. il fit
un voyage en Italie, & alla à *Pa-*
doue où il demeura fix mois occupé
de tout ce qui pouvoit l'inftruire
& lui donner de nouvelles connoiffances. Son merite le diftingua dans
cette Univerfité, & on lui fit l'honneur peu de tems après fon arrivée
de le choifir pour Procureur de la
Nation Allemande pour la Faculté
de Medecine.

Les fix mois de fon fejour à *Pa-*
doue étant écoulez, il acheva de vifi-
ter l'Italie & paffa enfuite en France,
s'arrêtant dans les Villes où il trouvoit des Medecins de réputation,
dont il pouvoit apprendre quelque

R ij

O. VOR-
MIUS.

chofe ; ainfi il demeura trois mois à Sienne, & quatre mois à *Montpellier.*

Son deffein étoit de refter long-tems à *Paris.* Mais la mort funefte du Roi *Henri IV.* qui arriva deux mois après fon arrivée, l'obligea de même que plufieurs Etrangers, qui en appréhendoient les fuites, à fe retirer. Il gagna la Hollande, d'où il fe rendit dans le Dannemarc.

Il n'avoit point encore vifité l'U-niverfité de *Copenhague*, c'eft pour-quoi fes premiers foins furent de s'y rendre & de s'y faire immatri-culer. Il acquit tellement en ce lieu l'amitié de tout le monde, qu'on lui confeilla de s'y fixer ; mais il étoit bien aife, avant que de fe déterminer, de voir encore l'An-gleterre. Ainfi après avoir mis or-dre à fes affaires, il entreprit un nouveau voyage.

Les expériences Chymiques qu'on faifoit alors à *Marpourg* faifoient beaucoup de bruit, & il s'y rendit en 1611. afin de fe perfectionner dans une fcience qui peut être utile à un Medecin. Il paffa de là à *Bâle*,

où il fe fit la même année recevoir O. Vor-
Docteur en Medecine. Il alla en-MIUS.
fuite en Angleterre, où il demeura
un an & demi, & pratiqua pendant tout ce tems la Medecine à
Londres.

Ses amis & fes parens ennuyez
d'une fi longue abfence, l'engagerent à retourner dans fa Patrie, où
il fe rendit au mois de Juillet 1613.
A peine y fut-il arrivé, qu'on lui
donna une chaire de Profeffeur en
Belles Lettres à *Copenhague.* Il remplit ce pofte pendant deux ans avec
beaucoup d'application, & paffa
enfuite en 1615. à celui de Profeffeur en Langue Grecque. Il garda
ce fecond pendant neuf ans, & le
changea encore après ce terme en
celui de Profeffeur en Phyfique.

Enfin en 1624. *Gafpar Bartholin*
ayant quitté fa chaire de Medecine,
pour en prendre une de Theologie,
Vormius fut mis à fa place, qu'il a
gardée jufqu'à fa mort.

Les occupations que lui don-
noient fa Charge de Profeffeur ne
l'empêchoient pas de s'appliquer
auffi à la pratique de la Medecine.

O. VOR-par laquelle il s'eſt fait beaucoup
MIUS. conſiderer. Le Roi de Danemarc
& les principaux Seigneurs du
Royaume ne manquoient pas de
le conſulter dans leurs maladies &
de ſuivre ſes avis. *Criſtian IV.* crût
même devoir récompenſer ſes ſervices en lui donnant un Canonicat
de *Lunden.*

Il eſt mort le 31. Août 1654. âgé
de 66. ans.

Il avoit été marié trois fois. La
premiere le 26. Novembre 1615. à
Dorothée Finck fille de *Thomas Finck*
Profeſſeur en Médecine , dont il
eut ſix filles , & qui mourut le 21.
Novembre 1628. La ſeconde en
1630. à *Suſanne Janus* fille de l'E-
vêque de *Lunden* , dont il eut trois
garçons , deux deſquels lui ont ſur-
vêcu , & qui mourut de la peſte
au mois d'Août 1637. à *Roſchild.*
La troiſiéme en 1638. à *Madeleine
Motzfeld* fille d'un Marchand de
Copenhague , dont il a eu ſept enfans , quatre fils & trois filles.

Catalogue de ſes Ouvrages.

1. *Quæſtionum Heſiodicarum Hep-
tades duæ. Hafniæ* 1616. *in-*4°. Il

fait voir dans cette Ouvrage une O. Vor-
grande connoiffance de la Langue MIUS.
Grecque.

2. *Jubilum Evangelicum.* *Hafniæ*
1619. *in*-4°.

3. *Baccalaureatus Philofophiæ, cum*
fuis requifitis & privilegiis. *Hafniæ*
1621. *in*-12.

4. *Laurea Philofophica contrà Fra-*
tres Rofeæ Crucis. *Hafniæ in*-4°.

5. *Quæftionum Mifcellanearum*
Decas. *Hafniæ* 1622. *in*-4°.

6. *Exercitationes Phyficæ.* *Hafniæ*
1623. *in*-4°. Tous fes Ouvrages fur
la Philofophie font peu de chofe,
parce qu'au lieu de prendre de chaque Philofophe ce qu'il y a de bon,
il s'eft attaché uniquement à *Arif-*
tote.

7. *Cofmologicæ difceptationes tres.*
Hafniæ in-4°.

8. *Commentaria in Libros Arifto-*
telis de Mundo. *Roftochii* 1625. *in*-8°.

9. *Fafti Danici.* *Hafniæ* 1 6 2 6.
1643. 1651. *fol.* Il y a beaucoup
d'érudition & de recherches dans
cet Ouvrage, felon *Struvius.*

10. *Hiftoire de Norvvege.*(en Langue Danoife) *Copenhague* 1633. *in*-
4°.   R iiij

O. VOR-
MIUS.

11. *Litteratura Danica antiquiffi-
ma, vulgò Gothica dicta, & de Prifca
Danorum Poëfi. Hafniæ* 1636. *in-*4°.
& 1651. *fol.*

12. *Monumentorum Danicorum
Libri VI. Hafniæ* 1643. *fol.*

13. *Lexicon Runicum & Appendix
ad Monumenta Danica. Hafniæ* 1650.
fol. Ces trois Ouvrages renferment
beaucoup de chofes curieufes fur
l'ancienne Langue Danoife. On ac-
cufe *Vormius* d'y avoir pillé un Sué-
dois nommé *Jean Buræus.*

14. *Series Regum Daniæ duplex,
& Limitum inter Daniam & Sue-
ciam defcriptio. Hafniæ* 1642. *in-fol.*
Cet Ouvrage, qui renferme la fuite
des premiers Rois de Danemarc,
a été tiré d'un ancien manufcrit
écrit en Langue Runique, qui étoit
celle des anciens Danois.

15. *Controverfiarum Medicarum
Exercitationes* XVIII. *Hafniæ,
in-*40.

16. *Selecta Controverfiarum Medicarum Centuria. Bafileæ* 1611. *in-*4°.
Ces deux Livres ont été omis par
vander Linden & par *Mercklinus* fon
continuateur.

17. *Institutionum Medicarum Epi-* O. VOR-
tome. Hafniæ 1640. *in-*4°.   MIUS.

18. *De Cornu aureo. Hafniæ* 1641.
fol. La Diſſertation qui compoſe ce
volume traite d'un cornet d'or,
qu'une Payſane trouva en Danemarc dans la terre en 1639. & qui
étoit fort chargée de figures, que
Vormius explique d'une maniere morale. Son explication fut attaquée
par *Licetus*, qui dans ſon Ouvrage
De Antiquorum annulis y en ſubſti-
tua une politique, & il la deffendit
par l'Ouvrage ſuivant.

19. *De Aureo Cornu Danico ad Licetum Reſponſio. Amſtelodami* 1678.
*in-*12. avec le Livre de *Thomas Bartholin de Armillis veterum.*

20. *Hiſtoria Animalis, quod in
Norvvegia quandoque è nubibus de-
cidit, & ſata atque gramina magno
detrimento incolarum celerrimè depaſ-
citur. Hafniæ* 1653. *in-*4°.

21. *Tulshoi, ſeu Monumentum
Stroenſe in Scania. Hafniæ* 1628.
*in-*4°.

22. *Monumentum Trygvvaldenſe.
Hafniæ* 1636. *in-*4°.

23. *Catalogus Muſæi Vormiani.*

O. Vor-
mius.

Hafniæ 1642. & 1645. *in*-16. It. 1653. *in*-4°. *Vormius* avoit ramassé un Cabinet de curiositez que le Roi de Danemarc se faisoit un plaisir d'aller quelquefois visiter.

24. *Musæum Vormianum, seu Historia rerum variarum, tam naturalium quam artificialium, tam domesticarum quam exoticarum, quæ Hafniæ Danorum in ædibus Auctoris servantur variis Iconibus ornata, & edita à Wilhelmo Vormio Autoris filio. Lugd. Bat.* 1655. *fol.*

25. *Dissertatio de renum officio in re Medica & Venerea;* imprimée avec l'Ouvrage de *Thomas Bartholin de Usu flagrorum in re Medica & Venerea. Hafniæ* 1670. *in*-8°.

V. *Vindingius Academia Hauniensis.* Son Oraison funebre par *Thomas Bartholin* dans les *Memoria Medicorum Henningi Witten.*

JAQUES SAVARY,
& JAQUES SAVARY DES BRUSLONS,
fon fils.

JAQUES *Savary* naquit à *Doué* en Anjou le 22. Septembre 1622. d'une famille originairement noble, mais dont la branche cadette, de laquelle il étoit, s'étoit adonnée au commerce dès le milieu du 16ᵉ fiecle.

Il étoit fort jeune quand il perdit *François Savary* fon pere. *Denife Guenivau* fa mere ayant pris foin de fon éducation, l'envoya à *Paris.* Deux de fes parens, dont l'un étoit neveu de M. *d'Aligre*, alors Chancelier de France, le mirent d'abord en penfion chez un Procureur au Parlement, & enfuite chez un Procureur au Châtelet; après quoi il paffa chez des Marchands le tems prefcrit pour l'apprentiffage, & fut reçu dans le Corps des Merciers, où il entreprit le commerce en gros.

Il fe maria en 1650. & époufa *Catherine Thomas.* Huit ans après, c'eft-à-dire en 1658. il quitta le

J. SAVA-
RY.

J. SAVA-
RY.

commerce, ayant fait en peu de tems une fortune affez confiderable.

La protection de M. *Fouquet* Sur-Intendant des Finances, le détermina à entrer dans les Finances. La premiere affaire à laquelle il eut part réuffit; mais celle des Domaines du Roi, adjugée à une Compagnie, à la tête de laquelle on l'avoit mis, lui fut nuifible. Non feulement on lui ôta les Domaines après la mort du Miniftre qui le protegeoit, il ne lui fut pas même poffible de recouvrer les avances confiderables qu'il avoit faites.

Un an auparavant il avoit été nommé Agent des affaires de la Maifon de Mantoue en France.

Le Roi ayant donné en 1667. une Declaration pour accorder des privileges & des penfions à ceux de fes Sujets, qui auroient douze enfans vivans, M. *Savary* fut un des premiers à prefenter fa Requête, & il fut commis par M. le Chancelier pour l'examen de celles des autres. Mais la Declaration de 1667. n'ayant point été executée, il n'en tira d'autre avantage, que de se faire connoître du Chancelier.

Il fut ensuite admis dans le Conseil de la Reforme pour le Commerce, & ses Memoires & ses Avis y parurent si solides, que la plûpart des Articles de l'Ordonnance de 1670. furent dressez suivant les avis qu'il avoit donnez. D'où vient que M. *Pussort* Président de la Commission appelloit ordinairement cette Ordonnance *le Code Savary.*

M. *Bignon* Conseiller d'Etat, l'ayant fait dans la suite connoître à M. *Pelletier* Contrôleur General des Finances, ce Ministre le chargea de l'examen des Comptes des Domaines d'Occident.

Il perdit sa femme en 1685. & bientôt après il tomba dans des infirmitez douloureuses, qui furent cause de sa mort. Elle arriva le 12. Octobre 1690. lorsqu'il étoit âgé de 68. ans. Il avoit eu dix-sept enfans, onze garçons & six filles; onze seulement lui ont survêcu, entr'autres *Jaques Savary des Bruslons,* & *Philemon-Louis Savary,*

J. SAVA-
RY.

Chanoine de l'Eglise Royale de S.
Maur.

On a de lui les deux Ouvrages
suivans.

1. *Le parfait Négociant*, ou *Inftruction generale pour ce qui regarde
le Commerce des Marchandises de
France & des Pays Etrangers.* Les
Commiſſaires nommez par le Roi
pour travailler à l'Ordonnance de
1670. pour le Commerce, ayant
preſſé M. *Savary* de communiquer
au Public ſes inſtructions ſur ce ſujet, il ſe détermina à publier cet
Ouvrage, qui fut imprimé pour la
premiere fois à *Paris* en 1675. *in-4°.*
On le réimprima quatre ans après,
c'eſt-à-dire en 1679. dans la même
Ville avec pluſieurs additions, dont
la plus conſiderable étoit un *Traité
du Commerce qui ſe fait par la mer
Mediterannée dans toutes les Echelles
du Levant.* Ces deux éditions ont été
ſuivies de pluſieurs autres, dans chacune deſquelles l'Auteur a fait des
additions. La ſeptiéme a été *revûë,
corrigée & augmentée ſur les Manuſcrits de l'Auteur ; enſemble des Nouvelles Ordonnances, Arrêts & Regle-*

mens intervenus *fur le fait du Com-* J. SAVA-
merce *& des Manufactures, par le fieur* RY.
Jaques Savary des Bruslons fon fils.
Avec l'Art des Lettres de Change du
feu fieur du Puis de la Serra , *Avocat*
en Parlement, *& le Traité des Changes*
Etrangers du fieur Claude Naulot. Paris
1713. *in-4°. La huitiéme édition a été*
revûë *& augmentée par M. Philemon-*
Louis Savary , Chanoine de l'Eglife
Royale de S. Maur. Paris 1721. *in-*
4°. & plufieurs fois ailleurs. Cet Ouvrage a été traduit en Allemand,
en Hollandois, en Anglois & en Italien, & on l'a cité au Palais même
pendant la vie de l'Auteur.

2. Pareres, ou *Avis & Confeils*
fur les plus importantes matieres du
Commerce, contenant la réfolution des
quéftions les plus difficiles fur les ban-
queroutes, les Lettres de Change , &
enfemble les Arrêts de Parlement ren-
dus conformément à ces Pareres. Paris
1688. *in-4°.* C'eft la premiere édition de cet Ouvrage, qui fert de fecond volume au précedent, & qui
a été imprimé plufieurs autres fois. J. SAVARY
Jacques Savary des Bruslons fon fils DESBRUS-
n'a pas feulement travaillé à l'aug-LONS.

J. SAVA-
RY DES
BRUS-
LONS.

mentation & à la perfection des Ouvrages de son pere ; il en a aussi entrepris un de son chef, déterminé à cela par la situation où il se trouvoit.

M. *de Louvois* ayant succedé à M. *Colbert* dans la Sur-Intendance des Arts & des Manufactures de France, forma le dessein d'établir à la Doüane de *Paris* un Inspecteur General des Manufactures, & choisit pour cet emploi en 1686. M. *Savary des Bruslons*, qui n'avoit alors que 29. ans. Celui-ci voulant se mettre au fait de toutes les especes de marchandises qui passent par la Doüane, rangea par ordre alphabetique tous les mots qui avoient rapport au Commerce & aux Manufactures, à mesure qu'il les apprenoit. Devenu plus habile, il y ajoûta quelques définitions ou explications, & donna le nom de *Manuel Mercantille* à ce Recüeil, qu'il n'avoit fait que pour son usage particulier & sans aucun dessein d'en faire part au Public. Il y joignit dans la suite un extrait des Livres de Commerce imprimez en France

ou dans les Pays Etrangers, des
Ordonnances, des Arrêts & des
Reglemens qui regardent cette matiere. Il s'adressa même aux Inspec-
teurs du Commerce établis dans les
Provinces, & tira d'eux de grands
secours pour perfectionner son recüeil. L'Ouvrage étoit en cet état,
quand les Magistrats que le Roi
avoit choisis pour présider au Conseil de Commerce, furent instruits
de ce qu'il avoit ramassé sur cette
matiere. On loüa fort son plan, on
l'exhorta à le continuer, & on l'engagea même à pousser ses vûës au-
delà de ce qu'il s'étoit proposé. Ce
fut alors que ses occupations & sa
santé ne lui permettant point de
remplir seul un plan si vaste, il prit
le parti d'engager *Philemon-Louis
Savary* son frere, qui s'étoit contenté jusques-là de lui fournir des
extraits de Relations de Voyages,
& d'autres Livres, qui pouvoient
lui être utiles, de prendre beaucoup
plus de part à cet Ouvrage. Les
deux freres travaillant à l'envie l'un
de l'autre, l'Ouvrage avança de maniere qu'on l'annonça au Public

J. SAVARY DES BRUS-LONS. dans le Journal des Sçavans de l'année 1713. Mais M. *Savary des Bruslons* ne pût s'acquitter de la parole qu'il avoit donnée, à cause des differentes maladies dont il fut attaqué depuis 1713. jusqu'en 1716. Sa mort causée par une fluxion de poitrine, & qui arriva le 22. Avril 1716. lorsqu'il étoit âgé de 56. ans, mit M. *Savary*, Chanoine de *S. Maur*, son frere, dans l'obligation de continuer seul l'Ouvrage, qui parut enfin en 1723. sous ce titre :

Dictionnaire Universel du Commerce. Ouvrage posthume du sieur Jaques Savary des Bruslons, Inspecteur General des Manufactures pour le Roi à la Doüane de Paris, continué sur les Memoires de l'Auteur, & donné au Public par M. Philemon-Louis Savary Chanoine de l'Eglise Royale de S. Maur des Fossez, son frere. Paris Estienne 1723. *fol.* 2. *vol.* Le même *Philemon Louis Savary*, animé par le favorable accüeil que le Public a fait à ce Dictionnaire, a travaillé pendant 5. années pour le porter à une plus grande perfection ; & avant sa mort, qui arriva en Septembre 1727. il avoit achevé un 3e volume pour ser-

vir de supplément aux 2. premiers,
qui paroîtra à la fin de cette année
1729. chez le même Libraire.

V. la vie de *Jacques Savary* à la
tête de son *Parfait Négotiant*, huitiéme édition.

LOUIS CASTELVETRO.

LOUIS *Castelvetro* naquit à
Modene l'an 1505. de *Jacques
Castelvetro* & de *Bartolomea dalla
Porta*, tous deux d'une famille noble & illustre. Les heureuses dispositions qu'il fit voir dès sa premiere
jeunesse pour les sciences engagerent ses parens à ne rien épargner
pour son éducation.

Il commença ses études dans sa
Patrie, & alla ensuite les continuer
dans les principales Universitez d'I-
talie, comme à *Boulogne*, à *Ferrare*,
à *Padoue* & à *Sienne*; ce fut dans
cette derniere Ville, que pour se
conformer aux desirs de son pere,
il étudia en Droit; mais son inclination le portoit ailleurs, & le lui
fit bientôt negliger. Il aimoit les
Belles Lettres, & il leur donnoit

L. CAS-
TEL VE-
TRO.

S ij

212 Mem. pour servir à l'Hist.

L. CAS-
TELVE-
TRO.

tout le tems qu'on vouloit qu'il donnât à la Jurisprudence ; il résolut même de renoncer pour toujours à cette science, lorsqu'il eût été reçû dans l'Academie des *Intronati* de *Sienne*, qui étoit alors très-florissante ; mais les lettres pressantes de son pere, & les exhortations réitérées de ses amis le déterminerent enfin à s'y appliquer de nouveau, & à s'y faire recevoir Docteur.

S'il fut obligé de faire ceder en cela son goût à celui des autres, il le fut encore par rapport au lieu de sa demeure. Son dessein avoit été de se fixer à *Sienne*; mais son pere & un de ses oncles maternels le firent venir à *Rome*, pour le pousser dans les voyes de la fortune.

Cet oncle étoit *Jean Marie dalla Porta*, qui ayant été d'abord Secretaire d'*Alphonse I.* Duc de *Ferrare*, passa ensuite au service de *François Marie de la Rovere* Duc d'*Urbin*; il étoit alors à *Rome* pour les affaires de ce Prince, qui fut si content de ses services, qu'il lui donna en 1530. le Château de *Frontone* avec le titre de Comte. Le crédit & les amis

qu'il avoit tant à la Cour d'*Urbin* L. CAS-
qu'à celle de *Rome*, lui faisoient es- TELVE-
perer qu'il pourroit contribuer à TRO.
l'avancement de son neveu, qu'il
aimoit avec d'autant plus de ten-
dresse, qu'il n'avoit point d'enfans.
Il avoit dessein de le faire charger
dans la suite à sa place des affaires
de la Cour d'*Urbin* à celle de *Rome*,
& de lui procurer l'Evêché de *Gub-
bio*, que le Pape lui avoit promis
pour un de ses freres, mais qu'il
n'en jugeoit pas digne, lorsqu'il
viendroit à vacquer, & il fit part
de ce dessein à son neveu, pour l'engager davantage à se perfectionner
dans la science du Droit & dans les
affaires de la Cour.

Mais tout cela ne fut point capable de tenter *Castelvetro*; il n'étoit
ni interessé ni ambitieux, & il ne
voulut point sacrifier son inclination, pour satisfaire deux passions,
qu'il ignoroit. Il sortit même secretement de *Rome*, & retourna à *Sienne*, où il se donna de nouveau avec
beaucoup d'ardeur aux Langues
Grecque, Latine & Italienne.

Il demeura en cette Ville jusqu'à
ce que la colere de son pere, qui

le voyoit avec chagrin negliger les occasions de fortune qui s'offroient à lui, fut entierement appaisée. Il retourna alors dans sa Patrie, où il continua de s'appliquer aux Belles Lettres, mais avec si peu de ménagement, qu'il fut attaqué d'une fiévre quarte très-violente, qui ne le quitta pas pendant deux ans, & qui étoit accompagnée de tems en tems de crachemens de sang si abondans, qu'il en étoit quelquefois à l'extrémité. Cette derniere incommodité lui dura dix ou douze ans, pendant lesquels il fut presque toujours obligé de s'abstenir de viande, de vin, & de toutes choses nourrissantes, de ne vivre que de pain, d'herbes, de fruits, de poisson, & de ne boire que de l'eau; ce qui altéra entierement son tempérament, & le rendit foible & délicat, de robuste qu'il étoit auparavant.

Il ne négligea pas pendant cet intervalle ses études chéries, il profitoit des moindres momens de relâche que ses maux lui laissoient pour les reprendre; il les reprit même tout-à-fait, lorsqu'il vit sa

fanté en meilleur état. L'ardeur L. CAS-
qu'il avoit pour les Lettres lui fai- TELVE-
foit étendre fes foins jufque fur les TRO.
autres, il n'oublioit rien pour porter fes concitoyens à les aimer, &
pour leur faciliter les moyens de
s'y appliquer. Ce fut lui qui engagea les Magiftrats de *Modene* à attirer dans cette Ville de fçavans
Profeffeurs en Langues Grecque &
Latine , & en Jurifprudence. Il
contribua auffi à y former une Academie , où l'on examinoit les anciens Auteurs Grecs & Latins , &
où l'on s'entretenoit fur diverfes
matieres de fcience , & principalement fur la critique. Pendant les
troubles que caufa l'herefie de Lu-
ther , on foupçonna quelques membres de cet Academie de donner
dans fes erreurs ; mais ils fe juftifie-
rent en fignant un Formulaire qu'on
leur envoya de *Rome. Caftelvetre*
fut du nombre de ceux qui figne-
rent, quoiqu'il ne paroiffe pas avoir
pris depart aux difputes de ce tems.

Il fut en 1542. & 1551. un des
douze Confervateurs de la ville de
Modene , & vêcut tranquille jufqu'à
l'an 1553. qu'une difpute litteraire,

L. CAS-
TELVE-
TRO.

qui ne rouloit que sur des bagatelles, devint pour lui une source
de chagrins & de disgraces. Comme c'est ici l'évenement le plus considerable de sa vie, il est bon d'en
donner un détail un peu circons-
tancié.

Annibal Caro fameux Poëte Italien, fit vers l'an 1553, pendant
qu'il étoit Secretaire du Cardinal *Alexandre Farnese*, une de ces
Pieces de Vers, que les Italiens ap-
pellent *Canzone*, à la loüange de la
Maison Royale de France, qui fut
intitulée *la Canzone de' Gigli d'Oro.*
Ses amis reçûrent cet Ouvrage avec
de grands applaudissemens, le trai-
terent de chef-d'œuvre, & dirent
hautement que *Petrarque* n'auroit
pas pû mieux faire. *Aurelio Bellincini*, Gentilhomme Modenois, qui
étoit alors à *Rome*, l'àyant vû, voulut avant que d'en dire son sentiment sçavoir celui de *Castelvetro*,
& le lui envoya en le priant de lui
mander ce qu'il en pensoit.

Castelvetro fit cequ'il souhaitoit;
mais il le pria en même tems de
ne montrer sa lettre à personne,
non

non pas qu'il doutât de la bonté L. CAS-
de sa Critique, & qu'il ne pût sou- TELVE-
tenir ce qu'il reprenoit ; mais parce TRO.
qu'il appréhendoit que *Caro* étant
un homme de basse naissance, qui
ne s'étoit élevé que par le crédit
de son Maître, & par ses Poësies,
ne prit feu en voyant critiquer ses
Vers, & que sa colere ne pût avoir
des suites.

Bellincini ne laissa pas de montrer
ce qu'il lui avoit écrit, mais sans
parler de lui. Sa précaution fut cependant inutile ; car *Annibal Caro*
irrité au souverain point, fit si bien
qu'il découvrit d'où venoit ce coup,
& commença à se venger en dé-
chirant par tout *Castelvetro*, qu'il
traitoit de petit pédant & de petit
Grammairien, *Pedantuccio e Grama-
ticuccio.*

Celui-ci ayant appris que ce
qu'il avoit mandé en confidence à
un ami étoit devenu public, &
choqué de la conduite de *Caro*,
qui au lieu de lui répondre par
des raisons, n'employoit pour cela
que des injures, composa de nouvelles Remarques sur le Commen-

Tome IX.   T

taire que *Caro* avoit ajoûté à ses
Vers ; Remarques ausquelles celui-
ci ne répondit rien, se contentant
de dire que le Commentaire n'étoit
point de lui.

Castelvetro fit outre cela une explication adressée à un de ses amis,
qui l'avoit demandée, sur plusieurs
choses qui lui avoient paru obscu-
res dans son premier écrit, à laquelle *Caro* donna dans la suite le
nom de *Replique*, comme si elle
avoit été précedée d'une Réponse
de sa part.

Jusques-là la dispute se termina
à quelques écrits, qui ne furent
point imprimez ; mais elle alla plus
loin dans la suite. *Annibal Caro*,
qui cherchoit les moyens de réduire
un adversaire qu'il craignoit, résolut d'en employer deux ; le premier fut de lui répondre en forme,
& le second plus aisé & plus ex-
péditif, fut de le commettre avec
le Tribunal de l'Inquisition.

Il commença par composer une
défense de ses Vers avec le secours
de plusieurs Sçavans, qui étoient
attachez à la Maison *Farnese*, ou

qui étoient de fes amis, & princi- L. CAS-
palement de *Benoît Varchi*, & *Jean* TELVE-
François Commendon, qui fut depuis TRO.
Cardinal. Cette Piece, où ils fe-
merent un grand nombre de traits
violens & emportez contre *Caftelvetro*, & que l'on pourroit jufte-
ment appeller un libelle diffama-
toire, ne fut pas imprimée d'a-
bord; on en fit feulement faire plufieurs copies, qu'on envoya par
toute l'Italie aux Partifans de *Caro*,
avec ordre de ne les communiquer
qu'à des amis, qui fe contentaffent
de répandre en general dans le Public que *Caftelvetro* y étoit refuté
d'une maniere invincible, fans entrer dans le détail de la refutation,
qu'on vouloit qu'il ignorât. Mais
lorfque *Caftelvetro* fut embaraffé
dans les procedures de l'Inquifition,
comme je le dirai plus bas, on crut
qu'il n'y avoit plus de Réponfe à
craindre de fa part, & qu'on pouvoit faire imprimer l'Ouvrage de
Caro. Il parut en 1558. fous ce titre : *Apologia degli Accademici di
Banchi di Roma contra Lodovico Caftelvetro in difefa della feguente Can-*

L. CAS-
TELVE-
TRO.

zone del Commendatore Annibal Caro.
In Parma, in-8°.

Mais les adverfaires de *Caftelve-*
tro furent trompez, car cet Ouvrage ne lui fut pas plûtôt tombé entre les mains, qu'il y répondit par
un autre, qu'il compofa en fort
peu de tems, mais qui à caufe des
circonftances fâcheufes où il fe trouvoit, ne pût être imprimé qu'en
1560. Il eft intitulé :

Di Lodovico Caftelvetro Ragione
di alcune cofe fegnate nella Canzone
di Annibal Caro : Venite all' ombra de'
gran Gigli d'Oro. In Venezia. Comme les amis de *Caro* avoient ajoûté
à fa défenfe des Poëfies fatyriques
contre *Caftelvetro*, les amis de celui-ci en firent auffi de femblables
contre *Caro* ; mais comme il ne
vouloit fe défendre que par des
raifons, il refufa de les joindre à
fon Livre, & ce ne fut qu'après fa
mort que quelques-unes parurent
au jour.

Caro n'ofant pas, ou ne croyant
pas pouvoir repliquer à *Caftelvetro,*
en commit le foin à *Benoît Varchi,*
qui compofa à la verité l'Ouvrage

qu'il ſouhaitoit, mais ne voulut jamais permettre qu'on le publiât de
ſon vivant ; ce ne fut que quelques
années après ſa mort , arrivée en
1566. qu'il fut imprimé ſous ce titre : *L'Ercolano ; Dialogo di Bene-
detto Varchi , nel quale ſi ragiona ge-
neralmente delle lingue , &c. compoſto
da lui ſull' occaſione della diſputa oc-
corſa tra' l Commendator Caro , e Lodovico Caſtelvetro. In Firenze* 1570.

Quoique *Caſtelvetro* fut alors er-
rant dans les Pays Etrangers, où
il manquoit des Livres neceſſaires,
& accablé des maux auſquels il ſuc-
comba peu de tems après , il n'eut
pas plutôt vû ce Livre , qu'il travailla à y répondre ; mais ſa mort
arrivée l'année ſuivante 1571. ne
lui permit de faire qu'une petite
partie de ſa Réponſe, que *Jean-
Marie Caſtelvetro* jugea digne de
voir le jour, quoiqu'il n'y eût pas
mis la derniere main, & qu'il publia ſous ce titre : *Correzione di alcune coſe del Dialogo delle Lingue del
Varchi per Lodovico Caſtelvetro. In
Baſilea* 1572.

Il parut du vivant de *Caſtelvetro*

L. CAS-
TELVE-
TRO.

un autre Ouvrage au sujet de sa dispute avec *Caro* : intitulé : *Discorso di Girolamo Zoppio intorno ad alcune opposizioni di Lodovico Castelvetro, alla Canzone de' Gigli d'Oro composta da Annibal Caro in lode della Real Casa di Francia. In Bologna* 1567. Mais il ne paroît pas qu'il y ait répondu, soit qu'il ne l'ait pas crû meriter de réponse, soit qu'il ne l'ait pas connu; ce qui est assez probable, puisqu'il étoit alors éloigné de l'Italie.

Ce sont là les écrits qui parurent dans le cours de cette dispute entre *Caro* & *Castelvetro*. Plusieurs personnes de consideration s'entremirent pour la faire cesser & pour les reconcilier ensemble; mais ils ne purent y réussir. *Annibal Caro* fier du crédit de son patron, étoit résolu à accabler son ennemi. Comme les écrits étoient une voye trop longue & trop difficile pour y réussir, il prit le parti de le faire dénoncer à l'Inquisition, comme suspect d'heresie, & une occasion qui se presenta lui en facilita les moyens.

Castelvetro avoit un frere nommé

Paul, qui étoit un débauché , & qui mangeoit tout fon bien ; il l'en avoit repris plufieurs fois charita-blement , mais voyant qu'il étoit incorrigible , il étoit convenu avec le refte de fa famille de le faire en-fermer, & de lui ôter l'adminiftra-tion de fon bien. Cette réfolution irrita *Paul* contre fon frere , & l'en-gagea à s'unir pour fe venger à *An-nibal Caro*. Ce fut par fes fuggef-tions qu'il dénonça *Caftelvetro* au Tribunal de l'Inquifition comme heretique.

Celui-ci fut cité auffi-tôt fur cette dénonciation , mais la crainte qu'il eut que le crédit de fes enne-mis ne l'emportât fur fon innocen-ce, ne lui permit pas de fe prefen-ter. Il fe tint caché en differens en-droits des Etats du Duc de *Fer-rare* , tant que dura le Pontificat du Pape *Paul IV*. qui étoit de la Mai-fon de *Caraffe*.

Pie IV. ayant été élû Pape après fa mort, les amis & les parens de *Caftelvetro* , & principalement *Gilles Foftherari* Evêque de *Modene* , lui perfuaderent malgré fa répugnance

T iiij

L. CAS-
TELVE-
TRO.

d'aller à *Rome* se justifier des calomnies intentées contre lui. Il y alla en 1560. avec *Jean Marie* son frere, & se presenta devant les Cardinaux de la sacrée Congregation, qui lui donnerent pour prison le Monastere de sainte Marie *in Via*, sans cependant exiger de lui de caution, & lui permettant de voir tous ceux qu'il voudroit ; ce qui lui attira des visites de plusieurs personnes de consideration & de plusieurs Sçavans, qui souhaitoient le connoître.

Thomas de Vigevano, deputé pour cette affaire, lui fit subir plusieurs interrogatoires, & n'oublia rien pour découvrir ces prétenduës erreurs qu'on lui attribuoit ; mais ne pouvant rien trouver de semblable, il le menaça à la fin des traitemens les plus severes, s'il n'avoüoit sa faute. *Castelvetro* se retrancha toujours sur son innocence, ne pouvant faire autre chose, puisque suivant la pratique du Tribunal devant lequel il étoit, on ne lui déclaroit point ce dont il étoit accusé. Au reste ces menaces & le bruit qui

ſe répandit, que le Cardinal Ale- L. Cas-
xandrin, qui fut depuis le Pape TELVE-
Pie V. Inquiſiteur General, alloït TRO.
faire renfermer dans les priſons de
l'Inquiſition tous ceux qui étoient
ſuſpects d'hereſie, le firent ſonger à
ſortir d'un lieu, où il ne faiſoit pas
bon pour lui. Il ſe déroba donc ſe-
cretement avec ſon frere, & ſortit
de *Rome* pour ſe rendre en Lombardie, où il arriva heureuſcment par
des chemins détournez, malgré les
pourſuites de ceux qu'on avoit en-
voyez après eux, lorſqu'on s'étoit
apperçu de leur fuite.

Caro ne l'eut pas plutôt appriſe,
qu'il employa le ſecours de ſes amis
pour achever ce qu'il avoit commencé. L'Inquiſition condamna
Caſtelvetro comme coupable préſu-
mé des erreurs dont il étoit accuſé,
& l'excommunia; à l'égard de ſon
frere, elle le cita à *Rome* ſous peine
d'excommunication. Mais n'ayant
garde d'y retourner, il fut obligé
de s'exiler comme ſon frere de ſa
Patrie, ce qui dérangea fort leurs
affaires domeſtiques.

Annibal Caro ſe vit alors pleine-

L. CAS-
TELVE-
TRO.

-ment satisfait, mais il ne joüit que peu d'années du fruit de sa victoire. Car ayant demandé au Cardinal *Farnese* la permission de résigner à un de ses neveux une Commanderie de Malthe, qu'il avoit euë par le crédit de çe Cardinal, & ne l'ayant pû obtenir, il en fut si irrité, qu'il lui demanda son congé. Le Cardinal le lui accorda, en lui reprochant qu'il l'avoit comblé de biens qu'il ne meritoit pas, & qu'il avoit maltraité pour l'amour de lui le plus sçavant homme qu'il y eût alors. Cette disgrace fut un coup de foudre pour *Caro*, qui mourut peu de tems après, le 28. Novembre 1566.

Castelvetro étant arrivé en Lombardie, se tint caché tout l'hiver dans un Village du Modenois; le Comte *Hercule Contrario* le logea aussi quelque tems à sa terre de *Vignola*, & même à *Ferrare* dans son Palais, quoique secretement. Mais enfin la nouvelle qui vint alors de sa condamnation, & les Ordonnances severes qu'on publia contre ceux qui étoient suspects ou coupables

d'herefie, & contre leurs fauteurs, L. CAS-
l'obligerent à fortir tout-à-fait de TELVE-
l'Italie avec fon frere. TRO.

Ainfi aux premiers beaux jours
de l'année 1 5 6 1. il fe retira à
Chiavennes , ville du Pays des Gri-
fons , où il trouva un Grec, nommé *François Porto* , qui étoit fon ancien ami , & à qui il avoit autre-
fois procuré une chaire en Langue
Grecque à *Modene.* Ce Sçavant le
reçut chez lui ; mais il n'avoit pas
deffein de demeurer en ce lieu , qui
n'étoit rempli que de Marchands &
d'artifans ; il s'étoit propofé de
paffer en France, où il avoit des
amis , qui l'invitoient par de grandes promeffes à y venir ; & comme
Porto avoit quelques affaires à *Paris* , ils partirent enfemble pour
Lyon.

En paffant à *Geneve* , cette Republique fit de fi grandes inftances
à *Porto* , pour l'engager à y refter,
& y profeffer la Langue Grecque ,
qu'il fe rendit à fes defirs & s'arrêta
là. Cette circonftance , & plus encore , une retention d'urine affez
douloureufe,qui attaqua *Caftelvetro,*

L. CAS-
TELVE-
TRO.

l'empêcherent d'aller plus loin, quoique ses amis de France le pressaissent fort de venir, & qu'il lui eussent même fait tenir de l'argent, pour son voyage. Il se contenta de leur envoyer son frere pour leur faire ses excuses, & pour leur reporter leur argent.

Une autre motif l'engageoit à ne point s'éloigner de *Chiavennes*, c'est que cette Ville n'est pas éloignée de *Trente*, où le Concile se tenoit alors, & qu'il esperoit y faire porter son affaire, & l'y terminer plus aisément qu'il n'auroit pû le faire à *Rome*. En effet il fit plusieurs démarches pour y être écouté & reçu dans ses défenses ; mais le Pape lui fit dire, que puisque sa cause avoit été portée à l'Inquisition de *Rome*, il falloit qu'il se presentât devant elle ; qu'au reste il ordonneroit qu'il fût traité avec douceur, & que s'il étoit innocent, non seulement on l'absoudroit, mais que sa Sainteté le combleroit de bienfaits, & que s'il étoit tombé dans quelque erreur, on exigeroit seulement de lui une retractation particuliere ; mais

il ne se fia pas à ces belles paroles, L. CAS-
dit le Cardinal *Palavicin*, qui rap- TELVE-
porte ce fait dans son *Histoire du* TRO.
Concile de Trente; ses ennemis vivoient encore, & il appréhendoit
que leur ressentiment ne l'emportât
sur la bonne volonté que le Pape
lui témoignoit.

Voyant qu'il n'avoit rien à espe-
rer du Concile, qui finit sans rien
faire de ce qu'il souhaitoit, &
peut-être las d'un sejour où il ne
se trouvoit pas trop bien, il se rendit enfin aux desirs de ses amis de
France, & quitta *Chiavennes*, où il
avoit demeuré deux ans, pour aller
s'établir à *Lyon*.

On ne sçait combien de tems il
demeura dans cette Ville; ce qu'il
y a de sûr, c'est qu'il y composa son
Commentaire sur la Poëtique d'*A-
ristote*, & qu'il y demeuroit le 20.
Janvier de l'an 1567. car on trouve
cette date écrite de sa main sur un
Manuscrit original de cet Ouvrage
en ces termes: *In Lione sopra il Ro-
dano il di xx. di Gennaio l'anno di
Christo* 1567.

Les troubles que les Huguenots

L. CAS- exciterent en France obligerent à
TELVE- la fin *Castelvetro* à sortir de cette
TRO. Ville, après avoir vû piller la maison où il demeuroit. Son frere *Jean*
Marie l'étoit allé trouver deux ou
trois jours avant cet accident, dans
le dessein de venir à *Paris*, pour se
mettre avec lui sous la protection
du Roi, & rentrer par son moyen
en grace auprès du Souverain Pontife. Mais ils se virent par là con-
traints de sortir du Royaume, après
avoir obtenu du Gouverneur de
Lyon une petite escorte. Cette escorte ne les eut pas plûtôt quittez,
qu'ils rencontrerent des bandits qui
leur enleverent tout ce qu'ils avoient
& même leurs habits, & ils se se-
roient trouvez dans l'état le plus
déplorable, si un Gentilhomme de
Ferrare, qui sortoit comme eux de
Lyon, ne les eût reconnus, & ne
les eût pris avec lui pour les conduire en lieu de sûreté.

Castelvetro perdit dans cette occasion non seulement son équipage,
mais encore ses Livres, & ce qui
fut plus triste pour lui, ses Ouvrages, parmi lesquels étoient une

Grammaire Italienne fort ample, un Commentaire sur la plûpart des Dialogues de *Platon*, & un Jugement sur les Comedies de *Plaute* & de *Terence*, le tout écrit en Italien. Il y perdit aussi une explication de la Comedie du *Dante*, qu'il tâcha de refaire dans la suite, mais qu'il ne conduisit que jusqu'au vingt-neuviéme Chapitre de l'Enfer, & une traduction Italienne du Nouveau Testament, dont il resta cependant une copie entre les mains d'un de ses amis, à qui il l'avoit donnée peu de tems auparavant. Il crut sauver son Commentaire sur la Poëtique d'*Aristote*, qui étoit son Ouvrage favori, en le confiant à *Jerôme Arnolfino*, Marchand de *Lucques*, mais il ne put jamais le retirer des mains de ce dépositaire infidele, quelques instances qu'il lui fit pour cela, & on auroit peut-être été privé de cet Ouvrage, s'il ne s'en étoit conservée une copie écrite de sa main, qu'il avoit envoyée à *Modene* quelques mois auparavant. Ceci a donné apparemment occasion au Conte qui est

L. CAS-
TEL VE-
TRO.

L. CAS-TELVE-TRO.

rapporté dans le *Menagiana*, où il est dit (a) que le feu ayant pris à *Lyon* dans sa maison, il se mit à crier : *La Poëtica*, sauvez ma Poëtique.

Castelvetro sauvé ainsi de plusieurs dangers, se retira à *Geneve*, où *François Porto* tâcha de le consoler de ses disgraces, & retourna ensuite à sa premiere demeure de *Chiavennes*. Sa réputation attira en ce lieu plusieurs jeunes gens qui souhaitoient apprendre de lui la Langue Grecque, & il leur fit des leçons sur *Homere*.

Pendant ce tems là son frere alla à la Cour de *Vienne*, où il fut si bien reçu, que *Castelvetro* crut devoir s'y transporter aussi. L'Empereur *Maximilien*, qui connoissoit son merite, lui témoigna toute sorte de bienveillance, & lui fit ressentir plus d'une fois des effets de sa liberalité, ce qui l'engagea à lui dédier son Commentaire sur la Poëtique d'*Aristote*, qu'il fit imprimer par le conseil de ses amis à *Vienne*, en 1570.

(a) *Tom.* 3. *p.* 128.

II

Il fe feroit volontiers fixé en ce
lieu, mais la pefte l'en chaffa, &
l'obligea à retourner à *Chiavennes.*
Son deffein étoit d'attendre les
beaux jours du Printems, pour aller demeurer à *Bâle*, où quelques
Italiens de fes amis l'avoient engagé de fe rendre, & pour y finir fes
jours. Il ne put cependant l'executer, car il fut attaqué en même tems
des douleurs d'une retention d'u-
rine, qui le tourmentoit par inter-
valles, d'un mal de côté & d'une
fiévre violente, qui le réduifirent à
l'extrêmité. Il en mourut le 21. Février 1571. âgé de 66. ans, à *Chiavennes*, & non point à *Bâle* ni à
Modene, comme le difent quelques-
uns.

L'Auteur des additions & des
corrections aux *Naudæana*, dit que
les fentimens font partagez touchant le lieu de fa mort, mais qu'il
lui femble que cette difpute devoit
être décidée par l'Epitaphe que fon
frere fit mettre fur fon tombeau
& que *Ghilini* rapporte, puifqu'il y
eft dit expreffement qu'il vint mourir dans fa Patrie. *Teiffier* a repeté

L. CAs-
TELVE-
TRO.

Tome IX.　　　　　V

L. CAS- la même chose dans ses additions
TELVE- aux Eloges de M. *de Thou.* Cepen-
TRO. dant l'Epitaphe ne dit rien de semblable, & même dit précisément le
contraire. La voici.

D. O. M.

Memoriæ Ludovici Castelvitrei
Mutinensis,

Viri scientia, judicii, morum, ac vitæ
incomparabilis,

Qui dum Patriam ob improborum
Hominum sævitiam fugit,

Post decennalem peregrinationem
Tandem in libero solo liber moriens
Liberè quiescit.

Anno ætatis suæ LXVI.

Salutis verò nostræ MDLXXI. die
XXI. Febr.

F. M. M. P.

Castelvetro étoit un homme fort
reglé dans ses mœurs & d'une conduite irreprochable. Il ne voulut
jamais se marier, de peur que les
soins d'un ménage ne le détournas-
sent de l'étude, qui faisoit sa passion
favorite. Il semble que l'on ait tort
de douter de sa catholicité ; les démarches qu'il fit en plusieurs occasions pour se justifier des erreurs

qu'on lui attribuoit, marquent affez fon attachement à l'Eglife Catholique. S'il fe retira dans des Pays
Proteftans, il ne le fit que parce
qu'il n'y avoit point de fûreté pour
lui en Italie, & qu'il y avoit tout à
craindre du crédit & de la mauvaife volonté de fes ennemis. Il ne tint
point à lui qu'il ne demeurât dans
des Royaumes Catholiques, les def-
feins qu'il avoit formez de fe fixer
en France & enfuite à *Vienne* en
font d'affez bonnes preuves. Auffi
ceux qui lui font un crime de cette
retraite, ont-ils ignoré la plûpart
des faits qui le concernent, comme
il eft facile de le voir par la confu-
fion & la fauffeté qui regne dans
tout ce qu'ils en difent.

Il vivoit fort fobrement, & fe
bornoit à un fouper très-leger. Il
dormoit peu, & ne couchoit jamais
fur un matelas, mais feulement fur
une paillaffe. Les biens ne lui étoient
de rien, & pourvû qu'il eût dequoi avoir des Livres, il abandon-
noit à fon frere bien aimé *Jean Ma-*
rie la difpofition de tout ce qu'il
avoit. Exempt d'ambition, il réfifta

V ij

L. CAS-
TEL VE-
TRO.

toujours aux sollicitations qu'on
employa pour l'attirer à *Rome*, où
son merite & le crédit de son oncle
pouvoient lui ouvrir une voye aux
honneurs.

Ardent pour ses amis & pour
tous ceux qui pouvoient avoir besoin de ses services, il ne se refusa
jamais à eux ; il s'employoit même
avec ardeur dans toutes choses où il
pouvoit leur être utile.

Sa conversation étoit en même
tems utile & agréable, quoiqu'il
parlât peu & que sa brièveté rendît
son discours quelquefois obscur ;
défaut qui se trouve dans ses Ouvrages.

Il étoit naturellement colere,
mais il sçavoit se moderer par rai-
son, & pardonnoit sans peine à ceux
qui l'avoient offensé, pourvû cependant qu'il ne s'agît point de
Belles Lettres & de Sciences, car
alors il ne vouloit jamais ceder ; &
même plus ses adversaires étoient
habiles & sçavans, plus il s'opiniâ-
troit à leur tenir tête, sous prétexte qu'il aidoit par là à trouver la
verité. Cette conduite lui attira des

diſputes avec pluſieurs Sçavans , L. CAS-
mais aucune ne fit plus de bruit & TEL VE-
ne fut plus préjudiciable à ſon repos TRO.
que celle qu'il eut avec *Annibal
Caro*.

Un autre défaut qu'il avoit étoit
une envie demeſurée de critiquer
& de reprendre ; rien ne lui plai-
ſoit , & il trouvoit toujours à redire aux Ouvrages les plus parfaits.
Un tel caractere ne pouvoit lui
procurer beaucoup d'amis , auſſi
étoit-il peu aimé , quoiqu'on eſti-
mât ſon habileté & ſon ſçavoir.

Il avoit appris la Langue Hebraïque d'un Juif de *Modene* fort
habile nommé *David*. Il poſſedoit
parfaitement la Langue Provençale,
d'où l'on prétend que l'Italienne
tire ſon origine. C'étoit *Jean Marie
Barbieri* de *Modene* qui la lui avoit
enſeignée, & il traduiſit avec lui en
Italien les vies des Poëtes Proven-
çaux & une Grammaire Provençale
d'un bon Auteur, dans le deſſein
de faire imprimer ces traductions ;
mais ſes diſgraces empêcherent de
l'executer.

Ce qu'il ſçavoit le mieux étoit

L. CAS-
TELVE-
TRO.

les Langues Latine & Grecque, dans lesquelles il écrivoit avec une grande pureté. Mais il ne les cultivoit pas tellement qu'il negligeât l'Italienne, qu'il aimoit par dessus toutes les autres. Elle faisoit le principal objet de son application, & il composa un jour un Traité pour prouver que les Italiens devoient plûtôt écrire en leur Langue, même sur les matieres les plus relevées, qu'en Latin, contre le sentiment d'*Antoine Fiordibello* de *Modene* & de *Paul Sadolet*, qui avoient prétendu le contraire. Ce Traité s'est perdu.

Catalogue de ses Ouvrages.

1. *La Poëtica d'Ariftotele vulgarizzata & sposta. Vienna d'Austria* 1570. *in-4°.* It. *riveduta & ammendata secondo l'originale dell' Autore. Basilea* 1576. *in-4°.* La premiere édition est beaucoup plus rare & plus recherchée que la seconde; elle fut venduë 85. livres à la Bibliotheque de M. *du Fay.* Cet Ouvrage, qui est le plus considerable de *Castelvetro*, a eu beaucoup de réputation & seroit un Ouvrage incom-

parable , ſelon *la Menardiere* , ſi la
paſſion de contredire *Ariſtote* ne lui
avoit fait embraſſer d'étranges ſentimens , & s'il n'y avoit pas fait entrer tant de queſtions & de raiſon-
nemens inutiles. M. *Dacier* n'en juge pas ſi favorablement : » *Caſtelve-*
» *tro* , dit-il dans la Préface ſur la
» Poëtique d'*Ariſtote* , a beaucoup
» d'eſprit & de ſçavoir , ſi l'on peut
» appeller eſprit ce qui n'eſt qu'i-
» magination , & donner le nom
» de ſçavoir à une grande lecture.
» Qu'on aſſemble toutes les quali-
» tez d'un bon Interprete , on aura
» une juſte idée de *Caſtelvetro* , en
» prenant le contrepied. Il ne con-
» noît ni le theâtre , ni les paſſions,
» ni les caracteres ; il n'entend ni
» les raiſons , ni la methode d'*A-*
» *riſtote* , & il cherche bien plus à
» le contredire qu'à l'expliquer. Il
» eſt d'ailleurs ſi entêté des Auteurs
» de ſon Pays , qu'il ne ſçauroit être
» bon critique. Comme le *Therſite*
» d'*Homere* il parle ſans meſure &
» declare la guerre à tout ce qui eſt
» beau. Il ne laiſſe pas quelquefois
» de dire de bonnes choſes , mais

L. CAS-
TELVE-
TRO.

L. CAS-
TELVE-
TRO.

» elles ne valent pas le tems qu'on
» perd à les chercher. Outre cela
il est fort obscur & ne rapporte jamais que la moitié des passages qu'il
cite, & même quelquefois il n'en
rapporte que les premiers mots,
qui ne font rien à son sujet, com-
prenant le reste qui y a rapport sous
un *& cætera.*

2. *Ragione di alcune cose segnate
nella Canzone d'Annibal Caro: Venite
all' ombra de' gran Gigli d'Oro. In Venezia* 1560. *in-*8°. *It. in Parma* 1573.
*in-*8°. J'en ai déja parlé.

4. *Correzione di alcune cose del
Dialogo delle lingue del B. Varchi,
& una Giunta al primo libro delle
Prose del P. Bembo, dove si ragiona
della vulgar lingua. In Basilea* 1572.
*in-*4°. J'ai aussi parlé de la première
partie de ce volume, qui a été publié par les soins de *Jean Marie
Castelvetro* frere de l'Auteur. La seconde est un fragment d'un gros volume que *Castelvetro* avoit composé
contre les Ouvrages en Prose du
Cardinal *Pierre Bembe*, & dont il
avoit lui-même publié un morceau
à *Modene* l'an 1563. sans y mettre
son

fon nom. *Octave Ignace Vitalliano* L. Cas-
fçavant Napolitain l'a publié de TELVE-
nouveau , avec quelques autres qui TRO.
n'avoient pas encore paru , à la fuite
des Œuvres en Profe de *Bembe*, à
Naples 1714.

4. *Le Rime del Petrarca breve-*
mente fpofte. In Bafilea 1582. *in-*4°.
Caftelvetro n'a pas mis la derniere
main à cet Ouvrage , & il a paru
dans l'état d'imperfection où il l'a-
voit laiffé. On voit dans une apof-
tille jointe à un Manufcrit écrit de
fa main , qu'il le finit le 8. Octobre
1545. à *Staggia*, où fa Maifon avoit
de grands biens.

5. *Spozizioni fulla Rettorica ad*
Erennio. In Modena 1655. Il a fait
cet Ouvrage fur la fin de fa vie ;
mais comme il ne l'a point retou-
ché , il eft fort imparfait.

6. *Opere varie critiche , non più*
ftampate, colla vita dell' Autore fcritta
dal fignor Propofto Lodovico Antonio
Muratóri , Bibliotecario del fer. Duca
di Modena. In Berna 1727. *in-*4°.
(fe trouve à *Paris* chez Briaffon.)
Les Opufcules que M. *Philippe Ar-*
gelati , à qui l'on eft redevable de
Tome IX. X

L. CAS-
TELVE-
TRO.

cette édition, a publié dans ce Recüeil, sont 1°. *Parere sopra l'ajuto
che domandano i Poëti alle Muse.* Il
y dit son sentiment sur quelques
anciens Auteurs, & découvre les
vols que quelques Italiens ont fait
de leurs pensées. 2°. Des corrections & des explications de certains
passages d'Auteurs anciens & nouveaux. 3°. *Alcune cosette intorno alla
Comedia di Dante.* Ce n'est point
l'explication de la Comedie du
Dante, dont j'ai parlé ci-dessus, &
qui n'a jamais été imprimée. 4°.
Chiose nelle Comedie di Terenzio. 5°.
*Chiose intorno al primo libro del com-
mune di Platone secondo la traduzione
di Marsilio Ficino.* 6°. Remarques
sur plusieurs Ouvrages de *Platon.*

Castelvetro a fait encore plusieurs
autres Ouvrages qui n'ont pas été
imprimez, & dont même la plûpart se sont perdus.

V. sa vie par M. *Muratori,* qui
nous a fait connoître ce Sçavant
beaucoup mieux qu'on ne le connoissoit auparavant. *Ghilini Theatro
d'Huomini litterati. Lorenzo Crasso
Elogii d'Huomini litterati,* tom. 1. p.

65. Les Eloges de M. de *Thou* &
les Additions de *Teiffier*. Les Additions au *Naudæana*. Tous ces Auteurs ne font point exacts.

JACQUES LENFANT.

JACQUES *Lenfant* naquit à   J. LEN-
Bazoche en Beauce le 13. Avril FANT.
1661. de *Paul Lenfant* Miniftre de
Chatillon fur Loin , mort à *Marbourg*
au mois de Juin 1686. & d'*Anne
Dergnouft de Preffinville* , decedée à
Berlin le 6. Decembre 1692.

Il commença fes études de Theologie à *Saumur*, où il logeoit chez
M. *Jacques Cappel* Profeffeur en Hebreu , & les alla continuer à *Geneve*.
Il fortit de cette derniere Ville vers
la fin de l'année 1683. & paffa à
Heidelberg , où il reçut l'impofition
des mains au mois d'Août 1684. Il
y exerça enfuite fon Miniftere en
qualité de Chapelain de l'Electrice
Doüairiere Palatine, & de Pafteur
ordinaire de l'Eglife Françoife.

L'entrée des François dans le Palatinat l'obligea à fortir d'*Heidel-*
X ij

J. LEN-
FANT.

berg en 1688. dans la crainte des
fuites fâcheufes que pourroient lui
attirer deux Lettres qu'il avoit écrites auparavant, & qu'il a inferées à
la fin de fon *Prefervatif.* Il en fortit
au mois d'Octobre, & fe retira à
Berlin, où il arriva le mois fuivant.

Quoique l'Eglife Françoife de
Berlin eut déja un nombre fuffifant
de Pafteurs, l'Electeur de Brandebourg *Frederic* ne laiffa pas de lui
donner encore M. *Lenfant*, qui
commença fes fonctions le 21. Mars
jour de Pâques 1689. & il les a con-
tinuées dans cette Eglife pendant
39. ans & quatre mois.

Il époufa en 1705. *Emilie Gour-
geaud de Venours*, d'une famille illuftre de Poitou, dont il n'a point
eu d'enfans.

Le 29. Juillet 1728. il eut une
legere attaque de paralyfie, qu'on
ne crut pas dangereufe, mais qui le
conduifit en peu de jours au tombeau ; car elle revint le quatrième
Août fuivant beaucoup plus forte
que la premiere fois ; il tomba même dans une efpece de léthargie, &

mourut le 7. du même mois dans sa 68ᵉ année. Il fut enterré deux jours après aux pieds de la chaire de l'E-glise Françoise, que l'on appelle du *Werder*, à cause du quartier où elle est située. C'étoit celle où il prê-choit ordinairement depuis l'année 1715. que le Roi de Prusse avoit affecté à chaque Eglise ses Pasteurs particuliers.

Il étoit d'une taille au-dessous de la médiocre, sa physionomie avoit quelque chose de fin, quoique son air fut simple & negligé. Il par-loit peu, mais il disoit les choses d'une maniere délicate & insinuan-te. Lorsqu'il s'élevoit quelque dis-pute dans la conversation & qu'on le contredisoit, il ne s'en fâchoit jamais, mais se servoit de l'ironie fort à propos.

Il aimoit la societé, & passoit peu de jours sans voir quelques-uns de ses amis. Mais ses Ouvrages n'y perdoient rien. Il revenoit à son tra-vail avec de nouvelles forces, le re-prenoit sur le champ à l'endroit où il l'avoit laissé, & ne composoit jamais mieux que lorsqu'il s'étoit

X iij

J. LEN-
FANT.

égayé dans une compagnie qui lui plaifoit.

Il étoit bon ami, & rendoit fervice avec plaifir. Doüé d'une humeur douce & pacifique, il en ufoit genereufement à l'égard de ceux dont il avoit fujet de fe plaindre.

Il réuffiffoit dans la Prédication, & ce fut ce qui lui procura le pofte de Prédicateur de la Reine de Pruffe *Charlotte Sophie*. Après la mort de cette Princeffe, il fut fait Chapelain du Roi fon fils. Il a été outre cela Confeiller du Confiftoire fuperieur & Membre d'un Corps, nommé le Confeil François, & formé pour diriger les affaires generales de la Nation.

Il fut aggregé en 1710. à la Societé de la *Propagation de la Foy*, qui eft établie en Angleterre, & le 2. Mars 1724. à l'Academie des Sciences de *Berlin*.

Il fit en 1707. un voyage en Hollande & en Angleterre. Il eut alors l'honneur de prêcher devant la Reine *Anne*, & s'il eût voulu fe réfoudre à quitter *Berlin*, il auroit pû

demeurer à *Londres*, avec le titre J. LEN-
honorable de Chapelain de la Reine FANT.
qu'on lui offrit.

Il fit depuis d'autres voyages à
Helmſtad en 1712. à *Leipſic* en 1715.
& à *Breſlau* en 1725. Son but étoit
de découvrir les Livres rares & les
Manuſcrits dont il avoit beſoin pour
compoſer les Hiſtoires qu'il a écrites.

Catalogue de ſes Ouvrages.

1. *Conſiderations generales ſur le
Livre de M. Brueys, intitulé* : Examen des raiſons qui ont donné lieu
à la ſéparation des Proteſtans, *&
par occaſion ſur ceux de même caractere.
Rotterdam* 1684. *in-12.* Ce Livre
qu'il compoſa à l'âge de 22. ou 23.
ans, & qui fut ſon coup d'eſſai,
lui fit beaucoup d'honneur dans ſon
parti, lorſqu'on ſçût qu'il en étoit
l'Auteur ; car il n'y mit pas ſon
nom.

2. *Lettres choiſies de S. Cyprien aux
Confeſſeurs & aux Martyrs, avec des
Remarques Hiſtoriques & Morales.
Amſterdam* 1688. *in-12.*

3. *Innocence du Catechiſme de
Heidelberg.* 1690. *in-12.* It. à l-

X

J. LEN-
FANT.

fin du *Préfervatif.* 1723. *in-12.*

4. *De inquirenda veritate.* Geneve 1691. *in-4°.* C'eft une traduction Latine de *la Recherche de la Verité* du P. *Malebranche.* M. *Lenfant* l'entreprit pendant qu'il étudioit en Theologie à *Geneve*, & communiqua fon deffein au P. *Malebranche*, qui lui répondit par une Lettre qui fe trouve dans les *Nouvelles Litteraires* du 15. Fevrier 1716. Il l'acheva en 1683. mais elle ne fut imprimée qu'en 1691. à caufe du defordre qui furvint dans les affaires du Libraire qui en avoit entrepris l'impreffion, comme il le dit luimême dans une de fes Lettres, inferée dans les *Nouvelles Litteraires* avec celle du P. *Malebranche.*

5. *Hiftoire de la Papeffe Jeanne fidelement tirée de la Differtation Latine de M. Spanheim.* Cologne (*Amfterdam*) 1694. *in-12.* It. *feconde édition augmentée. La Haye* 1720. *in-12.* 2. *tom.* Le Libraire dans un avertiffement fur la feconde édition, dit qu'il s'étoit adreffé à M. *Lenfant* pour avoir des additions, mais que cet illuftre Sçavant occupé à des Ouvrages plus

importans n'avoit pû trouver le J. Len-
tems neceffaire pour revoir celui-ci. fant.
On affure cependant que c'eft par
des raifons bien differentes que M.
Lenfant avoit refufé de prendre part
à cette édition , & que la veritable
raifon de fon refus , étoit qu'il avoit
changé de fentiment , & ne regardoit plus l'Hiftoire de la Papeffe
Jeanne , qu'il avoit foûtenuë d'a-
bord , que comme une fable. M.
des Vignoles s'eft chargé à fa place
de faire les additions qu'on lui demandoit.

6. *Remarques fur l'édition du Nouveau Teftament par M. Mill.* Inferées dans la *Bibliotheque choifie* , tom.
16. p. 275.-310.

7. *Lettre Latine fur le Nouveau
Teftament Grec publié par M. Mill.*
Inferée dans la *Bibliotheque choifie* ,
tom. 18. p. 209.-228.

8. *Lettre Latine fur l'édition du Nouveau Teftament Grec , publié par les
foins de M. Kufter :* inferée dans la
Bibliotheque choifie , tom. 21. p. 96.-
118.

9. *Reflexions & Remarques fur la
Difpute du P. Martianay avec un*

J. Len-
FANT.

Juif : inferées dans la *Republique des Lettres.* May 1709. p. 479. & Juin p. 599.

10. *Memoire Historique touchant la Communion sur les deux especes* : inferé dans la *Republique des Lettres.* Septembre 1709. p. 243.-275.

11. *Critique des Remarques du P. Vavasseur sur les Reflexions du P. Rapin , touchant la Poëtique* : inferée dans la *Republique des Lettres.* 1710. Fevrier p. 123. & Mars p. 253.

12. *Réponse à M. Dartis au sujet du Socinianisme. Berlin* 1712. *in-*4°. C'est une brochure , où il repousse l'accusation de Socinianisme que M. *Dartis* avoit intentée contre lui.

13. *Lettre sur le Sens Litteral des anciens Oracles , à l'occasion de la Dissertation sur le Pseaume* 110. (109.) inferée dans l'*Histoire Critique de la Republique des Lettres* , tome 6. p. 43. Il prétend y faire voir qu'il n'y a aucune Prophetie de l'Ancien Testament, qui n'ait dû avoir un accomplissement litteral, & que si on ne l'apperçoit pas dans quelques-unes, c'est la faute de l'Histoire.

14. *Lettre ſur une Diſpute avec le* J. LEN-
P. *Vota Jeſuite*, inſerée dans la Bi- FANT.
bliotheque choiſie, tome 23. p. 327.

15. *Hiſtoire du Concile de Conſtance,
tirée principalemenc d'Auteurs qui ont
aſſiſté au Concile. Amſterdam* 1714.
in-4°. 2. *tom.* Cette édition a été
contrefaite aſſez bien en France.
It. *nouvelle édition corrigée & augmentée conſiderablement. Amſterdam*
1727. *in*-4°. 2. *tom.* Il eſt peu d'Hiſtoire auſſi exacte & auſſi ſagement
écrite que celle-ci, qui pour être
de la main d'un Proteſtant, ne
porte aucune marque de partia-
lité.

16. *Apologie pour l'Auteur de l'Hiſtoire du Concile de Conſtance contre le
Journal de Trevoux du mois de Decembre* 1714. *Amſterdam* 1716. *in*-4°.
pp. 22. Cette Apologie a été inſerée dans la ſeconde édition de l'Hiſtoire du Concile de *Conſtance.*

17. *Diſcours prononcé dans l'Egliſe
du Werder le* 26. *Decembre de l'année*
1715. *jour du Jubilé, ſur les quinze
premiers Verſets du Chapitre* 44. *de
l'Eccleſiaſtique. Berlin* 1716. *in*-1°.
It. *Amſterdam* 1716. *in*-12. C'eſt

un Eloge de la Maison de Brandebourg.

18. *Le Nouveau Testament de Notre Seigneur Jesus-Christ traduit en
François sur l'Original Grec, avec
des Notes Litterales pour éclaircir le
Texte. Par Messieurs de Beausobre &
Lenfant. Amsterdam* 1718. *in*-4°.
2. *vol.* Cette traduction faite avec
beaucoup de soin par deux personnes habiles, a trouvé des Censeurs
qui ont accusé les Auteurs d'avoir
affoibli les preuves de la divinité
de Jesus-Christ, & d'avoir donné
dans le Socinianisme. Tel a été entr'autres *Gabriel Dartis* Ministre de
Berlin, qui a publié une *Lettre Pas-
torale* contre cette traduction.

19. M. *Lenfant* répondit à cette
Lettre par une brochure imprimée
à *Berlin* en 1719. Mais M. *Dartis*
ayant repliqué, il jugea à propos
d'en demeurer là, & de ne plus répondre davantage.

20. *Poggiana,* ou *la vie, le caractere, les sentences & les bons mots
de Pogge Florentin avec son Histoire
de la Republique de Florence, & un
supplément de diverses pieces impor-*

tantes. Amſterdam 1720. *in-*12. 2.   J. Len-
tom. On croit que M. *Lenfant* n'en- fant.
treprit cet Ouvrage que pour avoir
occaſion de répondre à ce que M.
Recanati avoit repris, dans ce qu'il
avoit dit du *Pogge*, dans ſon Hiſtoire du Concile de *Conſtance.* Mais
ſi ce ſçavant Italien avoit relevé
quelques-unes de ſes fautes dans la
vie du *Pogge*, qu'il avoit miſe à la
tête de ſon Hiſtoire de Florence,
cet Ouvrage lui donna ſujet d'en
relever bien d'autres. Ce qu'il fit
dans un Ouvrage intitulé : *Oſſerva-*
zioni critiche, ed apologetiche ſopra il
libro del ſig. Jacopo Lenfant intitolato
Poggiana, fatte da Giovan batiſta
Recanati Patrizio Veneto. In Venezia
1721. *in-*8°. M. de *la Monnoye* publia auſſi des *Remarques ſur le* Poggiana de M. *Lenfant. Paris* 1722.
*in-*12. *pp.* 35.

    21. *Lettre de l'Auteur du* Pog-
giana à M. *de la Motte, pour ſervir*
de ſupplément à cette Piece : inſerée
dans la *Bibliotheque Germanique, to.*
1. *p.* 112. On y trouve un détail
curieux de la Vie & des Ouvrages
de *Lucius Colutius Salutatus.*

22. *Lettre à M. de la Croſe* : inſerée dans la *Bibliotheque Germanique*, *t. 1. p.* 240. Elle roule ſur quelques corrections du *Poggiana*.

23. *Réponſe aux Remarques de M. de la Monnoye ſur le Poggiana* : inſerée dans la *Bibliotheque Germanique*, *to.* 4. p. 70.

24. Il a eu beaucoup de part à la *Bibliotheque Germanique*, & c'eſt lui qui eſt l'Auteur de la Préface qui eſt à la tête du premier tome ; il ne s'eſt cependant mis proprement du nombre des Journaliſtes, que depuis le quatriéme tome incluſivement.

25. *Lettre à M. des Vignoles pour prouver contre M. Bayle, que les Payens croyoient qu'il falloit demander la ſageſſe aux Dieux* : inſerée dans la *Bibliotheque Germanique*, tome 1. pag. 189.

26. *Diſſertation ſur cette queſtion : Si Pythagore & Platon ont eu connoiſſance des Livres de Moyſe & de ceux des Prophetes* : inſerée dans la *Bibl. Germ.* tome 2. p. 124. M. Lenfant eſt pour la négative.

27. *Eclairciſſement ſur ce qu'il avoit*

fait defcendre *Charles VI.* de *Charle-* J.
magne : inferée *ibid.* p. 173. FAN.

28. *Lettre fur les paroles inutiles.*
Matth. XII. 36. inferée dans la *Bibl.*
Germ. tom. 3. p. 98.

29. *Differtation Hiftorique fur la*
premiere édition des Actes du Concile
de Conftance : inferée dans la *Bibl.*
Germ. to. 12. p. 1.

30. *Préfervatif contre la réunion*
avec le Siege de Rome, ou *Apologie*
de notre féparation d'avec ce Siege,
contre le Livre de Mademoifelle de B.
Dame Profelyte de l'Eglife Romaine,
& contre les autres Controverfiftes an-
ciens & modernes. Amfterdam 1723.
in-8°. 4. tom. avec un cinquiéme
volume intitulé : l'*Innocence du Ca-*
téchifme de Heidelberg démontrée con-
tre deux Libelles d'un Jefuite du Pa-
latinat ; où l'on a joint des *Difcours*
fur les Catéchifmes, fur les Formulaires
& fur les Confeffions de Foy. Amfter-
dam 1723. *in-8°.* Le Difcours fur
les Catéchifmes avoit déja été imprimé à *Berlin,* pour fervir de Préface à une édition Françoife du Catéchifme d'*Heidelberg.* L'*Innocence*
du Catéchifme de Heidelberg l'avoit

‥N‑été aussi ; mais presque toute l'édition en fut brûlée dans l'incendie de cette Ville.

31. *Histoire du Concile de Pise & de ce qui s'est passé de plus mémorable depuis ce Concile jusqu'au Concile de Constance, enrichie de Portraits.* Amsterdam 1724. in-4°. 2. vol. Cette Histoire est aussi exacte, aussi modérée, & aussi bien écrite que celle du Concile de *Constance.*

32. *Seize Sermons sur divers Textes.* Amsterdam 1728. in-8°.

33. *Préface generale sur l'Ancien & le Nouveau Testament :* à la tête d'une Bible Françoise imprimée en 1728. à *Hannover* & à *Leipsic* in 8°.

34. On a ajoûté des Remarques de sa façon dans une édition du Livre du P. *Gisbert* sur l'Eloquence, qui a paru sous ce titre : *l'Eloquence Chrétienne dans l'idée & la pratique. Par le P. Gisbert de la Compagnie de Jesus. Nouvelle édition où l'on a joint les Remarques de M. Lenfant.* Amsterdam 1728. in-12.

35. Il avoit achevé, quand il est mort, son Histoire du Concile de *Bâle,* qui s'imprime à *Amsterdam,* in-4°. V.

V. fon Eloge dans la *Bibliotheque Germanique*, to. 16. p. 115.

MARC-ANTOINE OUDINET.

MARC-*Antoine Oudinet* naquit à *Reims* fur la fin de l'année 1643. fa famille étoit originaire de *Cambray*, & fes ancêtres avoient prefque tous fait profeffion des armes. *Nicolas Oudinet* fon pere fut le premier qui tranfporta fon domicile & fa fortune en Champagne, où renonçant abfolument au métier de la guerre, il ne fongea qu'à faire valoir fon bien, & ce fut apparemment l'exemple d'une vie fi differente, qui tourna fon fils du côté du Barreau.

Le jeune *Oudinet* étudia jufqu'en Rhetorique au College des Jefuites de *Reims*, & il y brilla, fur tout par l'étenduë & la facilité de fa memoire. Son Regent voulant un jour en juger par une épreuve certaine, le chargea d'apprendre par cœur un des Livres de l'Eneïde à fon choix, pour le reciter publique-

M. A. OUDINET

ment à la fin de la semaine. Le jour venu, *Oudinet* proposa de tirer ce Livre au sort, parce que dans la crainte qu'on le soupçonnât d'avoir eu quelque avance, ou peut-être trop de tems pour un Livre particulier, il avoit appris l'Encïde entiere.

Au sortir de la Rhetorique, il vint passer cinq ou six ans à *Paris*, où il s'appliqua à l'étude de la Philosophie & du Droit, se fit recevoir Avocat au Parlement, & y plaida plusieurs fois avec succès.

A son retour à *Reims*, il se livra tout-à-fait à la plaidoirie, où il acquit bientôt une si grande réputation, qu'il se vit accablé d'affaires. Il fut obligé de se borner aux plus importantes, afin d'avoir le tems de se perfectionner dans l'étude des Loix.

Cette étude, à laquelle il s'appliqua avec beaucoup d'ardeur, ne lui fut pas infructueuse, elle lui valut la premiere chaire vacante de Professeur en Droit dans l'Université de *Reims*, & il la remplissoit actuellement, lorsque M. *Rainssant*,

commis à la garde des Médailles du
Cabinet du Roi, l'engagea à venir
partager ce foin avec lui. Ils étoient
parens, & le goût pour les Médailles leur étoit venu en même tems &
par le même hazard.

M. A.
Oudinet

Un Fermier de M. *Oudinet* le pere
trouva en labourant la terre une
grande urne pleine de Medailles de
bronze. Ce fut de l'occupation pour
ces deux jeunes gens, qui piquez
par la curiofité, fe mirent auffi-tôt
à en déchiffrer à l'envie l'un de l'autre les légendes, & à en expliquer
les types.

M. *Rainffant* devenu Medecin, &
M. *Oudinet* Avocat, ne perdirent
pas dans ces differentes profeffions
le goût qu'ils avoient pris enfemble
pour les Medailles ; mais pendant
que l'un la cultivoit à *Paris* avec
tout l'avantage qu'y donnent le
commerce des Sçavans & la vûë
d'un grand nombre de Cabinets,
l'autre n'avoit dans fa Province que
le fecours des Livres. Enfin M. *Rainf-*
fant fut chargé du Cabinet du Roi,
& comme il y avoit beaucoup à travailler par rapport au catalogue &

M. A.
OUDINET

à l'arrangement des fuites, il fongea auffi-tôt à attirer M. *Oudinet* pour le foulager.

M. *Rainffant* étant mort quelques années après, M. *Oudinet* alla dans le moment porter les clefs du Cabinet à M. *de Louvois*. Mais ce Miniftre qui le connoiffoit, lui dit de les garder, puifqu'il fçavoit qu'elles étoient en bonnes mains, & lui procura l'agrément du Roi pour la même place.

Pendant vingt-deux ans qu'il l'a remplie, il a fait au Cabinet des augmentations confiderables & s'eft donné pour le mettre en bon ordre des peines dont ceux-là feuls qui font au fait des Medailles peuvent connoître le prix. Son application à ce travail lui procura de la part du Roi une penfion de cinq cens écus, qui fut ajoûtée à fes appointemens.

Au renouvellement de l'Académie des Infcriptions en 1701. il y fut nommé Affocié, & quoiqu'il vint rarement à *Paris*, qu'il eut affez d'occupation d'ailleurs, & qu'il commençât à être dans un âge avancé, il ne laiſſa pas d'y fournir M. A. de tems en tems de petits Ouvrages OUDINET d'autant plus précieux que ce ſont les ſeuls qui reſtent de lui. Telles ſont les *Diſſertations ſur le nom de Medailles* qu'il fait venir du mot *Metal. Sur les Medailles d'Athenes & de Lacédémone. Sur deux magnifiques Agathes du Cabinet du Roi.*

Il avoit eu un an ou deux avant ſa mort une legere attaque d'apoplexie; il n'en vouloit cependant pas convenir, comme ſi cet aveu eût pû hâter en quelque ſorte le retour d'un mal, qui ne pardonne gueres : mais trop Chrétien pour s'étourdir lui-même ſur le danger, il vivoit dans cette défiance ſalutaire, qui ſanctifie chaque jour de la vie, comme s'il en devoit être le dernier. L'apoplexie revint en effet, & l'emporta ſubitement le 12. Janvier 1712. à l'âge de 68. ans.

V. l'*Hiſtoire de l'Académie des Inſcriptions*, tome 3.

JOSEPH GAZOLA.

J. GA- **JOSEPH** *Gazola* naquit à *Ve-*
ZOLA. *rone* l'an 1661. Après avoir fait
fes Humanités & fa Philofophie
dans fa patrie, il alla à *Padoue* étudier en Medecine & en Mathéma-
tique. Il reconnut bien-tôt en ce
lieu que les principes qu'il avoit
appris en Philofophie ne pouvoient
le mener à rien de folide, & qu'il
lui falloit recommencer fur de nouveaux frais pour fe mettre en état
d'étudier la nature. Le goût qu'il
fe fentoit pour la Phyfique la lui fit
étudier en même tems que la Médecine fous les fameux Profeffeurs
de cette Univerfité, & il y fit de
fi grands progrès qu'il fut reçû
Docteur en l'une & l'autre Faculté
le 17. May 1683.

Le Bonnet de Docteur ne lui fit
pas concevoir des idées plus avanta-
geufe de fa fcience. Perfuadé qu'elle n'étoit pas affez grande pour s'ha-
zarder à pratiquer la Médecine, il
voulut employer encore trois ans à
l'étudier & à s'exercer dans la Mé-

thode de *Galien* ſous la direction
de *Raimond Granforti* ſon compa-
triote & premier Profeſſeur de Médecine à *Padoue* ; ſans négliger cependant la Phyſique & les Mathé-
matiques , dont il continua à prendre des leçons ſous deux Maîtres
fameux *Geminien Montanari* de *Modene* , & *François Spoleti* de *Luci-
gnano* en Toſcane.

J. GA-
ZOLA.

De retour en ſa patrie en 1686.
il commença à pratiquer la Médecine ſuivant la Méthode qu'il avoit
appriſe à *Padoue*. Mais afin de ne
pas oublier les connoiſſances qu'il
avoit acquiſes dans la Phyſique &
d'en faire part à ſes concitoyens ;
il ſongea à former à *Verone* une Academie , dont les experiences Phy-
ſiques & les obſervations Mathematiques fiſſent le principal objet.
Il ſe donna tant de mouvemens
pour cela , qu'il y réuſſit ; & cette
Academie qui prit le nom d'Academie *Degli Aletofili* , commença à
s'aſſembler, & tint ſa premiere ſéan-
ce le 21. Décembre de la même année 1686.

Gazola avide de ſe perfectionner

J. GA-
ZOLA.

dans ses connoissances, crut qu'il n'y avoit point de meilleur moyen pour cela que de voyager dans les Pays étrangers. Il s'en presenta une occasion telle qu'il pouvoit la souhaiter. Le Senateur *Jean de Pesaro* étoit prêt à aller en Espagne en qualité d'Ambassadeur de la République de Venise. *Gazola* fit si bien que le Ministre agréa qu'il l'accompagnât en qualité de son Médecin.

Il demeura trois ans à *Madrid*, où il eut occasion de s'attirer l'estime des Espagnols par les cures singulieres qu'il y fit. Il y publia aussi un livre en Espagnol qu'il dédia à la Reine Regente *Marie Anne de Baviere*. Cette dédicace ne lui fut pas inutile, puisqu'il en reçut un present considerable en diamans, & qu'elle lui procura l'honneur d'être mis en 1692. au nombre des Médecins de l'Empereur *Leopold*.

Avant que de retourner dans son pays, il voulut passer par la France, & il demeura quelque tems à *Paris* pour voir les Savans de l'Academie des Sciences, & pour profiter de leurs lumieres. Il passa ensuite

ſuite à *Gennes* , parcourut la Toſ- **J. GA-**
cane & l'Etat de l'Egliſe , & arri- **ZOLA.**
va en 1696. à *Naples* , où il con-
tracta une étroite amitié avec *Leo-*
nard de Capoue & *Luc Porzio* , fameux Médecins de cette Ville.

Revenu dans ſa patrie le 28. Mars
1697. il commença à ſe donner à la
pratique de la Médecine, mais plûtôt pour avoir quelque occupation,
que par le deſir du gain , la fortune
l'ayant aſſez favoriſé à ſon gré des
biens de ce monde.

Après avoir été incommodé pendant pluſieurs mois , il eut une attaque d'apoplexie qui l'enleva le 14.
Février 1715. dans ſa cinquante-
quatriéme année.

Catalogue de ſes Ouvrages.

1. *Entuſiaſmos Medicos , Politicos ,*
y Aſtronomicos. Madrit 1689. C'eſt
l'ouvrage qu'il publia pendant ſon
ſéjour en Eſpagne dans le goût de
ceux chez qui il étoit.

2. *Origine , preſervativo , e rime-*
dio del Corrente contagio peſtilenziale
del Bue. In Verona 1713. *in* 4°.

3. *Il mondo ingannato da falſi Me-*
dici. Opera Poſtuma. In Praga 1716.

Tome IX. Z

J. GA-
ZOLO.

in 8°. pp. 214. L'Editeur de cet
ouvrage à été *Jean Battiste Gazola*
Avocat & Juge Fiscal de la Chambre Ducale de *Veronne*, son frere,
L'Auteur n'y paroît point entêté de
de son art, il en découvre toutes les
difficultez, fait sentir que rien n'est
plus rare qu'un bon Médecin, &
qu'on meurt des remedes presque
aussi souvent que des maladies. Pour
consoler un peu ses lecteurs, il leur
enseigne l'art de conserver leur santé & de se passer de Médecins;
quoiqu'il eût été attaché d'abord à
la Methode de *Galien*, il déclare
qu'il ne connoît point de plus mauvais Médecins que les Galenistes
attachez à leur vieille Méthode, &
qu'il n'y en a point de meilleurs que
que ceux suivent les principes des
Modernes. Il y a de bonnes choses
dans cet ouvrage, mais quoique
l'Auteur ait été exemt de la prévention ordinaire aux hommes en
faveur de leur profession, il n'est pas
tout-à-fait exemt de préjugés.

V. Le *Jour. des Sçavans de Venise tom.* 27. *p.* 214.

SAMUEL BUTLER.

SAMUEL *Butler*, fameux Poëte S. BUT-
Anglois, naquit l'an 1612. à LER.
Strensham dans le Comté de *Worcester*, où il fut baptisé le 13. Février. Son pere qui étoit Fermier du
Seigneur de ce lieu, lui trouvant
de l'inclination pour l'étude, l'envoya étudier à *Worcester*. Il passa
de là à *Cambrige*, mais il ne prit
point de degrés dans cette Université, parce que son pere n'étoit pas
en état de faire la dépense nécessaire
pour cela.

Après y avoir fait quelque séjour,
il revint dans son pays, où un Juge
de Paix, nommé *Jefferys* de *Earls-
croom*, le prit pour son Secretaire.
Ce poste ne lui donna pas assez d'occupation pour remplir tout son
tems. Il en trouva assez pour satisfaire l'inclination qu'il avoit pour
les sciences ; il s'apliqua principalement à l'Histoire & à la Poësie,
& y joignit pour se délasser, la Mu-
sique & la Peinture.

Il ne quitta la Maison de ce Ma-

Z ij

S. But-   giſtrat , que pour entrer au ſervice
ler.   d'*Elizabeth* Comteſſe de *Kent* , qui
aimoit fort les gens de lettres , & il
eut chez elle l'avantage de pouvoir
conſulter un grand nombre de livres,
qui lui avoient été juſques-là incon-
nus , & de jouir de la converſation
du fameux *Selden.*

Il entra enſuite chez *Samuel Luke*,
où il demeura quelque tems. Cet
homme qui deſcendoit d'une ancienne Famille du Comté de *Bed-
fort* , étoit fort attaché à *Olivier
Cromvvel* , & rempliſſoit alors des
poſtes conſiderables dans l'armée ;
ainſi *Butler* eut occaſion d'être inſ-
truit de tout ce qui s'étoit paſſé dans
les guerres civiles , & ce qu'il en
apprit lui fit naître la penſée de travailler à ſon Poëme d'*Hudibras* ,
qu'il compoſa dans la maiſon de
Luke. On y voit qu'il étoit dans des
principes bien oppoſés aux ſiens,
tant par rapport à la Religion qu'à
l'égard de la politique , & que le
hazard plûtôt que le choix l'avoit
engagé à ſon ſervice.

Après le rétabliſſement du Roi
Charles II. Butler fut fait Secretaire

de *Richard* Comte de *Carbury*, Gouverneur de la Principauté de Galles,
qui lui donna la Charge de Sénéchal
de la Cour de Justice de *Ludlow*,
lorsque cette Cour y fut rétablie.

Ce fut vers ce tems qu'il se maria, & épousa une Demoiselle de fort
bonne famille, nommée *Herbert.*
Wood dit qu'elle étoit veuve, mais
il s'est trompé en cela. Elle avoit
assez de bien, mais comme il étoit
mal placé, elle en perdit la plus
grande partie, ainsi *Butler* ne fut
guères plus avancé, que s'il n'avoit
rien reçû d'elle.

Wood prétend qu'il a été aussi Secretaire de *George* Duc de *Buckingham*,
dans le tems qu'il fut Chancelier de
l'Université de *Cambrige*; quoique
ce fait ne soit pas certain, il est sûr
cependant que ce Duc l'aimoit, &
qu'il lui a fait du bien.

Celui de tous ses Protecteurs qui
lui a donné le plus de marques de sa
bienveillance, a été *Charles Buckhurst*,
Comte de *Dorset* & de *Midlesex*,
qui étant lui-même fort bon Poëte,
sçavoit connoître le mérite des autres, & se faisoit un plaisir de ré-

Z iij

S. But-pandre ſes liberalitez ſur les Sça-
ler. vans.

 Butler mourut en 1680. âgé de
68. ans, & fut enterré à *Londres*
dans le cimetiere de l'Egliſe S. Paul.
 Catalogue de ſes Ouvrages.
 1. *Hudibras*. Poëme Anglois en
trois parties, dont chacune contient trois chants, avec quelques
remarques & des figures. Il y a pluſieurs éditions de ce Poëme qui eſt
accompagné de deux lettres en vers,
l'une d'*Hudibras* à ſa femme, &
& l'autre de la femme d'*Hudibras* à
ſon mari, & precedé de la vie de
de l'Auteur. Une des plus belles
eſt celle qui a été faite à *Londres* en
1710. in 12. » Cet Ouvrage eſt une
» Satyre fine & piquante contre la
» rébellion de *Cromvvel* & des Pres-
» byteriens, que l'Auteur dépeint
» comme des gens de mauvais ſens,
» fauteurs de l'Anarchie, & hypo-
» crites achevez. *Hudibras* le Héros
» de ce Poëme eſt un ſaint *Dom*
» *Quichotte* de cette ſecte, & le
» redreſſeur de tous les torts ima-
» ginaires que l'on fait à ſa Dulci-
» née ; il ne lui manque ni *Roſſi-*

» *nante* , ni avantutes burleſques , S. Bur-
» ni *Sancho* ; mais le ſien eſt d'un LER.
» caractere tout oppoſé à celui du
» *Sancho* Eſpagnol. Au lieu que
» celui-ci eſt un Payſan naïf, l'E-
» cuyer Anglois eſt Tailleur de mé-
» tier , Tartuffe de naiſſance , &
» habile Théologien Dogmatique ,
» comme dit le Poëte.

»   *Myſteres ſçavoit démêler*
»   *Tout comme éguilles enfiler.*

» L'Auteur de cet Ouvrage eſt
» préferable à *Scaron* , auquel il reſ-
» ſemble par ſon ſtile burleſque ,
» en ce qu'il a un but fixe , & que
» par un effort ſurprenant d'imagi-
» nation , il trouve moyen d'y me-
» ner ſes lecteurs en les divertiſſant:
c'eſt le Jugement que porte de ce
Poëme l'Auteur d'une Diſſertation
ſur les Poëtes Anglois inſerée dans
le *Journal litteraire to.* 9. *p.* 165.
J'ajoute que ce Poëme eſt fort eſtimé en Angleterre , & que le Roi
Charles II. en faiſoit tant de cas ,
qu'il le ſçavoit preſque par cœur ,
& qu'il ſe faiſoit un plaiſir d'en ci-
ter des morceaux dans la converſation.

Z iiij

S. But-
LER.

2. *Mola Asinaria.* Ou *le fardeau pesant & insupportable, mis sur les épaules de cette pauvre nation.* (En Anglois) *Londres* 1659 *in* 4°. Cet Ouvrage ne tient qu'une feüille.

30. Deux Lettres, l'une de *Jean Audland* Quaker à *Guillaume Pryn*, & l'autre de *Pryn* en réponse à la précédente. (En Anglois) 1672. *fol.*

4. On lui attribuë aussi un petit Poëme Anglois d'une feüille *in* 4°. sur un fameux voleur de grands chemins, nommé *Du Vall*; mais il n'est pas sûr qu'il soit de lui.

V. Wood Athenæ Oxonienses, & la Préface d'Hudibras.

DENIS DE SALLO.

DENIS DE
SALLO.

D*ENIS de Sallo* Sieur *de la Coudraye* naquit à *Paris* l'an 1626. de *Jacques de Sallo* Conseiller en la Grand'Chambre du Parlement, dont la famille étoit originaire de Poitou, & d'une très ancienne Noblesse.

Sa premiere jeunesse ne prévint

pas trop en ſa faveur, il avoit l'eſ-   D. DE
prit peſant & n'apprenoit qu'avec SALLO-
beaucoup de peine. Il fit ſes claſſes
au College des Graſſins, où il étoit
Penſionnaire, & il les fit aſſez mal.
Mais lorſqu'il fut en Rhetorique,
ſon eſprit s'ouvrit de telle ſorte,
qu'il remporta à la fin de l'année
tous les prix de ſa Claſſe en Proſe
& en Vers.

Il fit enſuite ſa Philoſophie à la
fin de laquelle il ſoûtint des Theſes
publiques en Grec & en Latin.

Il paſſa de là à l'étude du Droit,
dans laquelle il ne brilla pas moins.

En 1652. il fut reçu Conſeiller
au Parlement, & il fit paroître dans
l'exercice de cette Charge une con-
ception facile, un eſprit net & un
jugement ſolide.

Il ſe maria en 1655. & épouſa
Elizabeth Meſnardeau, fille d'un
Conſeiller de la Grand'Chambre,
dont il a eu un fils, & quatre filles,
qui ſe ſont toutes faites Religieu-
ſes.

Il lui arriva en 1662. une avanture qui lui fait trop d'honneur,
pour n'être point rapportée au long.

D. DE
SALLO.

Je me servirai des propres termes de M. *Bourſaut* , qui en fait le recit dans le ſecond tome de ſes Lettres.

„ En 1662. , dit-il , il y eut une
„ longue & cruelle famine à *Paris.*
„ Un ſoir des grands jours d'Eté ,
„ que Mr. *de Sallo* venoit de ſe
„ promener, ſuivi ſeulement d'un
„ petit laquais, un homme l'abor-
„ da, lui préſenta un piſtolet, &
„ lui demanda la bourſe ; mais en
„ tremblant & en homme qui n'é-
„ toit pas expert dans le metier
„ qu'il faiſoit. Vous vous adreſſez
„ mal, lui dit M. *de Sallo* , & je ne
„ vous ferai gueres riche ; je n'ai
„ que trois piſtoles , que je vous
„ donne fort volontiers. Il les prit,
„ & s'en alla ſans lui rien demander
„ d'avantage. Suis adroitement cet
„ homme-là , dit M. *de Sallo* à ſon
„ laquais, obſerve le mieux qu'il
„ te ſera poſſible où il ſe retirera, &
„ ne manque pas de venir me le di-
„ re. Il fit ce que ſon Maitre lui
„ commanda , ſuivit le voleur dans
„ trois ou quatre petites ruës , & le
„ vit entrer chez un Boulanger, où

,, il acheta un pain de ſept ou huit D. DE
,, livres , & changea une des piſtoles SALLO.
,, qu'il avoit. A dix ou douze mai-
,, ſons delà il entra dans une allée,
,, monta à un quatriéme étage , &
,, en arrivant chez lui, où l'on ne
,, voyoit clair qu'à la faveur de la
,, Lune , jetta ſon pain au milieu de
,, la chambre , & dit en pleurant à
,, ſa femme & ſes enfans : Mangez ;
,, voilà un pain qui me coute cher ;
,, raſſaſiez vous en , & ne me tour-
,, mentez plus comme vous faites ;
,, un de ces jours je ſerai pendu , &
,, vous en ſerez la cauſe. Sa femme
,, qui pleuroit auſſi l'ayant appai-
,, ſé le mieux qu'elle put, ramaſſa
,, le pain & en donna à quatre pau-
,, vres enfans qui languiſſoient de
,, faim. Le laquais vint faire à ſon
,, Maitre un rapport de tout ce qu'il
,, avoit vû & entendu. Le lende-
,, main dès cinq heures du matin ,
,, M. *de Sallo* ſe fit conduire par
,, ſon laquais chez cet homme. Il
,, s'informa dans le voiſinage ce qu'il
,, étoit ; on lui dit , que c'étoit un
,, Cordonnier bon homme & bien
,, ſerviable , mais chargé d'une groſ-

D. DE „ ſe famille & très pauvre. Il monta
SALLO. „ enſuite chez lui & heurta à ſa por-
„ te.   Le Malheureux la lui ayant
„ ouvert, le reconnut pour celui
„ qu'il avoit volé le ſoir précedent.
„ Il ſe jetta auſſitôt à ſes pieds, lui
„ demanda pardon, & le ſupplia
„ de ne le pas perdre.   Ne faites
„ point de bruit, lui dit M. *de Sallo*,
„ je ne viens point ici dans ce deſſein
„ là.   Vous faites, continua-t'il,
„ un méchant metier, & pour peu
„ que vous le faſſiez encore, il pour-
„ ra vous perdre.   Tenez, voilà
„ trente piſtoles que je vous donne,
„ achetez du cuir, travaillez à ga-
„ gner la vie à vos enfans, & ſur
„ tout ne leur donnez pas d'exem-
„ ple ſi mauvais que celui que vous
„ avez ſuivi.

M. *de Sallo* n'étoit pas tellement
appliqué aux devoirs de ſa charge,
qu'il négligeât les Muſes. Il ſe faiſoit un plaiſir de lire toute ſorte de
livres, & avoit toujours auprès de
lui des perſonnes gagées pour tranſcrire ſes Reflexions & les Extraits
qu'il vouloit faire de ſes lectures.
Ce qui lui fit amaſſer des Recueils

conſiderables, & le mit en état de compoſer en fort peu de tems des Traitez ſur les Matieres qui ſe preſentoient, comme il le fit voir en pluſieurs occaſions.

D. DE
SALLO.

Ainſi le Cardinal *Chigi* Legat en France ayant eu quelques diſputes pour le pas. M. *de Sallo* travailla par ordre du Roi à un Traité ſur ce ſujet, qu'il acheva en huit jours. En un autre occaſion la Cour étant partagée ſur le nom qu'on donneroit à la Reine, & ſi on l'appelleroit *Marie Thereſe d'Autriche*, ou bien *Marie Thereſe d'Eſpagne*, on le conſulta ſur ce point, & il fit en quinze jours un traité *des Noms* plein de recherches ſavantes & curieuſes. Il a fait encore un traité *des Seaux*, & pluſieurs autres, qui n'ont point été donnez au public, ſon Ouvrage ſur les Legats eſt le ſeul qui ait été publié ſous ce titre.

Traité de l'Origine des Cardinaux du S. Siege, & particulierement des François: avec deux Traitez curieux des Legats à latere, & une relation exacte de leur reception & des verifications de leurs facultez au Parlement

*de Paris. Cologne 1665. in-12. It.
Nouvelle Edition augmentée de la Relation de l'affaire des Corses. Cologne
1670. in-12.*

M. *de Sallo* conçut en 1664. le premier projet du *Journal des Sçavans* ; & il commença l'année suivante à le donner au public sous le nom du Sr *de Hedouville*, qui étoit celui de son valet de chambre. Mais il le prit d'un ton trop haut. Ses extraits étoient ordinairement accompagnez d'une critique vive & fine, dont les traits perçans ne pouvoient manquer de déplaire aux Auteurs maltraitez. Il les vit bientôt se soulever contre lui, & se vanger de la liberté qu'il se donnoit, par celle qu'ils prirent à l'égard de son Journal.

Menage raillé sur ses *Amenitez du Droit civil* fit éclater son ressentiment, en traitant dans sa Preface sur les Oeuvres de *Malherbe*, le Nouveau Journal de *Billevezées Hebdomadaires.* Une censure assez forte du livre de *Charles Patin* de l'*Introduction à l'Histoire par la connoissance des Medailles* excita la bile de *Gui*

Patin son pere, qui n'epargnoit gue- D. DE
res ceux qui lui déplaisoient, & qui SALLO.
pour vanger son cher *Carlas*, se de-
chaîna avec violence contre le Journal & son Auteur. Ses Lettres sont
remplies de plaintes ameres sur ce
sujet, & on voit bien par la vivacité de ses expressions combien il
étoit piqué.

On ne se contenta pas même des
plaintes; on prévint les puissances
contre le Journal, qui fut arrêté au
bout de trois mois, après que le
treiziéme eut été donné au public;
& M. *de Sallo* l'abandonna à M,
l'Abbé *Gallois*, qui le recommença
l'année suivante.

Son attachement continuel à l'é-
tude lui causa quelques années
avant sa mort une maladie, qui le
mit hors d'état de marcher davantage, jusques-là qu'on étoit obligé
de le porter à son Carosse, lorsqu'il
vouloit sortir; mais le plaisir qu'il
prenoit à étudier le consoloit de
cette disgrace.

On voit par une lettre d'*Adrien
de Valois* à *Jean Albert Portner*, in-
serée dans le sixiéme tome des

D. DE
SALLŌ.

Amenitez Litteraires de *Schelhorn* pag. 542. que l'étude des langues vivantes faisoit une de ses occupations, & qu'il ne se contentoit pas de les sçavoir superficiellement, mais qu'il vouloit encore en connoître les finesses. *De Valois* y prie *Portner* de la part de M. *de Sallo* de lui indiquer les Auteurs qui ont écrit le plus purement en Allemand, afin qu'il les life, & apprenne les délicatesses de cette Langue.

Il est mort l'an 1669. âgé de 43. ans. On lit dans le premier tome des *Mélanges de Vigneul-Marville*, *qu'il mourut d'une maladie à laquelle les enfans des Muses ne font gueres sujets, & pour laquelle il n'y a point de remedes dans Hippocrate & dans Galien*, ou pour parler plus clairement, *qu'il mourut de déplaisir d'avoir perdu cent mille écus, c'est-à-dire, tout son bien au jeu.* Mais l'Auteur des Notes ajoûtées aux *Remarques Critiques sur Morery*, dément ce fait par l'autorité de M. l'Abbé *Gallois*.

M. *de Sallo* étoit d'un caractere fort agréable, il aimoit sur tout à dire librement sa pensée, & haïssoit
mortellement

mortellement la contrainte ; mais il D. DE
étoit trop satyrique. SALLO.

V. *Mélanges de Vigneul-Marville,*
tome I. Lettres de Boursaut. Dictionn.
de Morery.

HENRI DE COCCEJI.

HENRI *de Cocceji,* fameux Ju-   H. DE
risconsulte, naquit à *Breme,* COCCEJI.
Ville Imperiale de la Basse-Saxe,
le 25. Mars 1644.

Après avoir fait ses études dans
sa Patrie, il alla en 1667. étudier
en Droit à *Leyde,* & y soûtint sous
M. *van Thinen* une These de *Posses-*
sione Momentanea & lite Vindicia-
rum.

Son Droit fini, il retourna à
Breme, où le dessein qu'il avoit
formé de visiter les Pays Etrangers
ne lui permit pas de faire un long
séjour.

Les avantages & les agrémens
qu'il pouvoit trouver auprès de son
oncle maternel *Henri d'Oldenburg,*
l'un des principaux Membres, &
Secretaire de la Société Royale des

Tome IX. A a

Sciences à *Londres*, l'engagerent à
commencer ses voyages par l'Angleterre.

Il y arriva en 1670. & eut pendant le séjour qu'il y fit, le plaisir
d'assister aux expériences Physiques
du celebre *Robert Boyle*. Ces expériences lui firent naître l'envie d'étudier de nouveau la Philosophie,
& de l'étudier à fond. Il le fit si
heureusement, qu'il composa pour
son propre usage un Systême de
Philosophie. Le Manuscrit de cet
Ouvrage a été enveloppé dans la
perte qu'il fit en 1692. de sa belle
& nombreuse Bibliotheque à la
prise de la ville de *Heidelberg*.

Un autre avantage qu'il retira de
son voyage d'Angleterre, fut de
gagner les bonnes graces du Prince
d'Orange, à la recommandation
duquel il reçut le degré de Docteur
en Droit dans l'Université d'Oxford, la même année 1670. Cette
Université, qui lui donna une Patente fort honorable, ne se borna
pas à cette marque de distinction,
car lorsqu'en 1706. elle envoya des
Députez pour assister au Jubilé de

l'Université de Francfort fur l'O-
der, elle les chargea d'un Acte qui
donnoit à M. de *Cocceji* les mêmes
honneurs & les mêmes dignitez dans
l'Université d'*Oxford*, que celles
qu'il poffedoit à *Francfort*.

D'Angleterre il paffa en France
en 1671. avec des lettres de recommandation de fon Oncle aux Sçavans de ce Royaume, qui lui firent
beaucoup d'amitiez. Il n'y acheva
pas l'année, parce qu'il avoit deffein d'aller paffer quelque tems à
Spire, où fe tenoit alors la Chambre
Imperiale, afin de s'y former à la
Jurifprudence de l'Empire.

Etant arrivé en Allemagne il dif-
fera fon voyage de *Spire* pour aller
à *Heidelberg* voir la cérémonie du
mariage de *Charles* Prince Electoral
Palatin, avec *Vilhelmine Erneftine*
Princeffe Royale de Danemark.
Les fêtes & les divertiffemens n'y
occuperent pas cependant toute fon
attention. Pour fe faire connoître
dans cette Univerfité, il foûtint publiquement une Differtation *de
Proportionibus*, qui merita l'approbation de l'Electeur *Charles Louis*.

Ce Prince lui fit offrir la même année une chaire de Professeur en Droit Naturel & des Gens. Il l'accepta & fit son entrée dans l'Université par un Discours sur la *Loy Salique*, dont l'Electeur fut si content, qu'il voulut bien y faire de sa propre main plusieurs remarques marginales.

Cet établissement fut bientôt suivi du mariage de M. *de Cocceji.* Il épousa en 1673. la fille unique de M. *Samuel Hovvard* Seigneur de *Dirsheim*, Chancelier & Conseiller Privé du Duc de Wirtemberg, dont il a eu trois fils.

L'aîné *Frederic Henri* né en 1675. a été Lieutenant Colonel au service de l'Electeur Palatin. Il fut tué dans la Campagne de 1703.

Le second *Jean Godefroy*, étoit en 1720. Conseiller Privé du Roi de Prusse dans la Regence de *Magdebourg*.

Le troisiéme *Samuel*, étoit aussi alors Conseiller Privé du même Prince dans le College Privé de Justice, dans celui des Appellations, & dans le Commissariat Ge-

neral , & Directeur de la Regence H. DE
d'*Halberftadt.* COCCEJI.

M. *de Cocceji* après fon mariage
alla faire un tour dans fa Patrie,
qui voulut l'honorer de la Charge
de Senateur ; mais il ne put l'accepter , parce que l'Electeur Palatin
ne put fe réfoudre à fe priver d'un
habile Jurifconfulte , dont il fe fer-
voit fi utilement pour le confeil,
& qui faifoit tant d'honneur à fon
Univerfité.

De retour à *Heidelberg* , il entra
en lice avec le celebre Jurifconfulte
George Adam Struve , au fujet d'un
Traité *de Culpis* , que le premier
avoit publié. Ces deux Antagonif-
tes donnerent un bel exemple de
modération & de civilité , qu'il feroit à fouhaiter que les Sçavans imi-
taffent dans les difputes qu'ils ont
entr'eux. La diverfité de leurs fentimens n'altéra jamais l'eftime & la
vénération qu'ils avoient conçûë
l'un pour l'autre.

L'Electeur Palatin *Charles Louis*
étant mort en 1680. *Frederic Guillaume* Electeur de Brandebourg fit
propofer à M. *de Cocceji* la chaire

H. DE
COCCEJI.

de Droit dans l'Université de *Franc-fort sur l'Oder.* Mais le nouvel Electeur Palatin ne lui permit pas de suivre le penchant qu'il avoit pour cette vocation, & même pour l'attacher davantage à son service, il le fit en 1682. Conseiller Privé d'Etat. Depuis ce tems-là le grand nombre d'affaires d'Etat qu'on lui confia, lui donnerent occasion d'approfondir la science du Droit Public.

Les agrémens qu'il trouvoit dans son poste furent bien diminuez par la désunion qui se mit dans la Maison Electorale; mais ce qui mit le comble à ses chagrins fut la mort de l'Electeur *Charles*, en qui l'on vit s'éteindre la ligne Protestante des Electeurs Palatins, qui fit place à la ligne de *Neubourg*, Catholique Romaine.

Cette révolution le fit penser sérieusement à quitter la Cour, où il ne pouvoit plus se promettre le même agrément qu'auparavant, & il résolut d'accepter l'offre que lui faisoient les Etats d'*Utrecht* d'une Chaire en Droit dans leur Uni-

H. DE
COCCEJI.

verſité, avec des appointemens conſiderables.

Il demanda pour cet effet en
1687. ſon congé au nouvel Electeur *Philippe Guillaume*, mais ce
Prince ne voulut pas le lui accorder; il lui repreſenta même de bouche, que comme il connoiſſoit mieux
que perſonne le Pays & le Gouver-
nement, il étoit le ſeul à qui il pût
confier ſes interêts à cet égard. Le
refus de l'Electeur fut accompagné
de tant de marques de bienveillance & de conſideration, que M. *de
Cocceji* fut obligé de remercier les
Etats d'*Utrecht*.

La guerre, qui déſola en 1688.
le Palatinat, l'engagea à renouveller ſes inſtances auprès de l'Electeur pour obtenir ſon congé, mais
auſſi inutilement qu'auparavant. Ce
Prince lui repreſenta ſi fortement
le beſoin qu'il avoit de lui dans la
ſituation violente où il ſe trouvoit,
qu'il fut contraint de ſe rendre à
ſes prieres, qu'il regardoit comme
des commandemens. Il eut ainſi la
douleur d'être témoin la même année de la priſe d'*Heidelberg* par les
troupes de France.

H. DE
COCCEJI.

Il pourvut alors à sa sûreté à l'e-
xemple de tout le monde, en se re-
tirant dans le Duché de *Wirtemberg*, où sa famille avoit pris les de-
vans. Ce fut là que les Etats d'*U-
trecht* lui adresserent de nouveau la
vocation de Professeur en Droit
sous les mêmes conditions. Comme
rien ne le retenoit, il l'accepta avec
plaisir, & après avoir notifié sa
résolution à l'Electeur Palatin, il
se rendit à *Utrecht*, où il fut reçu
du Magistrat avec de grandes marques d'estime & de bienveillance.

Il fit l'ouverture de ses leçons par
un Discours sur cette question :
*Lequel des deux défend mieux un Etat,
Les Loix ou les Armes* ; & ce Discours
fut applaudi & admiré, tant pour
le fond des choses, que pour l'élégance & la pureté du stile Latin.

Il n'y avoit pas encore un an que
M. *de Cocceji* remplissoit avec applaudissement & avec succès les devoirs de sa profession, lorsque l'E-
lecteur de Brandebourg lui fit offrit
la Chaire de Professeur en Droit
dans l'Université de *Francfort sur
l'Oder*, & lui écrivit même en des
termes

termes fort obligeans pour l'engager à l'accepter.

M. de *Cocceji*, qui avoit de fortes raiſons de ne pas refuſer ce poſte, ſe rendit à ſes deſirs, après avoir obtenu, quoiqu'avec beaucoup de peine, l'agrément des Etats de la Province d'*Utrecht*. Il partit donc de cette Ville au mois de Novembre 1690. & eut en chemin l'honneur de ſaluer à *Cleves* l'Electeur, qui lui fit un accüeil fort gracieux. Il arriva à *Francfort* au mois de Decembre ſuivant, & y fut reçu avec de grandes marques de joye par l'Academie en Corps, qui étoit allée au-devant de lui hors de la Ville.

C'eſt dans cette Ville & dans ce poſte qu'il a paſſé le reſte de ſa vie. Il y joüiſſoit avec plaiſir de la gloire qu'il s'étoit acquiſe & qu'il s'acquéroit tous les jours par ſes doctes travaux, en s'entretenant avec les Sçavans, & ſur tout avec ſes Livres, qui faiſoient ſes délices, autant que ſes occupations le lui permettoient.

Ces occupations ne ſe bornoient

Tome IX. B b

H. DE
COCCEJI.

pas aux fonctions de fa Charge &
à fes études particulieres. Il fut
employé fort fouvent dans des affaires d'Etat des plus fecretes &
des plus importantes. Il fut envoyé
en 1702. par l'Electeur devenu Roi
de Pruffe à *la Haye* pour y foûtenir
fes prétentions dans l'affaire de la
fucceffion d'Orange, & à fon retour ce Prince récompenfa fa fidelité & fon zele par la Charge de
Confeiller Privé.

Depuis ce tems là , M. *de Cocceji*
a été recherché fouvent & avec em-
preffement par diverfes Univerfi-
tez , & en particulier par celles
d'*Heidelberg* & d'*Utrecht* , auffi bien
que par diverfes Cours Etrangeres.
Mais tous les avantages qu'on lui
offrit ne purent jamais l'emporter
fur l'attachement inviolable qu'il
avoit pour un Maître , dont il re-
cevoit tant de marques de diftinction.

Cela n'empêchoit pas pourtant
qu'il ne répondit aux confultations
qui lui étoient adreffées de la plûpart des Cours de l'Europe dans des
affaires de la derniere importance.

L'Electeur Palatin *Jean Guillaume* l'employa dans l'affaire de la fuc- ceffion de la Maifon d'Orleans au Palatinat avec tant de fuccès, que ce Prince l'en remercia par une lettre écrite de fa propre main, & en termes pleins de reconnoiffance.

Ce fut fans doute en confideration de tant de fervices importans que l'Empereur lui donna en 1713. la qualité de Baron de l'Empire.

Il avoit joüi jufqu'à l'âge de 70. ans d'une fanté parfaite; un accident qui lui arriva alors l'altéra entierement. Un jour qu'il étoit forti de chez lui, fes chevaux prirent le mord aux dents, & il fe jetta avec précipitation hors de la voiture pour éviter le danger. L'effort qu'il fit lui caufa une rupture dans le corps & excita en même tems la pierre, dont il a été depuis ce tems là fi cruellement tourmenté, qu'il a paffé le refte de fa vie dans des douleurs inexprimables.

Le mal augmenta par une diffenterie, qui l'affoiblit tellement dans l'efpace de trois jours, qu'il mourut le dix-huit Août 1719.

H. DE
COCCEJI.

dans sa soixante-seiziéme année.
Les qualitez du cœur répon-
doient en lui à celles de l'esprit.
Il étoit d'une probité, d'un désin-
téressement & d'une intégrité à
toute épreuve. Sa conversation étoit
douce, agréable, polie, obligeante
envers tout le monde. Il avoit l'art
de s'acquerir la confiance & l'a-
mour de ses disciples par sa douceur, jointe à la prudence de ses
conseils.

Ce qu'il y a de remarquable dans
sa vie, c'est qu'il n'étoit redevable
de toute son habileté qu'à sa meditation & à son travail. Il n'avoit jamais entendu de leçons que sur les
Institutions du Droit, & cependant par sa propre meditation il a
porté le systême du Droit Naturel,
& celui du Droit Public d'Allemagne à un aussi haut degré de
perfection qu'il ait été porté jusqu'ici.

Catalogue de ses Ouvrages.

1. *De Possessione Momentanea &
lite vindiciarum. Lugd. Bat.* 1668,
in-4°. C'est une Dissertation qu'il
défendit publiquement à *Leyde* sous

M. *van Thinen* , Docteur & Pro- H. DE
feffeur en Droit de cette Univer- COCCEJI.
fité.

2. *De Proportionibus. Heidelbergæ*
1671. *in-*4°. Il foûtint cette Differtation à *Heidelberg* , dans le deffein de s'y faire connoître , & elle
lui valut une chaire de Profeffeur
en Droit Naturel & des Gens.

3. *Oratio de quæftione* : *Utrum ar-*
mis magis an legibus Refpublica de-
fendi poffit , vel Romana defenfa fue-
rit. Ultraj. 1689. *in-*4°. Il prononça
ce Difcours à l'ouverture de fes leçons de Droit à *Utrecht.*

4. *Pofitiones paucula & generalif-*
fimæ loco quafi poftulatorum explica-
tioni Juris Gentium & Prælectionibus
Grotianis præmiffæ ; inferées dans la
Bibliotheque Germanique , to. 1. *p.* 12.
M. *de Cocceji* avoit conçû dans les
commencemens de fes études une
forte prévention contre le Droit
Civil Romain. Il ne regardoit ce
Corps de Droit que comme une
rapfodie , dont les principes étoient
moins fondez fur la raifon & fur l'é-
quité naturelle , que fur le caprice
des Jurifconfultes Romains , ou fur

l'ufage de ces tems là. Dans cette penfée il avoit réfolu de ne s'attacher plus qu'à la Philofophie, comme il fit en effet dans fon voyage d'Angleterre, lorfque le Traité de *Grotius*, *de Jure Belli & Pacis*, lui tomba entre les mains. Ayant remarqué que dans cet Ouvrage *Grotius* tiroit des fources du Droit Naturel certaines maximes du Droit Civil, il forma le deffein de fuivre cette ouverture & cette methode, & il voulut voir fi cette maxime du Jurifconfulte *Ulpien*, qui dit que *le Droit Civil eft une Collection des Principes du Droit Naturel & du Droit des Gens* étoit fondée. Pour cet effet il établit la *Volonté de Dieu* pour principe general fixé & obligatoire de toutes les actions morales. Mais afin de pouvoir juger enfuite de ce qui peut être conforme à la volonté de Dieu ou non, il pofa cinq moyens de démonftration, par lefquels on peut connoître la volonté ou l'intention des agens libres. A la faveur de ces moyens il conduifoit, felon la methode des Geometres, de ce principe general à la connoiffance de tous les devoirs des hommes tant envers Dieu, qu'envers leur prochain. Il feroit à fouhaiter qu'il eût pû mettre lui - même la derniere main à cet Ouvrage, dont il avoit feulement dreffé le plan dans ces Thefes Generales.

H. DE COCCEJI.

5. *Juris Publici prudentia, compendiosè exhibita, qua materiæ ejus, præcipuæque hactenùs agitata controverfia ab fua origine & fonte deducuntur, facilique ratione exponuntur & demonftrantur.* Francof. ad *Viadrum* 1695. *in-*8°. Cet Ouvrage qui eft excellent & original au jugement des connoiffeurs, a une origine occafionnelle. Une converfation que M. *de Cocceji* eut avec l'Electeur Palatin *Charles Louis*, qui étoit un Prince fort fçavant, lui donna lieu de l'entreprendre. Ce Prince lui demanda, fi l'on ne trouvoit dans l'Hiftoire aucune trace de l'origine des *Cercles de l'Empire*, & par quelle raifon *Maximilien I.* n'avoit d'abord partagé l'Empire d'Allemagne qu'en fix Cercles. Cette queftion étoit nouvelle & intereffante. M. *de Coc-*

H. DE *ceji*, non content de ce que ses lec-
COCCEJI. tures lui avoient pû fournir là-deffus, résolut de l'examiner à fond.
Ce qui l'engagea à se former un
systême du Droit Public d'Allemagne, dont il donne ici le détail.

6. *Differtatio Juridica de Evoca-
tione Sacrorum. Francof.* 1711. *in* 4°.
pp. 51. Cette Differtation eft curieufe & finguliere, on en peut voir
un ample extrait dans le premier tome de la *Bibliotheque Germanique*,
p. 27.

7. *Hypomnemata Juris ad feriem
fac. Imp. Jufliniani. Francof.* 1698.
*in-*8°.

8. *Autonomia Juris Gentium, ubi
natum inde inter Gentes difcrimen Civitatis mediatæ & immediatæ, liberæ
& non liberæ, aliaque ad illuftratio-
nem Juris Gentium ac Publici fpectan-
tia pleniffimè eruuntur. Francof.* 1718.

9. *Prodromus Juftitiæ Gentium,
five exercitationes duæ, quarum prima
focialitatem Grotianam principium Juris Naturæ neque effendi neque cog-
nofcendi effe, evincit. Secunda veram
Majeftatis originem eruit. Francof.*

1719. *in-*4°. Cet Ouvrage étoit un
avant-coureur de celui qu'il devoit publier ſur le Droit Naturel.

10. *Deductiones, Conſilia & Reſ-*
ponſa in Cauſis Illuſtrium, in quibus
Jura Regum, Electorum, &c. propo-
nuntur & reſolvuntur. In-fol. 1725.

11. Il a auſſi publié un nombre
prodigieux de Theſes, qui ont été
imprimées enſemble en 4. vol. *in-*4°.
à *Lemgov.*

V. ſon éloge dans la *Biblioth. Ger-*
man. tom. 1.

BARNABE' BRISSON.

BARNABE' *Briſſon* naquit à
Fontenai-le-Comte en Poitou,
Patrie du fameux Juriſconſulte *An-*
dré Tiraqueau, de *François Briſſon*
Lieutenant au Siege Royal de cette
Ville, qui n'oublia rien pour cul-
tiver les heureuſes diſpoſitions qu'il
remarqua en lui.

Après avoir fait ſes Claſſes, il ſe
donna à l'étude de la Juriſprudence
avec tant de ſuccès, qu'il ſe diſtin-
gua bientôt dans le Barreau & de-

B. Bris-
son.

vint en peu de tems un Avocat celebre. La réputation qu'il se fit en
cette qualité dans le Parlement de
Paris, lui acquit l'estime du Roi
Henri III. qui l'ayant connu plus
particulierement dans la suite, avoit
coûtume de dire qu'*il n'y avoit aucun Prince dans le monde qui pût se
vanter d'avoir un homme aussi sçavant
que son Brisson.*

Ces dispositions où le Roi étoit
à son égard, lui procurerent son
agrément pour la Charge d'Avocat
General au Parlement de *Paris*,
qu'il acheta au mois de Mai 1575.
de *Gui du Faur de Pibrac.*

Il ne la conserva que cinq ans,
car au mois d'Août 1580. il fut fait
Président à Mortier par la cession
de *Pompone de Bellevre*, à qui il
donna pour cela soixante mille livres, comme il est rapporté dans le
Journal d'Henri III.

Le Roi, qui l'avoit fait quelque
tems auparavant Conseiller d'Etat,
se servit ensuite de lui en plusieurs
négotiations importantes, & l'envoya en Ambassade en Angleterre.
A son retour il l'employa à faire un

Recüeil de ſes Ordonnances & de B. Bris- celles de ſes Prédeceſſeurs, ce que son. *Briſſon* executa en fort peu de tems & avec beaucoup d'habileté.

En 1584. il fut de la Chambre Royale deſtinée à faire le procès aux Financiers, dont les ſéances commencerent le 9. Juin.

La ville de *Paris* s'étant ſoûlevée en 1589. contre le Roi, la plûpart des Membres du Parlement fidelles à leur devoir ſe hâterent d'en ſor- tir; mais *Briſſon* y demeura pour ſon malheur. Quelques-uns préten- dent qu'il n'en uſa ainſi que pour être plus à portée de ſervir ſon Prince, & dans l'eſperance d'em- ployer efficacement l'éloquence qui lui étoit naturelle, pour ramener les eſprits mutins, qui paroiſſoient diſpoſez à porter les choſes aux der- nieres extrêmitez. Mais d'autres veulent que l'ambition ſeule ait eu part à ce qu'il fit alors, & qu'il ne ſoit reſté à *Paris* que pour devenir Premier Préſident du Parlement, à la place d'*Achille de Harlay*, qui étoit alors priſonnier à la Baſtille.

Il le devint effectivement, & la

B. Bris- Ligue le choifit pour en tenir la
SON. place. Il eft vrai qu'avant que d'en
prendre poffeffion, il protefta par
un Acte daté du 21. Janvier 1589.
qu'il ne l'acceptoit que par force
pour fauver fa vie & celle de fa famille, & qu'il défavoüoit tout ce
qu'il pourroit faire de préjudiciable au fervice du Roi ; mais malgré
cette proteftation, on ne peut l'ex-
cufer d'avoir contribué à dégrader
fon Prince, en recevant le ferment
que le Duc de Mayenne fit entre
fes mains de *Lieutenant General de*
l'Etat & Couronne de France.

Au refte quel qu'ait été le motif
qui l'ait fait agir, il eut lieu de fe
repentir d'être demeuré parmi des
féditieux, & il en porta la peine
deux ans après.

Le Parlement ayant renvoyé ab-
fous en 1591. un nommé *Brigard*,
que les feize de *Paris* accufoient de
favorifer le parti du Roi, les plus
emportez de cette faction réfolu-
rent de s'en venger. Ils formerent
pour cela un Confeil fecret de dix
d'entre eux, dont l'avis détermine-
roit toutes les chofes importantes.

Ce Conseil jugea qu'il falloit se dé- B. BRIS-
faire de *Brisson* & de deux autres SON.
Conseillers, & l'on prit des mesu-
res pour en venir à bout par un assa-
sinat ; mais le complot ayant été
découvert, les factieux résolurent
d'agir plus ouvertement. Ils dresse-
rent une Sentence de mort contre
eux, & l'écrivirent au-dessus des
signatures de plusieurs Bourgeois,
qu'ils avoient surprises sous un autre prétexte.

Avec cet Acte ils les arrêterent
le 15. Novembre 1591. les condui-
sirent au petit Châtelet, & les firent pendre sur le champ à une pou-
tre de la Chambre du Conseil, après
leur avoir donné seulement le tems
de se confesser.

Brisson fut executé le premier : il
parla long-tems pour tâcher de sauver sa vie, & demanda par grace
qu'on le confinât quelque part entre quatre murailles, jusqu'à ce qu'il
eût achevé un Livre qu'il avoit
commencé pour l'instruction de la
jeunesse. Mais voyant que ses prieres ne faisoient aucune impression
sur ses ennemis & qu'il falloit mou-

B. Bris-
son.

rir, il s'écria : *O Dieu que tes juge-*
mens font grands ! Avant que de
mourir, il lui prit une si grande
fueur, qu'on vit fa chemife dégoûter, comme si on l'eût plongée dans
la riviere.

Le lendemain 16e les corps de
Briffon & des deux Compagnons
de fon malheur furent attachez à
une potence dans la Greve, & l'on
mit à celui de *Briffon* cet écriteau :
Barnabé Briffon, l'un des Chefs des
traîtres & heretiques.

Les honnêtes gens furent fort
touchez de la fin malheureufe de ce
Magistrat; quelques-uns cependant,
dit M. de *Thou*, (*a*) crurent que la
Republique des Lettres y avoit plus
perdu que l'Etat, peu furpris de le
voir périr, puifqu'aux dépens de
fon honneur & de fa vie, il avoit
mieux aimé vivre avec les Ligueurs
& occuper parmi eux une premiere
Charge, qui ne lui appartenoit pas,
que de fuivre le parti de fon Roi,
& de fe contenter de la place qu'il
pouvoit occuper en fûreté avec fes
Confreres.

(*a*] Memoires de fa vie, liv 5.

M. *de Thou* n'eſt pas le ſeul qui
ait parlé déſavantageuſement de la
conduite de *Briſſon. Jean-Baptiſte le
Grain* dans ſa *Decade du Roi Henri
le Grand*, l'accuſe d'avarice & d'ambition, & dit qu'on le ſoupçonna
d'avoir contribué à l'empriſonne-
ment du premier Préſident *de Harlay* pour avoir ſa place, dans laquelle il ſe ſignala par pluſieurs Arrêts violens, qu'il rendit contre les
fidelles ſerviteurs du Roi. Il rapporte auſſi cette Epitaphe ſatyrique
qu'on lui fit alors.

*Barnabæ Briſſonii Præſidis maximi
exangue cadaver hic repoſtum eſt, qui,
dum vixit, pecuniam* Cruce *ſignatam
adamavit,* Crucem *adoravit,* Cruci
affixus eſt, & à Cruce *(a) cæteriſque
cruenta pietate ferventibus in æde* Crucis *(b) ſepultus. Viden? viator, quem
fructum reportarunt carnifices iſti Ca-
tholici novi è ſacris litteris & concioni-
bus. Ex Barnaba unica ſublata, unica
addita littera Barrabam effecerunt,*

(a) Oudin Crucé, Procureur en la Cour
d'Egliſe, un des ſeize.
(b) Il fut enterré à ſainte Croix de la
Bretonnerie.

B. Bris-necaverunt tamen. Ita-ne innocens à
son. nocentibus, prudens ab insanis, judex
à reis capitalibus capite plectitur! Disce
viator. Deus falli non potest, abi pros-
perè & cave.

Quoiqu'on ne doive pas ajoûter
beaucoup de foi à ce qui est rapporté dans les *Scaligerana* & dans
les *Perroniana*, je ne laisserai pas de
rapporter ici ce qui s'y trouve par
rapport à Brisson. *Barnabé Brisson*,
fait-on dire à Scaliger, *étoit riche*,
mais il avoit beaucoup gagné par in-
justice, c'étoit un méchant homme. Il
étoit, dit du Perron, *un assez mau-*
vais harangueur, il avoit la parole fort
laide & la presence de même, il regar-
doit toujours aux soliveaux. Cela ne
s'accorde gueres avec ce que l'Auteur de sa vie dit de son éloquence.

Catalogue de ses Ouvrages.

Opera B. Brissonii varia, multo
quam antehac emendatiora & tertia
parte auctiora cum locupletissimis indi-
cibus. Paris. 1606. in-4°. Les Ouvrages qui composent ce Recüeil
avoient déja paru en differens tems.
Ils sont au nombre de sept.

1. *Selectarum ex Jure Civili Anti-*
quitatum

quitatum *Libri IV. Antuerpiæ* 1585. B. Bris-
*in-*8°. It. *Hanoviæ* 1599. *in-*8°. It. son.
Parif. 1606. *in-*4°. It. *Helmſtadii*
1663. *in-*4°. It. *Heidelberga* 1664.
*in-*8°. Il y a beaucoup d'érudition
dans cet Ouvrage , comme dans
tous les autres que *Briſſon* a compoſez.

2. *De Ritu Nuptiarum & Jure Con-
nubiorum Libri duo. Parif.* 1564. *in-*
8°. It. *Antuerpiæ* 1585. *in-*8°. It.
Francofurti 1564. & *Parif.* 1605.
*in-*40. It. dans le neuviéme tome des
Traitez de Droit imprimez à *Veniſe*
en 1584. It. *Lugd. Bat.* 1641. *in-*12.
It. *Amſtelodami* 1662. *in-*12. It.
dans le huitiéme volume des Antiquitez Romaines de *Grævius.*

3. *Ad L. Juliam de Adulteriis Liber unus. Hanoviæ* 1599. *in-*8°. It.
Parif. 1605. *in-*4°. It. *Heidelbergæ*
1664. *in-*8°.

4. *De Solutionibus & Liberationibus
Libri III. Lugd.* 1558. *in-*4°. It. *Pa-
rif.* 1585. *in-*8°. & 1605. *in-*4°. It.
Antuerpiæ 1585. *in-*8°.

5. *Commentarius in L. Dominico
C. de Spectaculis , & L. omnes Dies
C. de Feriis. Hanoviæ* 1599. & 1600.

Tome IX. C c

B. Bris-*in-8°*. It. *Paris.* 1605. *in-4°*. It.
SON. *Lugd. Bat.* 1712. *in-12.* avec quelques autres Opuscules de *Brisson*.

6. *Parergon liber singularis.* Paris.
1605. *in-4°.*

7. *De Regio Persarum Principatu
Libri tres. Paris.* 1591. *in-8°.* It. *cum
notis Sylburgii ap.* Commelin. 1595.
in-8°. It. *cum tribus Indicibus, Capi-
tum Autorum & Rerum.* 1606. *in-4°.*
It. *iidem Libri, præter complures subla-
tos errores, testimoniorum Græcorum
versione Latina auctiores, additis spar-
sim observationibus, adjectisque Indicibus necessariis opera Joh. Henrici Le-
derlini. Argentorati* 1710. *in-8°.* Ce
Traité qui se fait estimer par lui-
même, est devenu encore plus précieux par les additions de M. *Le-
derlin* ; il peut beaucoup servir à entendre les anciens Historiens, &
jetter même quelque lumiere sur
les difficultez de quelques Livres
sacrez ; c'est le jugement qu'en portent les Journalistes de Trevoux.
(1711. Mai p. 917.)

*De formulis & solemnibus Populi
Romani verbis Libri VIII. Parisiis*
1583. *fol.* It. *Francofurti* 1592. *in-4°.*

It. *Moguntiæ* 1649. *in*-4°. Quoique B. **Brisson.**
ces Formules foient lûës aujour-
d'hui de peu de perfonnes, dit M.
Simon, (*a*) elles ne laiffent pas d'ê-
tre recommandables, non feulement par la profonde érudition de
l'Auteur, mais elles peuvent être
auffi d'une grande utilité à ceux qui
cultivent les Sciences, foit profa-
nes, foit facrées & Ecclefiaftiques.
Scaliger n'en juge pas fi favorablement dans les *Scaligerana* & dans
fes Lettres, où il dit qu'il y a peu
de bonnes chofes, que *Briffon* ne
fongeoit qu'à faire un gros Livre,
& que cependant il y manque plufieurs formules ; mais on fçait que
Scaliger jugeoit fouvent avec affez
de précipitation, & felon fes idées
particulieres, & le jugement qu'il a
porté de *Briffon* n'eft pas jufte.

*De Verborum quæ ad Jus pertinent
fignificatione, Libri XIX. Francofurti*
1557. & 1578. *in-fol.* It. *cum Ap-
pendice prætermiffarum quarumdam
Vocum & Parergon libro fingulari.
Cura Francifci Modii. Francof.* 1587.
in-fol. L'Editeur a joint à cette édi-

(*a*) *Bibl. choifie, tom.* 1. *p.* 353.

C c ij

B. BRIS-
SON.

tion plusieurs Opuscules de *Brisson.*
It. *Iidem Libri ex Analectis Joannis
Ottonis Taboris editi, novisque accesfionibus locupletati à Joanne Christiano
Ittero, Mæno-Francofurtensi. Francof.*
1683. *fol. & Lipsiæ* 1721. *in-fol.* Ce
Livre qui est un *Index* exact du
Corps du Droit peut être utile non
seulement aux Jurisconsultes, mais
encore à tous ceux qui lisent les anciens Auteurs Latins.

Code du Roi Henri III. rédigé par
écrit par *Barnabé Brisson. Paris* 1587.
in-fol. imprimé plusieurs fois depuis.

Notæ in Titum-Livium. Ces notes
qui sont extraites de ses Ouvrages,
se trouvent dans l'édition de Tite-
Live publiée par *François Modius*
en 1588. *in-fol.*

Il y a dans le premier volume
des Poëtes Latins de France p.
708. quelques Poësies de sa façon.

V. son éloge dans les *Vies des Jurisconsultes*, recüeillies par *Leickher.
Lipsic* 1686. *Le Journal d'Henri III.*

JAQUES-AUGUSTE DE THOU.

JAQUES-*Augufte de Thou*, d'u-ne maifon très-illuftre dans la Robbe, naquit à *Paris* le 9. Octobre 1553. de *Chriftophe de Thou*, qui fut depuis Premier Préfident du Parlement de *Paris*, & de *Jaqueline Tulleu*.

On eut bien de la peine à l'élever ; on ne le nourrit pendant deux ans que de lait, parce qu'il avoit pour toute forte de boüillie une averfion invincible, qu'il a toujours euë depuis. Pour le fevrer, on fe fervit d'une certaine pâte, faite avec de la mie de pain, de la farine de froment fechée au four, & de l'huile d'olive, qui eft en ufage en Italie ; ce qui le rendit fi délicat & fi maigre, que jufqu'à l'âge de cinq ans on defefpera de fa vie. Mais il commença alors à fe mieux porter & à prendre de l'embonpoint.

Sa délicateffe fut caufe qu'on eut plus d'attention à fa fanté, qu'à cultiver les talens de fon efprit, qui

J. A. DE
THOU.

prommettoit déja beaucoup. Son enfance ne fut pas cependant oifive; ennemi de la pareffe, il méprifa les amufemens des enfans de fon âge, & s'appliqua de lui-même à la peinture, pour laquelle il avoit beaucoup de goût & de difpofition.

Lorfqu'il eut dix ans, on commença à le faire étudier, & on le mit au College de Bourgogne. Mais à peine y eut-il été un an, qu'une fiévre violente qui l'attaqua, obligea à le remener chez fon pere. Il fut long-tems defefperé & abandonné des Medecins, mais il en revint, & après avoir été fix mois à fe remettre, il continua fes études fous *Henri de Monantheuil*, *Jean Martin*, *Michel Marefcot*, & *Pierre du Val*, qui tous pratiquerent depuis la Medecine à *Paris* avec une grande réputation.

M. *de Thou* avoit plus d'inclination pour les Sciences, que de force & de memoire pour les apprendre; auffi profita-t'il davantage par une affiduité moderée, mais également foûtenuë, & par le commerce des Gens de Lettres, que par un grand

travail. La foibleſſe de ſon tempéra-J. A. DE
ment ne lui permettoit pas de forte T<small>HOU</small>.
application ; d'ailleurs le peu de
contrainte où il avoit été élevé dès
ſon enfance, l'accoûtuma à une liberté qu'il conſerva dans toutes les
actions de ſa vie, & principalement
dans ſes études.

Cinq ans après ſa ſortie des
Claſſes, il alla entendre *Denis Lam-*
bin & *Jean Pellerin* , Profeſſeur
en Langue Grecque au College
Royal.

Sur la fin de l'an 1570. il alla à
Orleans étudier en Droit , & employa l'année ſuivante à prendre les
leçons de *Jean Robert* , de *Guillaume*
Fournier , & d'*Antoine le Cente*. Pendant cette étude , la lecture qu'il fit
des Ouvrages de *Cujas* lui inſpira
tant d'eſtime pour lui , qu'il quitta
Orleans pour l'aller trouver en Dau-
phiné. En y allant il s'arrêta ſix
mois à *Bourges* pour écouter *Hugues*
Doneau & *François Hotman*.

Il alla enſuite à *Valence* , où *Cu-*
jas enſeignoit. Ce fut là qu'il fit
amitié avec *Joſeph Scaliger* , qui y
étoit allé exprès pour voir *Cujas* ;

J. A. DE amitié qu'il a toujours cultivée avec
THOU. beaucoup de soin.

Son pere, qui ne vouloit pas
qu'il fut si long-tems éloigné de lui,
le rappella un an après qu'il fût parti
pour *Valence*, & il se rendit à *Paris*
quelque tems avant la funeste journée de la saint Barthelemi.

Comme il étoit destiné à l'Etat
Ecclesiastique, il alla demeurer chez
Nicolas de Thou son oncle, Conseiller au Parlement & Chanoine de
Notre-Dame, dans le Cloître de
cette Eglise, & son oncle ayant
été peu de tems après fait Evêque
de *Chartres*, lui donna son Canonicat. Il demeura quatorze ans de suite
dans ce lieu, où il commença sa
Bibliotheque, qui fut dans la suite
si nombreuse.

En 1573. M. *de Thou* partit avec
Paul de Foix, qui alloit en Italie de
la part du Roi, & en visita les principales Villes, liant par tout commerce avec ce qu'il y pouvoit trouver de Sçavans.

De retour à *Paris*, il s'appliqua
pendant quatre ans à la lecture,
qui ne lui fut pas cependant si utile,
que

que la conversation des Sçavans
qu'il voyoit avec assiduité.

Sur la fin de l'an 1576. le Duc
d'*Alençon* & le Roi de *Navarre* s'é-
tant sauvez de la Cour, on crai-
gnit des broüilleries. On dépêcha
M. *de Thou* au Marêchal de *Mont-
morenci*, avec des ordres secrets de
se servir de son crédit pour les prévenir. Il y réussit & les suspendit
pour quelque tems.

Il fit ensuite par occasion un
voyage dans les Pays-Bas, dont il
vit une partie. Peu après son retour, son frere aîné tomba malade,
& mourut au bout de dix-neuf
mois de langueur, pour avoir couru
en vingt-quatre heures depuis *Poitiers* jusqu'à *Long-Jumeau.*

Pendant cette maladie, c'est-à-
dire en 1578. M. *de Thou* fut reçu
Conseiller Clerc au Parlement ;
Charge qu'il n'accepta qu'avec peine, à cause de son goût pour l'é-
tude, & pour les douceurs d'une
vie privée, mais dont il remplit
les devoirs avec beaucoup d'exactitude.

Il accompagna en 1579. son frere

Tome IX. D d

J. A. DE
THOU.

aîné, qui étoit toujours languissant,
aux eaux de *Plombieres* en Lorraine,
& il profita de cette occasion pour
visiter les Pays voisins.

La peste étant survenuë à *Paris* en
1580. il se retira en Touraine, d'où il
alla voir la Normandie & la Bretagne. Dès que la peste fut cessée,
il retourna à *Paris* auprès de son
pere, qui n'avoit point quitté cette
Ville ; mais il n'y resta pas long-
tems, ayant été alors député avec
d'autres Conseillers du Parlement,
pour rendre la justice en Guyenne.

Ce fut dans ce tems là qu'il prit
la résolution de quitter l'État Ecclesiastique, auquel il avoit été destiné, & de se rendre aux sollicitations de ses oncles, qui vouloient
qu'il se mariât.

Il demeura en Guyenne, où sa
Compagnie l'employa dans tout ce
qui se trouva d'honorable, jusqu'en
1582. que le Premier Président obtint du Roi qu'il revint à *Paris* ;
mais comme il prit un grand dé-
tour, il n'y arriva que le jour de
l'enterrement de son pere. Pour se
consoler de n'avoir pas reçû ses der-

niers foûpirs, il travailla à lui faire
ériger un Maufolée dans l'Eglife de
S. André des Arcs, & à lui faire
compofer des éloges par les plus
beaux efprits du fiecle.

S'étant enfuite défait de fes Benefices, il fut pourvû le 10. Avril
1584. d'une Charge de Maître des
Requêtes. Il fe remit alors de nouveau à l'étude, & prit chez lui
Maurice Breffieu Profeffeur Royal
de Mathematiques, avec lequel il
s'appliqua cette année & la fuivante
à la lecture du Grec d'*Euclide*, avec
les Notes de *Proclus*.

L'amitié que le Cardinal de Vendôme avoit conçûë pour lui, l'engagea à faire quelque féjour à la
Coùr; mais cette amitié s'étant re-
froidie, il fe retira d'un lieu qui lui
déplaifoit, pour fe livrer entierement à la compofition de fon Hiftoire, qu'il avoit commencée deux
ans auparavant.

Il eut en 1586. la furvivance de
la Charge de Préfident à Mortier,
que poffedoit *Auguftin de Thou* fon
oncle, & fe maria l'année fuivante
avec *Marie de Barbanfon*, après s'être

D d ij

J. A. DE fait délier par l'Official de *Paris* de
THOU. tous les engagemens qu'il avoit pris
dans l'Etat Ecclesiastique, car il
avoit reçû les quatre Ordres Mi-
neurs.

Il perdit au commencement de
l'année 1588. sa mere, qui mourut
à l'âge de 70. ans. Cette année fé-
conde en troubles, qui causerent
beaucoup de maux par toute la
France, lui donna bien de l'exercice. Voyant que l'esprit de la Ligue avoit gagné *Paris*, & avoit
obligé *Henri III.* à quitter cette
Ville, il suivit ce Prince, & alla
par son ordre en Normandie, pour
sonder les sentimens des Gouver-
neurs & des Magistrats, pour les
instruire de ce qui s'étoit passé, les
confirmer dans leur devoir, & leur
faire connoître les desseins que le
Roi avoit d'assembler les Etats.

Lorsqu'il fut de retour auprès
d'*Henri III.* ce Prince pour récom-
penser ses services, le fit Conseiller
d'Etat, & il en prêta le serment le
26. Août de cette année.

Pendant la tenuë des Etats à *Blois*,
il revint à *Paris*, où il fut en dan-

ger de perdre la vie ; car la nou- J. A. DE
velle de la mort du Duc de Guiſe y THOU.
étant arrivée, le peuple ſe ſouleva,
& tous ceux qui étoient attachez au
Roi furent obligez de ſe cacher :
M. *de Thou* en fit de même, & trouva enſuite le moyen d'en ſortir dé-
guiſé en ſoldat, avec ſa femme ha-
billée en Bourgeoiſe.

Il ſe rendit à *Blois* auprès du Roi,
qui étant paſſé à *Tours*, réſolut d'y
établir un Parlement, pour oppo-
ſer à celui de la Ligue. M. *de Thou*
fut propoſé pour en être le Premier
Préſident ; mais il refuſa conſtam-
ment cette dignité, & la fit tomber
ſur M. *d'Eſpeſſes.*

La propoſition que M. de *Schomberg* lui fit de l'accompagner en
Allemagne, où il alloit de la part
du Roi, pour lever des troupes &
pour tirer quelque ſecours des Princes Allemans, lui plut davantage ; il l'accepta même avec plaiſir. Comme ils paſſerent par l'Italie,
il étoit à *Veniſe*, lorſqu'il apprit la
triſte mort du Roi *Henri III.* Cette
nouvelle lui fit prendre la réſolu-
tion de revenir en France.

D d iij

Il se rendit donc, après avoir
couru plusieurs dangers, à *Château-
dun* auprès du Roi *Henri IV.* qui le
reçut fort obligeamment. Il lui rendit un compte exact de tout ce qu'il
avoit traité pendant son voyage, &
demeura depuis fidellement attaché
à son service.

Il fut dans la suite employé à
plusieurs négotiations importantes,
& le Roi fit connoître la confiance
qu'il avoit en lui, en l'envoyant auprès du Cardinal de *Vendôme* & du
Comte de *Soissons* son frere, avec
ordre de ne les point quitter, parce
qu'ils avoient auprès d'eux des personnes qui leur debitoient des nouvelles contraires à ses interêts; ce
Prince étant bien sûr que tant que
M. *de Thou* seroit auprès d'eux, ils
ne se laisseroient pas séduire par ces
esprits dangéreux.

Après la bataille d'*Yvry*, que le
Roi *Henri IV.* gagna en 1590. il
l'alla saluer & en obtint la permission d'aller voir à *Senlis* sa femme,
qu'il n'avoit pas vûë depuis un an.
Les differens voyages qu'il fit pendant des chaleurs excessives pour

engager son beau-frere le Chance- J. A. DE
lier de *Chiverni* à se rendre auprès THOU.
du Roi, lui causerent une fiévre
violente qui l'attaqua dans le Château de *Nantoüillet*, dont le Roi lui
avoit confié la garde avec une bonne
garnison.

Après la levée du siege de *Paris*,
on rappella cette garnison, & M.
de Thou se retira à *Senlis* avec sa
femme. Là il résolut de s'aller établir à *Tours*, avec ce qu'il avoit pû
sauver du pillage de *la Fere*, où il
avoit fait transporter quelque tems
auparavant une partie de ses meubles, & où il avoit perdu conside-
rablement. Comme ils alloient à
Meru sur le soir, un parti de la garnison de *Beauvais* lui enleva ces res-
tes, & fit prisonniere Madame *de
Thou* avec tout son équipage. Le
mari ne pouvoit se résoudre à aban-
donner une femme qui lui étoit si
chere ; mais ses domestiques lui
ayant représenté que l'aigreur qui
regnoit entre les deux partis devoit
lui faire craindre quelque chose de
plus fâcheux que la prison, il se
sauva sur un cheval vigoureux, &

D d iiij

J. A. DE
THOU.

gagna *Chaumont en Vexin*, suivi feulement de deux valets.

Jean de Chaumont-Guitri, fon intime ami, qui commandoit dans le Château, envoya fur le champ un Trompette à *Beauvais* reclamer cette Dame & tout ce qu'on lui avoit enlevé. Comme il ne put rien obtenir, on dépêcha à *Gifors* où étoit le Roi. M. *de Biron* écrivit auffi-tôt à *Seffeval*, qui commandoit à *Beauvais*, & il renvoya Madame *de Thou* avec tous fes gens & fon équipage.

Le Roi lui donna en ce tems là la Charge de Garde de fa Bibliotheque, vacante par la mort de *Jaques Amiot*, qui la poffédoit.

Il fut attaqué en 1592. dans un voyage qu'il fit de *Chartres* à *Tours*, d'une maladie dangereufe, qui lui vint d'un féjour de quatre mois qu'il avoit fait au camp devant *Roüen*, où l'air corrompu par la longueur du fiege avoit caufé la pefte. En effet au bout de trois jours on apperçût autour de fes reins ces efpeces de charbons, qui font les marques certaines de cette maladie, où l'on défefpera abfolument de fa guéri-

son. Il fut cependant guéri par l'in-J. A. DE
fusion d'une pierre de Bezoar dans THOU.
de l'eau cordiale.

Charles de Lorraine Duc de *Guise*
aïant fait en 1594. sa paix avec le Roi,
M. *de Thou* & M. *de Bethune* furent
choisis pour regler les conditions
de son Traité. Comme M. *de Thou*
avoit été nommé à l'Ambassade de
Venise, il fut chargé l'année suivante
de recevoir les Ambassadeurs de
cette Republique, qui vinrent alors
à *Paris*, & de leur tenir compagnie
pendant le sejour qu'ils y feroient.

Il eut la même année le chagrin
de perdre *Augustin de Thou* son oncle, Président à Mortier. Il y avoit
déja long-tems qu'il avoit été reçû
en survivance de sa Charge, & il
en prit alors possession.

Le Roi ayant alors donné un Edit
en faveur des Protestans, M. *de
Thou* le fit enregistrer sans modifi-
cation. Mais comme le Procureur
General s'y étoit opposé, les Protestans obligerent le Roi de leur en
accorder un autre l'année suivante
1596. ils prirent leur tems que ce
Prince étoit occupé au siege de *la*

Fere, pour lui presenter une Requête sur ce sujet.

M. *de Thou* fut nommé pour traiter avec eux des articles qu'ils pro-
posoient. Mais comme il prévoyoit
que cette négotiation lui attireroit
l'indignation de Rome, & peut-
être la disgrace de la Cour par les
intrigues de ses envieux, il fit tant
que Messieurs *de Vic* & *Calignon*
furent chargez à sa place de cette
commission, & qu'il eut seulement
ordre d'aller avec M. *de Schomberg*
à *Tours*, pour traiter de la paix avec
les Deputez du Duc de *Mercœur.*
Après quelques jours employez à
cette négotiation, ils se rendirent à
Angers, où M. *de Thou* apprit la
mort de *Pierre Pithou*, dont il fut si
affligé, qu'il fut prêt à déchirer son
Histoire, n'ayant plus alors personne
qui pût le diriger dans sa composition, comme avoit fait jusques-là
ce grand homme.

Tout l'hiver s'étant passé inutilement à traiter avec le Duc de
Mercœur, & Messieurs *de Vic* &
Calignon n'ayant pas mieux réussi
auprès des Protestans, on leur joi-

gnit M. *de Schomberg* & M. *de Thou*, J. A. DE
qui ne put enfin éviter de s'enga- THOU.
ger dans cette affaire, & qui en
demeura même dans la fuite feul
chargé avec M. *Calignon.*

Après bien des délais & des pratiques fecretes de la part des Proteftans, qui cherchoient à profiter
de la fituation des affaires du Roi,
l'Edit de *Nantes* fut enfin figné au
mois d'Avril 1598. M. *de Thou*
étoit d'avis qu'il fût auffi-tôt enregiftré, mais le Legat en obtint la
furféance, & le Duc *de Boüillon* fe
chargea d'empêcher que les Proteftans ne le priffent en mauvaife
part. Ainfi cette affaire fut remife
à l'année fuivante, & après plufieurs
difficultez l'Edit fut enregiftré au
commencement du Carême.

L'an 1601. M. *de Thou* perdit
Marie de Barbanfon fa femme, dont
il n'avoit point eu d'enfans, & il
immortalifa fa douleur par une Ele-
gie qu'il fit fur fa mort.

Il fe remaria depuis à *Gafparde de
la Châtre*, fille de *Gafpar de la Châtre*
Comte de *Nancei*, Capitaine des
Gardes du Corps, dont il eut trois

J. A. DE
THOU.

fils & trois filles. Les fils sont : 1°.
François-Auguste de Thou, qui eut la
tête tranchée à *Lyon* en 1642. 2°.
Jacques-Auguste de Thou, Président
en une Chambre des Enquêtes, puis
Ambassadeur du Roi en Hollande.
3°. *Achilles-Auguste de Thou*, Conseiller au Parlement de Bretagne.

Pendant la Regence de la Reine
Marie de Medicis, M. *de Thou* fut
un des Directeurs Generaux des
Finances avec Messieurs de *Château-
neuf* & le Président *Jeannin*. Ensuite
il fut employé en differentes négotiations auprès des Princes mé-
contens, qui s'étoient retirez de la
Cour.

Il fut aussi en 1616. deputé par
le Roi *Louis XIII.* à la Conference
de *Loudun* avec Messieurs le Maré-
chal *de Brissac*, *de Villeroi*, *de Vic*,
& *de Pontchartrain*.

Il mourut le 17. Mai de l'année
suivante 1617. âgé de 64. ans, &
fut enterré dans la Chapelle de sa
famille à S. André des Arcs.

Lorenzo Crasso s'est trompé, en
le faisant mourir en 1616. de même
que *le Vassor* dans son Histoire de

Louis XIII. en mettant sa mort au
7. Mai.

M. *de Thou* s'est acquis une gloire
immortelle par son Histoire, qui
est écrite avec une exactitude &
une fidelité qui n'a gueres d'exemple ; c'est le jugement qu'en porte
M. *Perrault*, (*a*) qui ajoûte : » Il
» n'a jamais ni déguisé ni supprimé
» la verité : noble & genereuse hardiesse dont il a été loüé de tous
» les grands hommes de son tems,
» & particulierement de *Papyre*
» *Masson*, qui disoit qu'il n'étoit
» pas possible qu'un Historien qui
» n'est pas sincere allât loin dans la
» posterité. Cet Ouvrage est digne
» des Anciens, & peut-être surpasseroit une grande partie de ce que
» les anciens Romains nous ont
» laissé en fait d'Histoire, s'il n'avoit trop affecté de leur ressembler. Car cette affectation de bien
» parler leur langue a été si loin,
» qu'elle lui a fait défigurer tous les
» noms propres des hommes, des
» Villes, des Pays, & des choses
» dont il parle, en les traduisant

(*a*) *Hommes Illust. tome* I.

J. A. DE
THOU.

» en Latin d'une maniere si étrange,
» qu'il a fallu ajoûter un Diction-
» naire à la fin de son Histoire,
» où tous les noms propres d'Hom-
» mes, de Villes, de Pays, & au-
» tres choses semblables, qui y sont
» contenuës, sont traduits en Fran-
» çois.

Il faut marquer ici en détail les
differentes éditions de cette fameuse
Histoire, les traductions qui en ont
été faites, & les Ouvrages qu'on a
composez à son occasion.

La premiere édition de l'Histoire
de M. *de Thou*, ou pour mieux dire,
du commencement de cette Histoi-
re, s'est faite à *Paris* en 1604. *in-fol.*
chez la veuve de *Mamert Patisson*,
sous ce titre : *Jac. Aug. Thuani His-
toriarum sui temporis pars prima.* Elle
est divisée en 18. Livres, & elle s'é-
tend depuis l'année 1546. jusqu'en
1560. *Titius*, qui a donné le détail
de toutes les éditions de l'Histoire
de M. *de Thou*, n'a pas connu celle-ci;
ce qui ne doit pas surprendre, puisqu'elle est extrêmement rare. *Colomiés* en fait connoître le prix dans
sa Bibliotheque choisie, lorsqu'il

dit : *Quelque édition que l'on ait de* J. A. DE
l'Hiftoire de M. de Thou , *il faut y* THOU.
joindre les dix-huit premiers Livres im-
primez chez Patiffon , *à caufe de cer-*
tains endroits qui ne fe rencontrent
point dans les autres éditions. Il y a à la
tête une Préface adreffée au Roi
Henri IV. qui a été inferée dans toutes celles qui l'ont fuivie. C'eft un
chef-d'œuvre en ce genre , & elle
eft une des trois qui ont merité
l'eftime des Sçavans préferablement
à toutes les autres. Les deux autres
font celle de *Cafaubon* dans fon édition de *Polybe* , & celle de *Calvin* à
la tête de fon *Inftitution Chrétienne.*

La même année 1604. que la premiere partie de l'Hiftoire de M. *de*
Thou fut imprimée *in-fol.* par la veuve *Patiffon* , elle fut auffi imprimée
à *Paris* par les freres *Ambroife* &
Jerôme Drouart en 2. vol. *in-8°.* qui
contiennent les mêmes dix-huit Livres , & s'étendent jufqu'à la même
année 1560. Cette édition , quoique de la même année que la précédente , lui eft certainement pof-
terieure ; car toutes les fautes d'impreffion de l'*in-fol.* que l'Auteur

J. A. DE
THOU.

avoit marquées à la fin de son Epître Dédicatoire, s'y trouvent corri-
gées ; outre cela on y a ajoûté un
passage sur une prétenduë pierre
des Indes, qui n'est pas dans l'*in-folio.*

En 1606. les *Drouarts* imprimerent *in-fol.* cette premiere partie de
l'Histoire de M. *de Thou*, qui s'é-
tend, comme je l'ai déja dit, jusqu'à l'an 1560. Mais au lieu que dans
les deux éditions précédentes cette
premiere partie est divisée en 18.
Livres, elle l'est dans celle-ci en 26.

La même année 1606. les *Drouarts*
ajoûterent à ce premier volume un
second, aussi *in-fol.* qui commence,
comme il le devoit, par le vingt-
sixiéme Livre, & continue l'Ouvrage jusqu'au 49ᵉ Livre inclusive-
ment, & jusqu'à l'an 1572.

Les mêmes imprimerent encore
cette année ce second volume en
2. tomes *in-*8°. pour servir de suite
aux deux volumes *in-*8°. qu'ils
avoient imprimez en 1604. Mais se
conformant à l'édition *in-fol.* du
second tome, ils les commencerent
par le Livre 27. sans avoir égard à
la division des deux premiers volumes

mes *in-8°.* qui n'étoit qu'en 18. Li- J. A. DE
vres ; ce qui pourroit faire croire THOU.
qu'il y auroit une lacune conſiderable, qui n'y eſt cependant pas. De
plus, par une nouvelle diviſion le
nombre des Livres, qui dans le ſecond tome *in-folio* alloit juſqu'à 49.
va juſqu'à 51. dans ces deux derniers volumes *in-8°.*

En 1607. les *Drouarts* imprimerent *in-fol.* une nouvelle continuation de cette Hiſtoire, qui s'étend
depuis l'an 1572. juſqu'en 1574.
Mais ſans avoir égard au ſecond tome *in-fol.* qui finit par le Livre 49.
ils ſe conformerent à la diviſion des
deux derniers volumes *in-8°.* &
commencerent ce 3ᵉ tome par le
Livre 52. & le finirent par le 57.

En 1608. les *Drouarts* imprimerent
cette continuation en un vol. *in-8°.*
pour aſſortir leur édition de cette
forme, & ce volume commence fort
bien par le 52ᵉ Liv. & finit par le 57.

Ambroiſe Drouart étant mort en
1608. ſon frere *Jerôme* imprima
l'année ſuivante 1609. un autre tome *in-fol.* qui commençant par le
58ᵉ Livre, pouſſe cette Hiſtoire juſ-

J. A. DE qu'au 80ᵉ incluſivement,& finit par
THOU.   l'année 1584. Il n'imprima pas *in-8°.*
ce dernier tome, comme il auroit
dû faire pour aſſortir l'édition de
cette forme, qui par là eſt impar-
faite ; mais il fit la même année une
nouvelle édition de tout l'Ouvrage
en onze volumes *in-12.* On y ajoûta
à la tête une nouvelle Préface, qui
a été inſerée dans l'édition de *Ge-*
neve avec quelques changemens.
Titius prétend que cette édition
in-12. eſt préferable aux précédentes, parce que les Livres y ſont
mieux diſtribuez, & qu'on y a changé, ôté, ou ajoûté ce que M. *de*
Thou a jugé à propos. Il y a des Ta-
bles à chaque volume.

Ce ſont là les ſeules éditions de
l'Hiſtoire de M. *de Thou*, qui ayent
été faites à *Paris* pendant ſa vie &
ſous ſes yeux, & qu'il ait publiquement approuvées. Il faut parler
maintenant de celles qui ont paru
à *Francfort* pendant ce tems là.

Le premier volume de la premiere édition faite en cette Ville
in-fol. ne porte point de date, mais
il doit être de l'an 1608. car on
marque dans la Préface de la petite

édition des *Drouarts* de l'an 1609. J. A. DE
qu'on avoit commencé l'année pré- THOU.
cédente à *Francfort* une édition de
l'Hiſtoire de M. *de Thou*, qui avoit
été interrompuë ; ce qui ne peut ſe
rapporter qu'à celle-ci. On n'y a eu
aucun égard au volume de *Patiſſon*,
on a ſeulement tiré des deux éditions *in-fol.* & *in-8°.* des *Drouarts*
une diviſion reguliere & ſuivie des
Livres de cette Hiſtoire, chaque Livre y eſt diviſé en paragraphes, à
la marge deſquels on a mis des notes, qui en marquent le contenu.

Le ſecond volume de cette édition eſt de l'an 1610. Quelques
exemplaires portent l'an 1617. mais
il eſt facile de voir que c'eſt la même édition que celle de 1610. &
que c'eſt par ſupercherie qu'on y a
mis une nouvelle date. Ce volume
contient depuis le 58e Livre juſqu'au
80e incluſivement, & finit par l'année 1584.

La ſeconde édition de *Francfort*
eſt en 5. vol. *in-8°.* Le titre du premier volume n'a point de date. Le
ſecond & le troiſiéme ſont datez de
l'année 1614. Ces trois premiers,

J. A. DE dont il suffit de parler à présent,
THOU. contiennent les mêmes Livres que
les deux *in-folio* ; on y a seulement
retranché les sommaires ; peut-être
parce que les *Drouarts* ayant repri-
mandé l'Editeur de *Francfort* sur
cette addition, pour décrier son édition , celui-ci jugea à propos de les
ôter , pour rendre cette seconde plus
conforme à celle de *Paris*. Le P. *le
Long* cite une édition de *Francfort*
en dix volumes *in-12*. mais elle n'est
autre que celle - ci, qu'il aura pû
voir reliée en dix volumes , &
sur la forme de laquelle il se sera
trompé.

M. *de Thou* peu de tems avant
que de mourir , envoya , selon quelques-uns , ou eut seulement dessein
d'envoyer , selon d'autres , à son ami
M. *Lingelsheim*, Conseiller de l'E-
lecteur Palatin , un exemplaire complet de son Histoire, qu'il avoit pous-
sée jusqu'en 1607. & en garda un autre dans le dessein de le faire imprimer à *Paris* ; mais comme il appréhendoit de mourir avant que cette
édition fût achevée , il ordonna
qu'en ce cas M. *Pierre du Puy* & M.

Rigault en prendroient foin avec le J. A. DE
fecours de Meſſieurs de *Sainte Mar-* THOU-
the. Il commença cette édition, qui
fe faifoit chez *Robert Etienne*, lorfqu'il mourut. Le premier tome parut en 1618. & c'eſt tout ce que
Robert Etienne en a imprimé. Il eſt
intitulé : *Jac. Aug. Thuani Hiſtoria-*
rum ſui temporis libri 80. *de* 143. *edi-*
tio IV. auctior & caſtigatior ; & contient 26. Livres, divifez de la même maniere que ceux de l'édition
*in-*12. de *Drouart*, à cela près que
le feptiéme Livre commence dans
un endroit different, & finit par
l'année 1560. Il eſt à obferver que
dans le titre de cette édition on
marque que les Livres de cette Hiſtoire ſont au nombre de 143. au lieu
que dans l'édition de *Lingelsheim*
on n'en met que 138. Cette difference fait voir que M. *de Thou* per-
fiſta juſqu'à la derniere année de ſa
vie, qu'il commença à mettre fous
preſſe cette édition, dans le deſſein
de continuer ſon Hiſtoire depuis
l'an 1607. juſqu'en 1610. qu'*Henri*
IV. fut aſſaſſiné, & qu'il ſe propo-
ſoit de divifer cette continuation

J. A. DE
THOU.

de trois années en cinq Livres ; mais il ne vêcut pas affez pour la compofer.

L'édition de *Lingelsheim* fe fit à *Geneve* en 1620. en 5. volumes *in-fol.* dont le premier n'eft qu'une copie fidelle de celui que *Robert Etienne* avoit imprimé par ordre de l'Auteur. Le titre porte : *Jac. Aug. Thuani Hiftoriarum fui temporis ab anno 1543. ufque ad annum 1607. Libri CXXXVIII. Accedunt Thuani Commentariorum de vita fua Libri VI.* *Lingelsheim* a mal-à-propos fait commencer cette Hiftoire par l'an 1543. elle ne commence qu'en 1546. c'eft-à-dire par le fecond Livre, comme le marque M. *de Thou* lui-même dans une Lettre à *Lipfe*, inferée dans le Recüeil des Lettres fait par M. *Burman*, tom. 1. p. 407. le premier Livre ne fervant que de Préface & d'introduction à tout l'Ouvrage.

Lorfque l'édition de *Lingelsheim* eût paru à *Geneve*, l'Imprimeur de *Francfort* en tira la derniere partie, c'eft-à-dire depuis le 81e Livre jufqu'à la fin, & la joignant avec les

Commentaires de la vie de M. *de*
Thou, aux deux volumes qu'il avoit
déja imprimez *in-fol.* il donna le
tout pour une édition entiere &
parfaite de cette Hiftoire, comme
s'il n'y avoit eu aucune difference
entre les premiers volumes de fon
impreffion & ceux de l'édition de
Geneve de 1620. Il fit la même
chofe à l'égard de fes *in-8°.* Il imprima en 1621. les deux derniers
volumes d'après l'édition de *Geneve,*
& les ajoûtant aux trois premiers,
il les fit paffer pour une autre édition complette de cette Hiftoire.
Voici un exemple remarquable des
inconveniens qui réfultent de ces
éditions plâtrées & mal afforties.
L'Auteur du *Thuanus reftitutus* obferve que vers la fin du trente-cin-
quiéme Livre des éditions de *Ge-*
neve, M. *de Thou* fait l'Hiftoire du
Concile de *Trente,* mais que cette
Hiftoire ne fe trouve point dans ce
même Livre de l'édition de *Franc-*
fort in-8°. Cela ne doit pas furpren-
dre, puifque le fecond & le troifiéme volume de cette édition de
Francfort, où eft contenu le trente-

J. A. DE
THOU.

cinquiéme Livre, ont été imprimez
sur les éditions de *Paris*, & qu'aucune de ces éditions n'a cette Histoire, qui a paru pour la premiere
fois dans l'édition de *Geneve* de
1620. J'ajoûterai une chose que
l'Auteur du *Thuanus restitutus* n'a
pas observée, qui est, qu'il y a dans
l'édition de *Geneve* de 1626. une
addition à ce qui est dit du Concile
de Trente dans celle de 1620. Si
Heidegger avoit sçû cela, il auroit
pû s'épargner la peine de mettre à
la fin de son *Anatome*, & de son
Tumulus Concilii Tridentini l'Histoire
de ce Concile par M. *de Thou*, tirée d'un Manuscrit qu'il trouva à
Zurich, puisque ce Manuscrit ne
contenoit rien qui ne fût en partie
dans l'une, & en partie dans l'autre
des deux éditions de *Geneve*.

On a toujours crû que *Linges-
heim* avoit fait imprimer l'Histoire
de M. *de Thou* sur le Manuscrit qu'il
lui avoit envoyé. Mais une de ses
Lettres à *Grotius*, datée du 25. Juillet 1618. qui se trouve dans le Recüeil de celles de *J. G. Vossius*, fait
voir le contraire, & découvre un
mystere

myſtere que l'on ignoroit. Il eſt bon
de rapporter ici ſes propres paroles :
De Thuani Hiſtoria nuncio tibi, reli-
qua jam ſub prælo eſſe. Ut autem in-
vidiam vitent curatores, ita inſtitu-
tum eſt, quaſi exemplar ab Autore in
Germaniam miſſum jam promeretur.
Excuditur autem Geneva : qui locus
tamen ob invidiam vitandam diſſimu-
labitur.

J. A. DE THOU.

    On voit par là que Meſſieurs *du*
Puy & *Rigault* firent imprimer eux-
mêmes à *Geneve* l'exemplaire complet de l'Hiſtoire de M. *de Thou*,
dont il les avoit fait dépoſitaires, &
que parce que *Geneve* étoit un nom
odieux aux Catholiques, ils juge-
rent à propos de faire mettre le nom
d'une autre Ville dans le titre. En
effet dans une partie des exemplaires, on a marqué *Aureliana*, (à
Orleans) pendant que dans d'autres
on a mis *Geneva*. Les Editeurs pour
ſe mettre encore plus à couvert engagerent *Lingelsheim* à prendre ſur
lui la publication de l'Ouvrage, &
de feindre qu'il le publioit ſur la
copie qu'on lui avoit envoyée en
Allemagne. Il étoit d'autant plus

naturel d'en agir ainsi, qu'ils sça-
voient que M. *de Thou* avoit eu
dessein d'envoyer une copie de son
Histoire à *Lingelsheim*, afin qu'il
en restât du moins un exemplaire,
si celui qui étoit à *Paris* venoit à
périr, soit qu'il l'eût executé, ou
non. La vie de M. *de Thou*, qui parut pour la premiere fois dans cette
édition, a toujours passé pour son
Ouvrage ; mais ceux qui l'ont crû
ainsi, n'ont pas fait attention à ce
passage, qui se trouve à la fin du
cinquiéme Livre. *Sed rursùs stilum
inhibeo & veniam à Lectore peto, si
in tam justa causa defensione pro viri
innocentis dignitate longius & cum ca-
lore aliquo evagatus sum, secique quod
ille non fecisset, nec factum vellet.* Ce
passage marque qu'elle vient d'une
autre main, & MM. *du Puy* & *Rigault*, qui en sont apparemment les
Auteurs, voyant qu'on ne manqueroit pas de les soupçonner l'un ou
l'autre de l'avoir écrite, le firent retrancher dans l'édition de *Geneve*
de 1626. Ils voulurent le faire aussi
dans celle de *Francfort* de 1625.
Mais ils s'y prirent trop tard, la

vie de M. *de Thou* ayant déja été im- J. A. DE
primée. THOU.

MM. *du Puy* & *Rigault* firent
dans la fuite plufieurs corrections
& additions à l'Hiftoire de M. *de
Thou*, qu'ils tirerent apparemment
de fes Manufcrits, qu'ils avoient
entre les mains, & les communi-
querent aux Editeurs de *Francfort*,
qui donnerent une nouvelle édition
de l'Hiftoire de M. *de Thou* en 1625.
en 3. vol. *in-fol.* & à ceux de *Geneve*, qui la publierent de nouveau
en 1626.-1630. en 5. vol. *in-fol.*
Outre ces corrections & ces additions, ils en ont laiffé encore d'autres à la marge des exemplaires
qu'ils avoient entre les mains, &
qui n'ont jamais été imprimées.

Voila toutes les éditions que
nous avons de l'excellente Hiftoire
de notre Auteur. Le P. *le Long* en
marque une autre faite à *Paris* l'an
1619. en 10. volumes *in-12.* mais
M. *Samuel Buckley*, qui l'a fait chercher par tout, fans pouvoir la découvrir nulle part, doute qu'elle
exifte. Il en eft de même d'une autre, qu'on avoit promife à *Francfort*

F f ij

en 1713. en 3. vol. *in-fol.* mais qui n'a pas paru.

Jean-Pierre Titius, Professeur de *Dantzik*, a donné un détail de toutes ces éditions dans un Ouvrage intitulé : *Jac. Aug. Thuani voluminum Historicorum recensio. Gedani* 1685. *in*-4°. Mais il y a bien des fautes dans ce petit Ouvrage. On trouve quelque chose de bien plus exact sur ce sujet dans les *Lettres de Samuel Buckley à M. Mead Doct. en Medecine , touchant une nouvelle édition de l'Histoire de M. de Thou* publiées en Anglois , & ensuite *traduites en François. Londres* 1729. *in* 8°. C'est de ces Lettres dont je suis redevable à M. *des Maizeaux* , que j'ai tiré tout ce que je viens de rapporter.

L'édition que M. *Buckley* y annonce & dont il a publié le projet, doit être en sept volumes *in-fol.* Il y suivra pour le texte l'édition de *Geneve* de 1620. & marquera au bas des pages les differences de toutes les autres , de même que les additions & corrections de MM. *du Puy* & *Rigault*, tant imprimées que

manuscrites ; ainsi elle l'emportera J. A. de
sûr toutes les autres, tant pour l'e- Thou.
xactitude que pour la beauté.

On trouvera aussi au bas des pages l'interprétation des noms propres des personnes & des lieux dont
il est parlé dans le texte ; peut-être
eût-elle été mieux placée à la marge. Une chose au reste, qui ne man-
quera pas de déplaire en France, est
la maniere dont on y a traduit en
François certains noms. Qui ne
sera surpris d'y voir appeller l'Electeurs de *Mayence*, l'Electeur de
Mentz, & d'y trouver *Bologna*,
Pavia, *Castel S. Angelo*, & mille
autres semblables, pour *Boulogne*,
Pavie, *le Château S. Ange*, qui sont
les veritables noms François ? C'est
un défaut auquel il est facile de re-
medier.

L'édition de M. *Buckley* sera de
plus augmentée d'un Recüeil curieux de plusieurs Pieces imprimées
ou manuscrites, qui ont rapport à
l'Histoire de M. *de Thou*.

Il est à propos de rapporter ici
l'extrait d'une Lettre Latine de M.
de Thou, qui est imprimée dans le

*Recüeil des Pieces Historiques & cu-
rieuses. Delft* 1717. *in-*12. & où l'on
trouve un détail curieux touchant
son Ouvrage. Il l'écrivit le 31. Mars
1611. au Président *Jeannin*, sur ce
que M. *de Verdun* lui avoit été préferé dans le choix que la Reine avoit
fait d'un Premier Président du Parlement de *Paris*.

» J'ai toujours été persuadé, dit-il,
» (& je m'en sçai bon gré) que je
» devois plûtôt travailler pour le
» public & pour mes amis, que pour
» moi-même. Je me suis de plus
» toujours porté avec beaucoup de
» plaisir à la lecture de l'Histoire,
» convaincu que les preceptes & les
» exemples qu'elle propose, servent
» beaucoup à former les mœurs. Je
» crus donc que ce seroit une en-
» treprise glorieuse pour moi, &
» avantageuse pour le public, si
» j'écrivois l'Histoire, en commen-
» çant au tems où *Paul Jove* finit
» la sienne.

» Cette pensée m'étoit venüe
» dès ma tendre jeunesse, & j'y
» avois rapporté mes voyages, mes
» occupations dans le Barreau, &

» mes négotiations, ſoit dans la paix J. A. DE
» ſoit dans la guerre. Je ramaſſai tout THOU.
» ce qui m'étoit neceſſaire pour l'e-
» xecution de mon deſſein, lorſque
» j'en aurois le loiſir. Je recherchai
» avec ſoin de toutes parts les Hiſtoi-
» res imprimées, & je fis copier celles
» qui ne l'étoient pas. Je lûs les Me-
» moires des Generaux d'Armées,
» les Negotiations des Ambaſſa-
» deurs, & même les Lettres des
» Secretaires d'Etat. J'acquis par
» des entretiens familiers que j'eus
» avec les perſonnes les plus illuſ-
» tres qui vivoient alors, une fort
» grande connoiſſance des affaires.
» Je profitai de leur jugement & de
» la certitude de leur rapport, pour
» faire le diſcernement de tout ce
» qui avoit été dit & écrit de part
» & d'autre dans le tems de la cha-
» leur des partis. Entre ceux que
» je conſultai, & qui étoient les
» plus diſtinguez par leur merite &
» par leur grande habileté dans les
» affaires, je nomme ici *Paul de Foix*
» *de Carmain*, *Gui le Fevre de Pibrac*,
» *Paul Hurault de Chiverni*, mon
» beau-frere; & *Gaſpard de Schom-*

J. A. DE
THOU.

» berg. Muni de ces secours, j'en-
» trepris pendant l'ardeur des guer-
» res civiles (en 1593.) d'écrire
» l'histoire du tems.

» Je prend à témoin Dieu, qui
» m'a donné assez de force & de
» génie pour achever un ouvrage
» d'une si longue haleine, au mi-
» lieu des troubles publics & de
» mes occupations particulieres;
» je le prend, dis-je, à témoin, que
» je n'ai point eu d'autre vûë que
» sa gloire & l'utilité publique, en
» écrivant l'Histoire avec la fidelité
» la plus exacte & la plus incorrup-
» tible dont j'ai été capable, sans
» me laisser prévenir d'aucun motif
» d'amitié ou de haine. J'avouë que
» plusieurs ont l'avantage sur moi
» par l'agrément de leur stile, leur
» maniere de narrer, la clarté de
» leur discours, & le poids de leurs
» sentences & de leurs maximes;
» Mais je ne le cede à aucun de ceux
» qui ont écrit l'Histoire avant moi,
» en ce qui regarde la fidelité &
» l'exactitude. Je vous en laisse le
» jugement & à la posterité.

» J'avois beaucoup avancé mon

» Ouvrage, lorfque j'appris d'Alle- **J. A. DE**
» magne, qu'on avoit deffein d'y **THOU.**
» imprimer fans mon aveu la pre-
» miere partie de mon Hiftoire, fur
» une copie qu'un copifte Alle-
» mand, dont je m'étois fervi, avoit
» faite & emportée en ce Pays-là.
» Comme il étoit d'une extrême
» conféquence de l'empêcher, je fis
» tout ce que je pûs, & je vins à
» bout par mes amis de r'avoir cette
» copie. Mais comme il s'en étoit
» fait plufieurs autres fur celle-ci,
» je me vis tout-à-fait engagé à pu-
» blier mon Hiftoire, & je n'y au-
» rois pas mis mon nom, fi j'avois
» pû le fupprimer : mais j'aimai
» mieux m'expofer à perdre la fa-
» veur de la Cour, ma propre for-
» tune, & même ma réputation,
» que de fuivre les vûës d'une pru-
» dence mal entenduë, en taifant
» mon nom, & de faire par-là dou-
» ter de la fidelité d'une Hiftoire,
» que j'avois travaillée avec tant
» de foin pour l'utilité publique,
» & pour conferver à la pofterité le
» fouvenir de ce qui s'eft paffé de
» mon tems.

J. A. DE
THOU.

» Je prévis bien que je m'attire-
» rois l'envie de beaucoup de gens;
» ce que l'évenement n'a que trop
» justifié. Car à peine la premiere
» partie de mon Histoire eût-elle été
» renduë publique (en 1604.) que
» je ressentis l'animosité d'un grand
» nombre d'envieux & de factieux.
» Ils irriterent contre moi, par d'ar-
» tificieuses calomnies , plusieurs
» des Seigneurs de la Cour , qui ,
» comme vous sçavez , ne sont pas
» par eux-mêmes au fait de ces sor-
» tes de choses.

» Ils porterent d'abord l'affaire à
» *Rome* , où après m'avoir fort dé-
» crié , ils vinrent facilement à
» bout de faire prendre tout en
» mauvaise part , par des Censeurs
» chagrins , qui étant déja prévenus
» contre la personne de l'Auteur ,
» condamnerent tout l'Ouvrage ,
» dont ils n'avoient pas lû le tiers.

» Le Roi prit d'abord ma défen-
» se, quoique plusieurs Seigneurs
» de la Cour me fussent contraires:
» mais peu à peu il se laissa gagner
» par l'artifice de mes ennemis. Lors-
» qu'on sçût à *Rome* , que le zele
» que le Roi avoit témoigné pour

» moi se rallentissoit, sur tout après **J. A. DE**
» la mort du Cardinal d'*Ossat* & celle **THOU.**
» du Cardinal *Seraphin*, & depuis le
» départ de *Rome* du Cardinal *du*
» *Perron* (en 1607.) on me porta
» des coups, que j'eusse facilement
» parez, si ceux qui étoient auprès
» du Roi, eussent donné la moindre
» marque qu'ils étoient sensibles à
» l'injure qu'on me vouloit faire,
» dans une affaire qui regardoit le
» Roi & le Royaume.

» Comme la Cour étoit divisée
» en differentes factions, je ne pou-
» vois m'en promettre aucun se-
» cours. Cependant lorsqu'on me-
» naça à *Rome* de censurer mon His-
» toire, M. *de Villeroy* promit à M.
» *de Chateauneuf* qu'il écriroit au
» nom du Roi au Cardinal *Sera-*
» *phin*, qui étoit alors encore en vie,
» & qu'il lui recommanderoit cette
» affaire. M. *de Chateauneuf* me
» l'ayant assuré, je me tins en re-
» pos : mais M. *de Villeroy* n'en fit
» rien. Quelque tems après le Roi
» fut importuné à ce sujet en pre-
» sence du Chancelier *de Sillery*, qui
» m'avoüa qu'il n'avoit rien dit

J. A. DE » pour ma défenfe. Je lui fis mes
THOU. » plaintes de ce qu'étant mon ami,
» il ne m'avoit pas rendu fervice
» dans cette occafion. Je ne pûs
» m'empêcher de plaindre mon fort
» & l'ingratitude du tems prefent.
» Il m'échappa de dire dans ma dou-
» leur, qu'on refufoit en France à
» un François de le récompenfer
» d'un travail, dont en Efpagne un
» Efpagnol obtiendroit des récom-
» penfes. Je fus étonné du peu de
» fenfibilité, ou de la trop grande
» politique, qu'un fi grand homme
» fit paroître en cela. Car on ne
» peut attribuer qu'à fon infenfibi-
» lité pour moi, de ce qu'il ne dai-
» gna pas lire la Préface d'un Livre
» qui faifoit tant de bruit, quoique
» je lui en euffe fait prefent, puif-
» que s'il en eût lû quelque chofe,
» il eût trouvé de quoi me jufti-
» fier ; ou fi après l'avoir lû, il n'a
» pas laiffé de garder le filence, il
» a pour lors agi avec trop de poli-
» tique, en ne prenant pas la dé-
» fenfe de fon ami dans une affaire
» publique.

» Comme j'étois dénué de toute

» protection à la Cour , il fut aifé **J. A. DE**
» de m'accabler à *Rome* , fous ces **THOU.**
» deux prétextes , que j'avois tra-
» vaillé à l'*Edit de Nantes* , qui fut
» donné en faveur des Proteftans ,
» & que dans mon Hiftoire , où je
» défendois en toute occafion les
» droits du Roi , j'avois parlé avec
» une franchife & une liberté qui
» ne pouvoit plaire à la Cour de
» *Rome.*

Telle eft la Lettre de M. *de Thou* ,
telle qu'elle eft rapportée par le P.
le Long dans fa *Bibliotheque Hiftorique
de la France.*

J'ajoûterai à cette Lettre les ju-
gemens de quelques Sçavans fur
l'Hiftoire de M. *de Thou.*

» On doit mettre M. *de Thou* au
» premier rang des Hiftoriens , dit
l'Auteur de la *Bibliotheque politique & curieufe* ; en effet , il ne cede
» à aucun pour fon éloquence , fa
» franchife , fa prudence & fa fide-
» lité , fur tout lorfqu'il rapporte
» les affaires où il a eu part ; car
» pour les étrangeres , on ne lui doit
» pas par-tout la même créance. Il
» s'eft vû dans la neceffité de copier

J. A. DE
THOU.

» les autres Historiens, dont il em-
» prunte même jusqu'aux termes :
» ce qui rend alors son stile inégal.
» à l'égard des affaires de Religion,
» tout Catholique qu'il étoit, il en
» a parlé avec beaucoup de modé-
» ration & d'équité ; ce qui l'a fait
» appeller par quelques-uns *Catho-*
» *lique politique.*

» Ce ne sont pas les François
» seulement, dit M. *Baillet*, (*a*)
» mais les Etrangers sur tout, qui
» ont donné à M. le Président *de*
» *Thou* la préféance sur tous les His-
» toriens de ces derniers tems, &
» qui l'ont égalé aux anciens,
» soit pour la grandeur du sujet,
» soit pour la disposition & la pro-
» portion des parties, soit enfin
» pour le choix d'un stile conve-
» nable à la majesté de l'Histoire.

» Cette Histoire, dit M. *le Gen-*
» *dre*, n'est gueres moins estimée
» que les Histoires Grecques &
» Romaines, qui sont en réputa-
» tion. L'Auteur excelle à peindre
» les hommes & à décrire leurs ac-
» tions, il aime à dire la verité

(*a*) Jugement des Sçavans, to. 1. p. 338.

» & est d'autant mieux informé, J. A. DE
» qu'en ce qui regarde la France, il THOU.
» a vû tout ce qu'il écrit, ou l'a sçu
» de gens qui étoient à la source.
» Son Latin est pur, son stile grave
» & net. On lui reproche les fré-
» quentes & longues harangues,
» qu'il met souvent à la bouche de
» personnes peu propres à en faire.
» On lui reproche encore son peu
» de ménagement pour le Pape,
» pour le Clergé, pour les Princes
» de la Maison de *Guise*, & trop de
» disposition à adoucir les fautes,
» & à faire valoir le merite des Hu-
» guenots. D'autres voudroient que
» son Histoire fût plus serrée, &
» que sans faire des courses jus-
» qu'aux extrêmitez du monde, il se
» fût renfermé dans son Pays. Atout
» prendre, il n'y en a point qui fît
» plus de plaisir à lire, si elle étoit
» moins longue; quatre gros *in-*
» *folio* pour une Histoire qui com-
» prend environ 64. ans, il y a de
» l'excès.
» Enfin, au jugement de M.
» l'Abbé *Lenglet*, cet Historien est
» le plus sincere & le plus exact

J. A. DE
THOU.

» que nous ayons pour le feiziéme
» fiecle. Il eft generalement eftimé
» par les François & par les Etran-
» gers, par les Catholiques & par
» les Proteftans : néanmoins on ne
» fçauroit défavoüer qu'il n'y ait
» quelques fautes.

Venons maintenant aux traductions de cette Hiftoire & de quelques-unes de fes parties.

*Les cinquante-fept premiers Livres
de l'Hiftoire de M. de Thou, jufqu'en
l'année 1554. traduits en François par
Pierre du Ryer de l'Academie Françoife. Paris 1659. in-fol.* Du Ryer a
fait un grand nombre de bévûës
dans cette traduction, comme dans
toutes celles qu'il a données au Public. *Caffandre* avoit deffein de continuer cette traduction, & il y a
même travaillé, felon *Sorel*; (a)
mais il n'en a rien parû. *Jean Pan*,
un des premiers Syndics de *Geneve*,
a auffi entrepris de traduire la fuite
de cette Hiftoire, mais il n'y a eu
que la premiere feüille de cette traduction d'imprimée. Il eft étonnant
que *du Ryer* n'ait pas traduit la Pré-

[a] *Bibl. Franc.*

face,

face, & ne l'ait pas miſe à la tête J. A. DE THOU.
de l'Ouvrage ; mais peut-être n'a-
t'il pas été le maître de le faire.

Au reſte il a paru ſéparément
differentes traductions de cette Préface.

La premiere eſt de *Jean Villiers-
Hotman*, & a été imprimée à *Paris*
en 1604. *in-8°.* *avec Privilege du Roi*,
& dans les *Opuſcules d'Hotman. Paris*
1606. *in-8°.*

La ſeconde eſt de *Nicolas Rapin*,
Grand-Prevôt de la Connétablie
de France, dont elle ne porte cependant pas le nom. Elle a été imprimée à *Paris* en 1610. *in-4°.* & en
1614. *in-8°.*

La troiſiéme, qui a paru à la tête
de l'Hiſtoire de l'Edit de Nantes
par M. *Benoît*, eſt d'un de ſes amis,
qu'il ne nomme point.

La quatriéme eſt de M. *Difs*,
Gentilhomme de Normandie, qui
l'a miſe à la tête de ſa traduction
des *Memoires de la vie de M. de
Thou.*

*Memoires de la vie de Jacques-Au-
guſte de Thou, trad. du Latin en François. Rotterdam* 1711. *in-4°.* It. *avec*

Tome IX. Gg

J. A. DE
THOU.

des portraits. Amsterdam 1713. *in-12.*
It. *Amsterdam (Rouen)* 1714. *in-12.*
La traduction de ces Memoires est
de M. *Difs.*

Les Eloges des Hommes sçavans
qui se trouvent répandus dans le
corps de l'Histoire de M. de *Thou,*
ont été imprimez séparément en
Latin & en François dans les éditions suivantes.

*Monumenta litteraria, seu obitus
& elogia Doctorum Virorum ex elogiis
Jacobi Augusti Thuani. Opera C. B.
Londini* 1640. *in-4°.* Ces lettres ini-
tiales désignent, selon *Placcius,*
Clement Barckdat Anglois, Ministre
dans le Comté de *Glocester.*

*Thuanus enucleatus, in quinque
partes distributus ; quarum* 1. *exhibet
viros dignitate & rebus gestis illustres.*
2. *Viros eruditione & artibus claros.*
3. *Illaudatos.* 4. *Regionum, Urbium,
Gentium descriptiones :* & 5. *Prodigia
cum Thuani vita. Opera & studio Ge-
rardi van Stoeffen. Helmstadii* 1656.
in-4°.

Les Eloges des Hommes sçavans tirez de l'Histoire de M. de *Thou,* avec
des additions par Antoine *Teissier.*

Géneve 1683. 2. *vol. in*-12. It. *Lyon* J. A. DE
1686. 2. *tom. in*-12. It. *nouvelle édi-* THOU.
tion augmentée. Utrecht 1696. *in*-12.
2. *vol.* It. *quatriéme édition augmen-*
tée. Leyde 1715. *in*-12. 4. *vol.* M.
Teiffier s'eft fervi de la traduction
de M. *du Ryer*, & n'a commencé la
fienne qu'à l'endroit où finit celle
de cet Auteur.

Il y a encore deux autres Ouvrages, qui font corps avec l'Hiftoire
de M. *de Thou* ; ce font les fuivans.

Index Nominum propriorum Viro-
rum, *Mulierum*, *Populorum*, *&c.*
quæ in Jacobi Augufti Thuani Hifto-
riis leguntur, *cum vernacula eorum*
interpretatione. Genevæ 1634. *in*-4°.
Le même *Index* fous le titre fuivant.
Clavis Hiftoriæ Thuanæ, *id eft*, *No-*
menclatura Nominum Propriorum, *quæ*
in I. V. J. A. Thuani operibus Hifto-
ricis ufurpantur. Ratifponæ 1696. *in*-4°.
(fe trouve à Paris chez Briaffon)
où fous le titre ci-après. *Refolutio*
omnium difficultatum, *quæ circà no-*
mina, *&c. in Jacobi Augufti Thuani*
Hiftoriis occurrunt. Ratisbonæ 1696.
in-4°. Cet *Index* a été fait par *Jac-*
ques Dupuy, Prieur de S. Sauveur,

J. A. DE
THOU.

quoiqu'il porte le nom de *Beffin*, qui étoit Valet de Chambre de M. *de Thou*, Conseiller d'Etat. M. *de Thou* a si fort déguisé les noms propres, en les traduisant en Latin, que cet *Index* est absolument necessaire à ceux qui veulent l'entendre.

Thuanus restitutus, seu Sylloge variorum locorum in Historia Jacobi Augusti Thuani hactenus desideratorum. *Amstelodami* 1663. *in-*12. Cet Ouvrage, qui a été publié par *Abraham de Wicquefort*, est fort confus & fort défectueux.

Parmi les differentes Poësies qui se trouvent dans les Memoires de la vie de M. *de Thou*, il y a un assez long Poëme, intitulé : *Posteritati*, qu'il dit qu'un de ses amis avoit composé sous son nom, mais qu'il a plûtôt composé lui-même. Il y combat avec beaucoup de force les censeurs de son Histoire, & principalement le P. *Machault*, dont je parlerai plus bas, & s'y justifie des prétendus crimes qu'on lui attribuoit. Ce Poëme a été imprimé séparément sous ce titre.

Jacobi Auguſti Thuani Poëmatium, J. A. DE
in quo argutias quorumdam Critico- THOU.
rum in Hiſtorias ſui ipſius refellit, edi-
tum cum notis à J. Melanchtone. Amſt.
1678. *in-*12. réimprimé en 1722. Ces
notes ſont de *J. de Chambrun,* lequel
s'eſt caché ſous le nom de *Melanc-*
ton , qui ſignifie en Grec à peu près
la même choſe que *Chambrun* en
François ; on les peut voir traduites
François dans la traduction des *Me-*
moires de la vie de M. de Thou par
M. *Diſs.*

De tous les Critiques de l'Hiſtoire de M. *de Thou ,* il n'en eſt
point de plus violent que le P. *Jean*
Machault , Jeſuite, qui publia ſous
un nom emprunté l'Ouvrage ſuivant.

In Jacobi Auguſti Thuani Hiſtoria-
rum libros notationes. Auctore Joanne-
Baptiſta Gallo , Juriſconſulto. Ingol-
ſtadii 1614. *in-*4°. Ce Libelle n'eût
pas plûtôt été apporté à *Paris ,* que
le Lieutenant Civil (*Henri de Meſ-*
mes , le condamna comme ſéditieux,
tendant à troubler la tranquillité
publique, pernicieux , plein d'im-
poſtures & de calomnies contre les

J. A. DE
THOU.
Magistrats établis par le Roi , &
contraire aux Edits de Pacification.

M. *de Thou* n'a pas moins excellé dans la Poësie que dans l'Histoire. Les Ouvrages que l'on a de lui en ce genre sont:

Metaphrasis Poëtica Librorum Sacrorum aliquot. Turonibus 1588. *in-8°.* It. sous le titre de *Poëmata Sacra. Turonibus* 1592. *in-8°.* It. *Paris.* 1599. *in-8°.* Les Livres paraphrasez en Vers par M. *de Thou*, sont ceux de Job , de l'Ecclesiaste, des Lamentations de Jeremie , & de six petits Prophetes. Une partie de ces Poësies Sacrées a été réimprimée avec la Paraphrase de *Rittershusius* sur les douze petits Prophetes. *Amberga* 1604. *in-8°.*

De Re Accipitraria. Paris. 1584. *in-4°. Vossius* loüe beaucoup ce Poëme , & dit que les Vers en sont fort élégans. *Borrichius* témoigne aussi que cet Ouvrage a fait mettre l'Auteur au rang des meilleurs Poëtes de son siecle. M. *de Thou* n'en avoit fait d'abord que deux Chants, qu'il fit imprimer à *Bordeaux* en 1582. à la persuasion d'*Elie Vinet*, Directeur du College de cette Ville ; il y ajoûta depuis un troiſiéme Chant, qui traite des remedes propres pour la guériſon des oiſeaux qu'on dreſſe à la volerie. *François de l'Orme*, fameux Medecin de *Poitiers*, lui fut d'un grand ſecours pour ſçavoir au juſte les noms des remedes & des ſimples qui devoient entrer dans ſon Poëme.

Crambe, *Viola*, *Lilium*, *Phlogis*, *Terpſinoe*. *Pariſ.* 1611. *in*-4°. It. *in-fol. Pariſ. Rob. Stephanus.* Ce ſont des Poëmes ſur ces differentes choſes.

On a encore de M. *de Thou.*

Papirii Maſſoni Vita, à la tête des Eloges de *Papire Maſſon.*

Thuana, *ſive Excerpta ex ore J. A. Thuani per FF. PP. (Fratres Puteanos) Geneva* 1669. *in*-8°. It. *Colonia* 1694. *in*-12. Il n'y a rien dans ce Recüeil, qui eſt joint au *Perroniana*, qui réponde à la réputation de celui dont il porte le nom.

V. *les Memoires de la vie de M. de Thou. Blanchard*, *Hiſtoire des Préſidens à Mortier. Perrault*, *Hommes Illuſtres*, *tome* 1.

JEAN MERY.

JEAN *Mery* naquit à *Vatan* en
Berry le 6. Janvier 1645. de
Jean Mery, Maître Chirurgien, &
de *Jeanne Mores*. On lui fit commencer fes études, mais il s'en dégoûta bientôt par le peu de fecours
qu'il trouva dans de mauvais Maîtres, peut-être auffi par le peu d'inclination qu'il y avoit. Il ne paffa
pas la Quatriéme, & s'attacha uniquement à la profeffion de fon
pere.

Il vint à *Paris* à dix-huit ans s'inftruire à l'Hôtel-Dieu, la meilleure
de toutes les Ecoles pour un jeune
Chirurgien. Non content de fes
exercices du jour, il déroboit fub-
tilement un mort, quand il le pouvoit, l'emportoit dans fon lit, &
paffoit la nuit à le diffequer fecre-
tement.

En 1681. il fit, à la priere de M.
Lamy Docteur en Medecine, qui
donnoit une feconde édition de fon
Livre de l'*Ame fenfitive*, une defcription

cription de l'Oreille ; dans la même J. MERY. année il fut pourvû d'une Charge de Chirurgien de la Reine.

En 1683. M. *de Louvois* le mit aux Invalides en qualité de Chirurgien Major.

L'année ſuivante le Roi de Portugal ayant demandé au Roi *Louis XIV.* un Chirurgien capable de donner du ſecours à la Reine ſa femme, qui étoit à l'extrêmité, M. *de Louvois* y envoya M. *Mery* en poſte ; mais la Reine mourut avant ſon arrivée. Il n'y eut à *Lisbonne* aucun malade qui ne voulût le conſulter ; on lui fit même les offres les plus avantageuſes pour l'engager à y reſter. On en uſa de même à ſon paſſage en Eſpagne ; mais rien ne fut capable de ſurmonter l'amour qu'il avoit pour ſa Patrie.

A ſon retour M. *de Louvois* le fit entrer dans l'Academie des Sciences en 1688.

Cette même année la Cour allant à *Chambord*, le Roi demanda à M. *Fagon* un Chirurgien qu'il pût mettre pendant le voyage auprès de M. le Duc de Bourgogne encore en-

Tome IX. H h

J. MERY. fant., & M. *Fagon* fit choix de M.
Mery. Mais la Cour n'étoit pas un
séjour qui lui convint, & il revint,
aussi-tôt qu'il le pût, reprendre son
poste aux Invalides.

En 1692. il fit un voyage en Angleterre par ordre de la Cour, mais
on en ignore absolument le sujet; il
vivoit si retiré, & se communiquoit
si peu, que l'on sçait fort peu de
circonstances de sa vie. Après qu'il
avoit rempli avec la dernière exactitude ses fonctions ordinaires, il
se renfermoit dans son cabinet pour
étudier & pour travailler. Sa famille même ne le voyoit qu'aux
heures du repas, & il n'y tenoit
point de discours inutiles.

En 1700. M. *de Harlai*, Premier
Président, le nomma premier Chirurgien de l'Hôtel-Dieu. Il n'accepta cette place que quand il fut
bien sûr qu'elle n'étoit pas incom-
patible avec celle de l'Academie,
& on lui a entendu dire que les
deux ensemble remplissoient toute
son ambition, aussi l'ont-elle uniquement occupé. Des malades quels
qu'ils fussent n'ont jamais pû le faire

fortir de chez lui, tout au plus a-t'il J. MERY.
traité quelques amis. Des Etran-
gers qui fouhaittoient paffionne-
ment qu'il leur fit des cours particuliers d'Anatomie, n'ont pû le
tenter par les promeffes les plus
magnifiques & les plus sûres. Il ne
vouloit point d'une augmentation
de fortune, qui lui eût coûté un
tems deftiné à de nouveaux progrez
dans fa fcience.

Il ne refufoit point à fes devoirs
ce tems qu'il refufoit à toute autre
chofe ; ainfi il conçut le deffein
d'en donner à l'Hotel-Dieu beaucoup plus qu'il n'en demandoit felon l'ufage établi. Les jeunes Chi-
rurgiens qui venoient pour y apprendre leur métier, n'y prenoient
des leçons qu'au gré du hazard, qui
leur mettoit fous les yeux tantôt
une opération, tantôt une autre ;
rien de fuivi ni de méthodique ne
dirigeoit leurs connoiffances. M.
Mery obtint de M. *de Harlai*, que
l'on conftruiroit un lieu où il leur
feroit des cours reglez d'Anatomie,
& il fe tint heureux qu'on lui eût
accordé un furcroît confiderable

H h ij

J. MERY. d'affujettiffement & de travail.

Son génie étoit d'apporter une
extrême exactitude à l'obfervation,
& de fe bien affurer de la fimple
verité des chofes, fans fe preffer d'en
imaginer les raifons. Ainfi il voyoit
les faits d'autant plus fûrement,
qu'il ne les voyoit point au travers
d'un fyftême déja formé, qui eût
pû les changer à fes yeux. Son cabinet Anatomique, auquel il avoit
travaillé une bonne partie de fa
vie, & un nombre prodigieux de
diffections faites de fa main avec une
patience étonnante, lui avoient apparemment infpiré ces difpofitions;
il avoit été fi long-tems appliqué à
ne faire que voir, qu'il n'avoit
point fongé à fe faire des fyftêmes.

Il avoit ramaffé dans ce cabinet
jufqu'à quatre-vingt pieces importantes, foit fqueletes entiers, foit
parties d'animaux. Trente de ces
pieces regardent l'Homme, & celle
où font tous les nerfs conduits depuis leur origine jufqu'à leurs extrêmitez, a dû lui coûter trois ou
quatre mois de travail.

Une chofe qu'on peut lui reprocher, eft d'avoir été trop attaché à J. MERY. fes propres opinions. Le témoigna-ge qu'il fe rendoit de l'exactitude de fes obfervations , & du peu de précipitation des conféquences qu'il en avoit tirées , l'affermiffoit dans ce qu'il avoit une fois penfé déter-minément. Sa vie retirée y contri-buoit encore ; car les idées qu'on prend dans la folitude font plus roi-des & plus infléxibles, parce qu'el-les font moins traverfées par celles des autres. Cette retraite lui faifoit auffi ignorer certains ménagemens d'expreffion, qui font neceffaires dans la difpute ; il ne donnoit point à entendre qu'un fait rapporté étoit faux , qu'un fentiment étoit abfur-de , il le difoit crûment. Mais cet excès de fincerité ne bleffoit point dans l'intérieur de l'Academie , où on le lui paffoit fans peine.

Il n'étoit pas cependant fi entier dans fes fentimens , qu'il n'en chan-geât quelquefois. On le vit d'abord approuver l'Opération de la Taille du Frere *Jacques* , qu'il défapprou-va dans la fuite ; & il en a ufé de même en quelques autres occafions.

J. MERY.   M. *Mery*, malgré une forte conftitution & une vie toujours reglée, fentit prefque tout d'un coup fes jambes manquer vers l'âge de 75. ans, fans avoir nulle autre incommodité; ce qui l'obligea à fe renfermer abfolument chez lui, où il s'étoit jufques-là tenu volontairement renfermé.

Tous ceux de l'Academie des Sciences qui pouvoient fe plaindre de fa fincerité, allerent le voir pour le raffurer fur l'inquiétude où il eût pû être à leur égard, & renouveller une amitié, qui à proprement parler, n'avoit pas été interrompuë. Il fut fenfiblement touché de ces avances, & il ne pouvoit fe laffer d'en marquer fa joye à M. *Varignon* fon fidele ami

Il s'affoiblit peu à peu, quoiqu'en confervant toujours un efprit fain, & mourut le 3. Novembre 1722. âgé de 77. ans. Il a laiffé fix enfans de *Catherine-Genevieve Carrere*, fille d'un premier Chirurgien de Madame.

Il eut toute fa vie beaucoup de Religion, & fes mœurs ont été telles que la Religion les demand ; ſes J. MERY, dernieres années ont été uniquement occupées d'exercices de pieté.

On n'a de lui que deux Ouvrages, qui ayent paru ſéparément.

1. *Obſervations ſur la maniere de tailler dans les deux ſexes pour l'extraction de la pierre pratiquée par Frere Jacques. Nouveau Syſtême de la circulation du ſang par le trou ovale dans le fœtus humain, avec les réponſes aux objections qui ont été faites contre cette hypotheſe. Paris* 1700. *in-*12. *pp.* 300. M. *Mery* avoit d'abord jugé favorablement, comme je l'ai déja dit, de la Methode de *Jacques Beaulieu*, Religieux du Tiers Ordre de S. François, connu ſous le nom du Frere *Jacques*, pour l'extraction de la pierre de la veſſie, & il en fit un rapport aſſez avantageux à M. le Premier Préſident. Mais les fâcheuſes ſuites de diverſes opérations qu'il fit à *Paris* à l'Hotel-Dieu & à la Charité ſur la fin de 1697. & en 1698. l'obligerent à changer de ſentiment ; le détail de tout ceci fait la premiere partie de ce volume. La ſeconde contient differentes pie-

J. MERY. ces pour la défense du sentiment de M. *Mery* sur le trou ovale, dont je parlerai plus bas.

    2. *Problêmes de Physique.* 1. *Sçavoir si la génération du fœtus dépend ou non de sa nourriture.* 2. *S'il y a ou non entre lui & la femme une reciproque circulation.* 3. *Si le fœtus se nourrit d'un prétendu lait de la matrice, ou du sang de sa mere.* 4. *Si devenu fort il suce ou non ce lait supposé.* 5. *Si sa vie dépend ou non de celle de sa mere.* 6. *Si l'enfant sort de la matrice, parce qu'il est privé d'aliment, ou parce qu'il en est chassé par la contraction de cette partie ; résolus par M. Mery. Paris* 1712. *in-*4°. *pp.* 31.

    On trouve dans l'*Histoire de l'Academie des Sciences* plusieurs Memoires curieux de M. *Mery*, qui y répandoit les nouvelles découvertes qu'il faisoit dans le cours de ses études. Je vais en donner une liste exacte.

    1. *De la maniere dont la circulation du sang se fait dans le fœtus. Mem. de l'Acad. ann.* 1692. Ce Memoire a été aussi inseré dans son premier Ouvrage. M. *Mery* prétend que

dans le fœtus le ſang qui paſſe par
le trou ovale va du côté gauche du
cœur dans le droit, ce qui eſt contre le ſentiment commun, qui le
fait paſſer du côté droit dans le
gauche. Il a eu de grandes diſputes
ſur ce ſujet avec M. *du Verney* & M.
Tauvry, & l'on trouve dans les Memoires de l'Academie des Sciences
pluſieurs pieces qui le concernent.

2. *Pourquoi le fœtus & la tortuë vi-
vent long-tems ſans reſpirer. An.* 1693.

3. *Obſervation de deux fœtus enfermez dans une même enveloppe. Année*
1693. Ces deux fœtus quoiqu'entierement ſeparez l'un de l'autre,
étoient attachez par leurs cordons
à un ſeul placenta, & enfermez
dans la même enveloppe, contre
l'ordinaire; & ce fut ce qui les fit
mourir à trois mois & demi, leurs
cordons s'étant embaraſſez l'un dans
l'autre & ayant formé un nœud,
qui avoit empêché le ſang de cir-
culer du placenta dans les vaiſ-
ſeaux.

4. *Pourquoi la reſpiration eſt neceſſaire pour entretenir la vie de l'homme
depuis qu'il eſt ſorti du ſein de ſa mere,*

J. MERY. *& même lorsqu'il y est encore enfermé,*
& qu'au contraire la tortuë peut vivre
très-long-tems sans respirer. Année
1693. Quoique le fœtus ne respire
pas proprement , puisque ses poul-
mons sont sans mouvement , sa vie
dépend cependant de la respiration
de sa mere ; par conséquent, suivant
M. *Mery* , la respiration ne lui est
pas moins necessaire , lorsqu'il est
encore dans le sein de sa mere , que
lorsqu'il en est sorti.

5. *Observations sur la peau du Pe-*
lican. Année 1693.

6. *Question Physique , s'il est vrai*
que l'air qui entre dans les vaisseaux
sanguins par le moyen de la respira-
tion, s'échappe avec les vapeurs & les
sueurs, par les pores insensibles de la
peau. Année 1700. M. *Mery* décide
par la négative.

7. *Observations sur les Hernies.*
Année 1701.

8. *Traité Physique contenant , 1. un*
examen des faits observez par M. du
Verney au cœur dés Tortuës de terre.
2. Une Réponse à sa Critique de la cir-
culation du sang par le trou ovale du
cœur du fœtus humain. 3. Une Critique

des Obſervations qu'a faites M. Buiſ- J. MERY. *ſieres ſur le cœur de la Tortuë de mer.*
4. *Une deſcription du cœur de ce mème animal.* 5. *Une deſcription du cœur d'une grande Tortuë terreſtre de l'A-merique. Année* 1703.

9. *Des mouvemens de l'Iris, & par occaſion de la partie principale de l'organe de la vûë. Année* 1704. M. *Mery* prétend que la Retine n'eſt pas plus que les humeurs l'organe immédiat de la viſion, ou, pour ainſi dire, la toile qui reçoit la peinture des objets. Il donne cet uſage à la Cho-roïde qui eſt derriere la Retine, & qui eſt beaucoup plus opaque.

10. *Deſcription d'une Exoſtoſe monſ-trueuſe. Année* 1706.

11. *Obſervations faites ſur le ſquelete d'une jeune femme âgée de ſeize ans, morte à l'Hôtel-Dieu de Paris le* 22. *Fevrier* 1705. *Année* 1706.

12. *Queſtion Phyſique, ſçavoir : Si de ce qu'on peut tirer de l'air de la ſueur dans le vuide, il s'enſuit que l'air que nous reſpirons s'échappe avec elle par les pores de la peau. Année* 1707. M. *Mery* ſoûtient la négative.

13. *Queſtion de Chirurgie, ſçavoir :*

J. MERY. *Si le Glaucoma & la Cataracte ſont deux differentes ou une ſeule & même maladie. Année* 1707. M. *Mery* prétend que ce ſont deux maladies differentes.

14. *Problême d'Anatomie, ſçavoir: Si pendant la groſſeſſe il y a entre la femme & ſon fœtus une circulation de ſang reciproque. Année* 1708. L'Auteur tient pour l'affirmative.

15. *De la Cataracte & du Glaucoma. Année* 1708. M. *Mery* rapporte dans ce Memoire quelques Obſervations qui tendent à prouver la diſtinction de ces deux maladies.

16. *Remarques ſur un fœtus monſtrueux. Année* 1709.

17. *Obſervations ſur les mouvemens de la langue du Pivert. Année* 1709.

18. *Réponſe à la Critique de M. de la Hire ſur les mouvemens de l'Iris. Année* 1710.

19. *Remarques faites ſur la Moule des étangs. Année* 1710. M. *Mery* dans ces Remarques qui ſont très-curieuſes & très recherchées, prétend entr'autres choſes que la Moule eſt un poiſſon hermaphrodite, mais d'une eſpece ſinguliere, en ce qu'elle

multiplie fans aucun accouplement.

20. *Obſervations ſur le nerf optique.
Année* 1712.

21. *Obſervations ſur differentes maladies. Année* 1713.

22. *Deſcription de deux Exom-
phales monſtrueuſes. Année* 1716.

23. *Obſervations faites ſur un fœtus
humain monſtrueux. Année* 1720.

24. *Deſcription d'une main deve-
nuë monſtrueuſe par accident. Année*
1720.

M. *Mery* a donné encore dans le
Journal des Sçavans du 24. Janvier
1684. une *Obſervation ſur le corps
d'un ſoldat mort à l'âge de* 72. *ans*,
où il avoit trouvé un déplacement
general de toutes les parties contenuës dans la poitrine & dans le ven-
tre, celles qui dans l'ordre commun
de la nature occupent le côté droit
étant ſituées du côté gauche, &
celles du côté gauche étant au droit.

Dans les Memoires de Trevoux
des *Reflexions ſur la deſcription du cœur
de la Tortuë faite par M. Buiſſiere, &
ſur la Lettre approbative de M. Petit
Maître Chirurgien de Paris.* Decembre 1713. p. 2167.

J. MERY. V. fon éloge dans l'*Hiftoire de l'Academie des Sciences.* Année 1722.

NICOLAS PEROT.

N. PE-ROT. NICOLAS *Perot,* en Italien *Perotti,* naquit à *Saffoferrato* Bourg d'Italie dans l'Etat de l'Eglife, d'une famille illuftre, & qu'on prétend alliée à celle de *Levy,* une des plus nobles de France, mais c'eft une chofe qui paroît affez douteufe. *Toppi* s'eft trompé dans fa *Bibliotheque Napolitaine* en le faifant naître à *Cavelli* près de *Capoue,* & il a été relevé fur cela par fon continuateur *Nicodemo.* Il s'eft trompé encore en faifant deux lieux differens de *Sentino* & de *Saffoferrato,* qui n'en font cependant qu'un feul & unique.

Quoique *Perot* fût né à *Saffoferrato,* il avoit été conçû, comme il le dit lui-même, à *Fano,* ce qui a fait que les uns l'ont appellé *Fanenfis,* & d'autres *Sentinas.*

François Perot fon pere fut honoré par le Pape *Nicolas V.* en 1449. du

titre de *Chevalier Apoftolique* & de
Comte du facré Palais de Latran, &
en 1454. par *Calixte III.* de celui
de fon *Domeftique* & de *Noble*, & il
obtint de plus par un acte du 26.
Janvier 1458. le droit de Bourgeoi-
fie à *Venife*.

Cependant *Nicolas Perot* fe trouva
affez mal partagé des biens de la
fortune , & il fut obligé de s'appliquer à l'étude ; pour y trouver
une reffource qui lui procurât de
quoi vivre.

Il fit en peu de tems de fi grands
progrez dans la langue Latine, qu'il
fe vit dès fa premiere jeuneffe en
état d'enfeigner les autres. Il s'acquitta de cet emploi avec beaucoup
de fuccès & attira dans fon école
un grand concours de difciples. Non
content de les inftruire de bouche ,
il mit dans un meilleur ordre &
abregea pour leur ufage les Rudi-
mens de la langue Latine , & les publia dans un nouvel état , qui fut
très-utile à leur avancement.

Il alla enfuite à *Rome* , où il
trouva un protecteur dans la perfonne de *Beffarion*, & il y étudia

N. PE-
ROT.

la Langue Grecque avec beaucoup d'application. Nous apprenons d'un paffage d'*Alexandre ab Alexandro* (a) qu'il fit des leçons publiques à la jeuneffe de *Rome. Domitio Calderino*, dont, pour le remarquer en paffant, le vrai nom étoit *Dominique da Caldiera*, lieu fameux par fes bains dans le territoire de *Verone*, & lui, expliquoient en même tems quelques endroits de *Martial*, & cherchoient par une envie trop ordinaire aux Sçavans plûtôt à fe contredire, qu'à expliquer ce Poëte. Le mal qu'ils difoient alors l'un de l'autre devant leurs écoliers, les rendit ennemis mortels ; ce qui fit qu'*Ange Sabinus* ayant eu quelques difputes avec *Calderino*, *Perot* prit fon parti & fa défenfe, & *Calderino* le défigna dans fes écrits fous le nom de *Fidentius*.

La traduction que *Perot* fit de *Polybe*, lui acquit une réputation qui lui procura dans la fuite differens emplois.

Il profeffa fucceffivement la Rhetorique & la Poëfie, la Philofophie,

(a) *Genial. Dier. Lib.* 4. c. 21.

&

& même la Medecine dans l'Uni- N. PE-
verſité de *Boulogne* depuis l'an 1451. ROT.
juſqu'à 1458.

Il fut Secretaire des Papes *Eu-*
gene IV. Nicolas V. & *Calixte III.*
Ce dernier dans un Bref daté de
Rome le 8. Juillet 1456. lui donne
les titres de *Noble*, de *Poëte couronné*,
de ſon *Secretaire*, & de *Comte du ſa-*
cré Palais de Latran. Pie II. le con-
firma dans ſon emploi de Secretaire Apoſtolique par un Bref du
19. Octobre 1458. après l'avoir
nommé deux jours auparavant Archevêque de *Siponto*, ou *Manfredo-*
nia, dans le Royaume de *Naples.*

Outre cela il eut en 1465. le Gou-
vernement de l'*Ombrie*, en 1471. celui de *Spolete*, & en 1474. celui de
Perouſe.

Le Cardinal *Beſſarion* le prit pour
ſon Conclaviſte dans le Conclave
qui ſuivit la mort du Pape *Paul II.*
On dit que *Perot* lui fit perdre le
Pontificat par ſon imprudence, &
ſe priva ainſi lui-même du Chapeau
de Cardinal, qui n'auroit pû lui
manquer. Voici comment *Jove* rapporte ce fait, que *Varillas* a fort

N. PE-
ROT.

brodé à sa maniere dans ses *Anecdo-*
tes de Florence.

» On prétend, dit-il, que trois
» Cardinaux, qui avoient beau-
» coup de crédit, ayant été à là
» chambre de *Bessarion*, dans le
» dessein de le declarer Pape, *Perot*
» refusa de leur ouvrir, parce qu'il
» travailloit, & qu'il s'imagina im-
» prudemment qu'il ne falloit pas
» l'interrompre. Les Cardinaux in-
» dignez se retirerent & élurent
» *Sixte IV.* Bessarion l'ayant appris
» lui en fit des reproches, par ces
» mots. *Perot, ton imprudence me*
» *coûte la Tiare, & te fait perdre le*
» *Cardinalat. Menage* s'est trompé
dans ses *Melanges*, en supposant
que *Perot* fit cette faute dans le
Conclave où *Paul II.* fut élu.

Perot mourut dans un âge fort
avancé l'an 1480. près de *Sassofer-*
rato, dans une Maison de Campagne, à laquelle il avoit donné le
nom de *Fugicura*, pour signifier que
c'étoit une retraite, où il se délas-
soit de la fatigue des affaires, & où
il vivoit sans souci.

Torquato Perot, de la même fa-

mille, qui étoit Prélat Domeſtique N. PE-
d'*Urbain VIII.* & Evêque d'*Ame-* ROT.
lia , lui fit ériger un monument
dans la grande Egliſe de *Saſſoferrato*
l'an 1624. avec une inſcription, où
l'on trouve entr'autres choſes, que
Perot avoit aſſiſté au Concile de *Fer-*
rare ; qui fut enſuite transferé à
Florence , & où l'on traita de la
réunion des Grecs Schiſmatiques.

Volaterran (*a*) rapporte de *Perot*
que la nature lui avoit donné une
qualité fort propre à le mener loin.
C'eſt que lorſqu'il entendoit parler
d'une choſe qui lui étoit inconnuë,
il oublioit tout pour s'appliquer à
la connoître , & qu'il renonçoit
même au ſommeil, juſqu'à ce qu'il
eût vû le fruit de ſes recherches.

Catalogue de ſes Ouvrages.

1. *Oratio pro ſeren. Regis Romano-*
rum Frederici jucunda receptione ex
parte Communitatis Bononienſis. Perot
recita ce Diſcours au nom de la
ville de *Boulogne* l'an 1452. au paſſage de *Frederic III.* qui alloit à
Rome recevoir la Couronne Impé-
riale ; & ce Prince en fut ſi con-

[*a*] Livre XX. p. 776.

I i ij

N. PE-ROT.

tent, qu'il lui donna de ses propres mains la Couronne Poëtique, le fit son Conseiller, & lui accorda de même qu'à sa famille de grands privileges. Ce Discours est imprimé dans la Collection qu'*Albert de Eyb* a faite de plusieurs Pieces semblables p. 280. de l'édition de *Rome* de l'an 1475. *in-fol.*

2. *Perot* a traduit en Latin par ordre du Pape *Nicolas V.* les cinq premiers Livres de l'Histoire de *Polybe*, qui étoient alors les seuls qu'on eût déterrez des Ouvrages de cet Auteur; & sa traduction a été imprimée plusieurs fois par *Alde* *in-fol.* & *in-8°.* Les éditions d'*Alde* ne sont pas cependant les premieres, comme *Vossius* paroît le croire. La 1e est celle de *Rome in-fol.* 1473. *Beughem* & *Fabricius* mettent après celle de *Brescia* en 1488. *Jove* dit dans ses Eloges, que lorsque la Version de *Polybe* faite par *Perot* parut, tout le monde en dit du bien, & que ses ennemis publierent qu'elle venoit d'un autre Auteur, & que *Perot* se l'étoit appropriée. *Casaubon* (a)

(a) *Præfatio in Polyb.*

cherchant la raifon de l'eftime qu'on N. PE-
a fait de cette traduction, trouve ROT.
que c'eft parce qu'il n'y avoit perfonne de fon tems en Italie qui fçût
plus de Grec que *Perot*, & que dans
les autres parties des Bélles Lettres
il n'y en avoit aucun qui le furpaf-
fât. Mais il ajoûte, que dans le fond
Perot n'étoit rien moins qu'un fidele
Interpréte, & qu'il lui manquoit
prefque tout ce qui eft neeeffaire
pour faire un Traducteur accom-
pli. A peine fçavoit-il fuperficiel-
lement quelques-uns des principes
de la Langue Grecque. Il croyoit,
comme la plûpart de ceux de fon
tems, qu'il fuffifoit d'en avoir une
legere teinture, & qu'avec les premiers élémens de cette Langue on
pouvoit paffer pour habile, & on
étoit capable de traduire. Outre le
peu de connoiffance qu'il avoit du
Grec, il étoit encore dans une affez grande ignorance de l'Hiftoire.
Il ne faut donc pas s'étonner, continue *Cafaubon*, fi *Perot* avec fon
beau Latin n'a pas entendu une
feule page de *Polybe* comme il faut.
Si l'on eft curieux de fçavoir com-

N. PE-
ROT.

ment il a pû faire, pour donner
quelque liaison & quelque couleur
à son discours, on peut consulter
Tite-Live, dont il a copié plusieurs
passages qu'il croyoit apparemment
pris de *Polybe*, & c'est aussi la rai-
son pour laquelle *Perot* a fait dire à
Polybe des choses ausquelles il n'a
jamais pensé. *Casaubon* reconnoît
cependant que les endroits de *Polybe*, que *Perot* a entendus, sont
traduits avec tant d'adresse, qu'ils
ont tout l'air d'un Original. *Varillas* a donc fait voir son ignorance
dans les Belles Lettres, lorsqu'il a
assuré dans ses *Anecdotes de Florence*,
que *personne de tous ceux qui ont fait
parler les Grecs en Latin, non seulement ne lui sçauroient être comparé,
mais qu'il n'y a rien même qui en ap-
proche.*

3. *Oratio D. Basilii, è Græco in
Latinum versa.* Cette traduction a
été publiée par *Philippe Beroalde*
l'ancien, avec le Livre de *Censorin
de Die Natali*, & quelques autres
Opuscules. L'édition est *in-4°.* mais
l'année & le lieu n'y sont point
marquez ; il paroît cependant

qu'elle s'eſt faite vers l'an 1500.

4. *Hippocratis Jusjurandum.* Cette traduction du ſerment qu'Hippocrate exigeoit de ſes diſciples a été imprimée avec les cinq Livres d'Anatomie d'*Alexandre Benedetti*, Medecin de *Verone*, à *Paris* chez *Henri Etienne*, 1519. *in*-4°. & à *Strasbourg*, 1528. *in*-8°.

5. *Cornupia, ſive Commentaria Linguæ Latinæ.* Cet Ouvrage eſt un Commentaire Grammatical ſur le Livre des Spectacles & ſur le premier Livre des Epigrammes de *Martial*; *Perot* avoit deſſein d'en faire un ſemblable ſur le reſte des Poëſies de cet Auteur mais il ne l'a pas executé; ce n'eſt pas même lui qui a publié cette premiere partie de ſon Ouvrage; la dignité d'Archevêque à laquelle il fut élevé lui en ôta la penſée, il ne convenoit pas à un Prélat de faire imprimer un Commentaire ſur un Poëte auſſi rempli d'obſcênitez que l'eſt *Martial. Pyrrhus Perot* ſon neveu ne fut pas ſi ſcrupuleux, il publia l'Ouvrage de ſon oncle après ſa mort, & y fit quelques additions, mais

N. Pe-
rot.

feulement, comme il le dit , dans
fa Préface , pour expliquer plus au
long quelques endroits obfcênes, que
fon oncle n'avoit touché qu'en paffant. Ainfi M. *du Cange* s'eft trompé , quand il a dit (*a*) que *Perot*
publia en 1470. fon *Cornucopia*. La
premiere édition de cet Ouvrage
paroît être celle de *Venife* faite par
Antoine Moret en 1492. *in-fol.* Les
fuivantes font celles de *Venife* 1494.
in-fol. de *Venife* , *Alde* 1499. *fol.*
de *Paris* , 1500. *in-fol.* de *Venife*,
1504. *in-fol.* avec les corrections &
augmentations de *Benoît Brognolo* ;
de *Strasbourg* , 1506. *in-fol.* de *Paris* , 1510. *in-fol.* de *Venife* , *Alde*
1513. *in-fol.* de *Venife* , 1517. *in-fol.*
de *Bâle* , 1521. *in-fol.* de *Tivoli* ,
1522. *in-4°.* de *Venife* , 1526. *in-fol.*
de *Bâle* , 1536. *in-fol.* La plus belle
de toutes ces éditions pour la grandeur & la rondeur des caracteres
eft de *Paris* de l'année 1500. mais
elle n'eft pas fans défauts, il y a
trop d'abbréviations. Celle d'*Alde*
de l'année 1513. eft la meilleure,
parce qu'*Alde* l'a corrigée fur l'O-

[*a*] *Præf. Gloff. Lat.*

riginal

riginal de *Perot*, mais la petiteſſe des caracteres, qui de plus ſont italiques, eſt déſagréable à la vûë. On accuſe *Perot* d'avoir copié les autres ſans les nommer. *Martinius* le lui reproche, après l'avoir convaincu d'avoir dérobé un paſſage de *Laurent Valla*. Il n'eſt pas étonnant que *Perot* en ait uſé ainſi, puiſqu'il a pillé *Phedre*, dont les Fables n'étoient pas encore imprimées, & qu'il en rapporte une comme un Ouvrage de ſa façon. *Calepin* a pris à ſon égard la même liberté qu'il avoit priſe lui-même à l'égard des autres, en inſerant l'Ouvrage de *Perot* preſque tout entier dans ſon Dictionnaire, ſans faire la moindre mention de lui.

6. *In C. Plinii ſecundi Proëmium Commentariolus.* *Perot* dans ce petit Ouvrage, qui ſe trouve ordinairement à la fin du *Cornucopia*, ne fait autre choſe que de relever vingt-deux fautes d'impreſſion qui ſe trouvent dans la Préface de l'Hiſtoire Naturelle de *Pline*, dans l'édition faite à *Rome* en 1470. par les ſoins de *Jean André*, Evêque d'*Aleria*, à

N. PE-
ROT.

qui le Pape *Paul II.* avoit commis l'inspection des Livres qu'on imprimoit de son tems. La Préface qui précede ce Commentaire merite d'être lûë ; elle roule sur les abus qui se commettent dans l'impression des Livres. *Corneille Vitellio*, de *Cortone*, surnommé en Latin *Corithus*, parce que *Cortone* s'appelloit anciennement *Corithus*, a fait quelques observations sur ce petit Ouvrage de *Perot*, qui se trouvent dans les éditions qu'*Alde* a données du *Cornucopia*. *Jacobilli* dans sa *Bibliotheque d'Ombrie* a fait plusieurs fautes grossieres en peu de paroles, lorsqu'il a mis au nombre des Ouvrages de *Perot* : *Commentarius super Epistolas Plinii, & Opera M. Terentii Varronis, Cornelii Vitellii, S. Pompeii Festi, & Nonii Marcellini.* 1°. Le prétendu Commentaire sur les Lettres de *Pline* n'est autre chose que l'Ouvrage dont je viens de parler, & qui regarde l'Histoire Naturelle de *Pline* l'ancien. 2°. *Corneille Vitellio* n'a vêcu qu'après *Perot*, qui n'a pû faire par conséquent de Commentaire sur aucun de ses Ouvrages,

3°. *Nonius* n'a jamais été appellé *Marcellinus*, mais *Marcellus*. Ce qui a trompé *Jacobilli*, c'eſt qu'il a vû dans quelques éditions du *Cornucopia* par *Alde* les Ouvrages qu'il a citez, & que cet Imprimeur y avoit joints, & que ſans autre examen, il s'eſt imaginé que *Perot* avoit fait des Commentaires ſur tous.

N. PE-ROT.

7. *Rudimenta Grammatices Latinæ.* On croit communément que les deux éditions de *Naples* de 1478. & 1483. *in-fol.* ſont les premieres, mais elles ont été précedées par celle de *Veniſe* de l'an 1476. auſſi *in-fol.* Cet Ouvrage a été imprimé pluſieurs fois depuis en Italie & ailleurs, comme à *Paris* en 1479. *fol.* à *Cologne* en 1522. *in-4°.* à *Lyon* par *Gryphe* en 1541. *in-8°.* Eraſme parle avantageuſement de cette Grammaire dans une de ſes Lettres.

8. *De Generibus Metrorum. Venetiis* 1497. *in-4o.* Il y a encore d'autres éditions de cet Ouvrage, & principalement une de *Veniſe* de 1522. *in-fol.* où il eſt joint à *Diomedes* & quelques autres anciens Grammairiens.

K k ij

N. PE-
ROT.

9. *De Horatii Flacci, ac Severini Boëtii Metris.* Cet Ouvrage a été imprimé avec le précédent ; outre cela *Alde* l'a mis à la tête de quelques-unes de ses éditions d'*Horace*.

Torquato Perot avoit dessein de publier plusieurs Ouvrages de *Nicolas Perot* son oncle, mais il ne la point executé.

V. *Jovii Elogia. Volaterran. Lib. XX. Joan. Phil. Berg. Supplementum Chronicorum. Toppi & Nicodemo Bibliot. Neapolet. Journ. de Venise*, to. 13. *p.* 439. *Bayle Diction.*

JANUS GRUTER.

J. GRU-
TER.

JANUS *Gruter* naquit à *Anvers* le 3. Decembre 1560. de *Gaultier Gruter* Bourguemaître de cette Ville, & de *Catherine Tishem*. Cette femme, qui étoit Angloise, merite d'avoir place parmi les femmes sçavantes ; car outre les Langues vivantes qu'elle sçavoit, l'Anglois, le François, l'Italien, elle possedoit fort bien la Latine, & la Grecque lui étoit si familiere, qu'elle

lifoit *Galien* en Grec, ce que peu J. GRU-
de Medecins feroient en état de TER.
faire.

Gaultier Gruter ayant figné la fa-
meufe Requête qui fut prefentée à
la Ducheffe de *Parme*, & qui donna l'origine au mot de *Gueux*, fut
profcrit avec fa femme ; & ils fe retirerent en Angleterre avec *Janus*
leur fils, qui n'avoit alors que quatre ans, comme il le dit lui-même,
au rapport de *Valere André.* Il faut
cependant qu'il y ait de l'erreur
dans cette date, puifque la Requête
fut fignée en 1566. qui étoit la fixiéme année de *Janus Gruter.* Ainfi
il eft plus fûr de s'en rapporter à
Frederic Herman Flayder, qui le fait
âgé de fept ans, lorfqu'il alla en
Angleterre.

Ils s'établirent à *Norvvich*, &
Gruter y fut élevé avec beaucoup
de foin par fa mere, qui fut fon
principal Precepteur. Il alla enfuite
étudier à *Cambrige*, où il demeura
quelques années ; après quoi il paffa
à *Leyde*, pour y étudier en Jurifprudence, où il reçut le bonnet de
Docteur de *Hugues Doneau.* Il ne

J. GRU-fit pas cependant un grand ufage de
TER. cette fcience, qu'il abandonna pour
fe livrer entierement aux Belles
Lettres.

Il voyagea enfuite en divers endroits, mais la negligence de ceux
qui ont fait fa vie ne me permet-
tent pas de marquer l'ordre & les
circonftances de fes voyages. Avant
que de les entreprendre il avoit eu
deffein de fe fixer dans fa Patrie,
où fon pere étoit retourné, lorfque
les Etats s'en furent rendus les maîtres ; mais comme cette Ville étoit
prête d'être affiegée par le Duc de
Parme, fon pere ne voulut pas qu'il
y demeurât, & l'envoya en France.

Il étoit en Pruffe, lorfque *Chriftiern* Duc de Saxe lui fit offrir la
chaire de Profeffeur en Hiftoire
dans l'Académie de *Wittemberg*. Il
l'accepta, mais il la garda peu de
mois, parce que *Chriftiern* mourut
peu de tems après, & que ceux qui
gouvernerent après lui obligerent
tous les Profeffeurs à foufcrire au
Livre *de la Concorde*, ou à renoncer
à leur emploi. *Gruter* le refufa fous
prétexte qu'il ne fçavoit ce que

c'étoit, qu'il n'avoit jamais vû ni J. GRU-
lû ce Livre, & que ce seroit une TER.
extrême témerité, que de souscrire
à une chose qu'il ne connoissoit pas.
Il fut donc congédié avec deux autres, qui refuserent de même que
lui, mais ils furent traitez plus favorablement, car on les gratifia des
gages de la moitié d'une année,
comme on en use en ce Pays-là à
l'égard de ceux qu'on licentie ho-
norablement. Pour lui, bien loin
de toucher cette gratification, il ne
fut pas même remboursé des frais
de son voyage. Le peu de soin qu'il
avoit eu de faire sa cour à ceux qui
étoient à la tête des affaires fut
peut-être la cause de cette distinction désobligeante.

Il paroît par un passage de *Vena-*
tor qu'il a professé quelque tems à
Rostock, & qu'il y expliquoit *Sue-*
tone; mais on n'y trouve point
quand ni comment il y entra dans
ce poste & il en sortit.

Le lieu où il professa avec le plus
d'éclat est *Heidelberg*, où il eut
aussi en 1602. la direction de cette
fameuse Bibliotheque, qui fut de-

puis transportée à *Rome*. Il eut la
douleur à la prise de cette Ville en
1622. d'en perdre une fort riche,
qu'il avoit amassée avec beaucoup
de soin, & qui lui avoit coûté douze mille écus.

Osvvald Smendius son gendre travailla inutilement à la lui conserver,
il écrivit pour cela à un des Offi-
ciers Generaux des Troupes du Duc
de Baviere ; mais la licence du sol-
dat fut plus forte que les bonnes
intentions de cet Officier. *Smendius* ayant appris que la maison de
Gruter avoit été pillée, se trans-
porta à *Heidelberg*, & vit la dissipa-
tion de ses Livres. Il tâcha de sauver
du moins ceux que le copiste de
Gruter avoit transportez dans la Bibliotheque Electorale, & il fit prier
le Commissaire du Pape de lui permettre de les retirer. On lui répondit qu'à l'égard des Manuscrits le
Pape avoit donné ordre de les chercher tous avec soin, & de les porter à *Rome*, mais que pour les imprimez on permettroit qu'ils fussent
rendus à *Gruter*, pourvû que le
Comte de *Tilli* l'approuvât par un

billet de fa main ; mais comme ce J. GRU-
General le refufa , tout cela n'abou- TER.
tit à rien.

Gruter ne fut pas témoin du pillage de fa Bibliotheque , il s'étoit
retiré avant la prife d'*Heidelberg* à
Bretten chez *Smendius* fon gendre.
Il paffa de là à *Tubinge* , & ne retourna à *Bretten* que lorfque les affaires du Palatinat furent un peu
moins en défordre. Se voyant in-
quieté en ce lieu par les Catholiques , il fe retira dans une Maifon
de Campagne , qu'il acheta près
d'*Heidelberg*. Il alloit de tems en
tems faire un tour dans cette Ville,
& il en partit le 10. Septembre
1627. pour aller à *Berhelden* , Maifon de Campagne de *Smendius* , à
une lieuë d'*Heidelberg*. Il y tomba
malade le même jour , & y mourut
le 20. du même mois , dans fa 67.
année. On l'enterra à *Heidelberg* dans
l'Eglife de S. Pierre.

Dans le tems qu'il mourut , la
nouvelle vint que l'Academie de
Groningue l'avoit nommé Profeffeur
en Hiftoire & en Langue Grecque.
C'étoit un honneur qu'on lui avoit

J. GRU-déja fait plufieurs fois. Les Cura-
TER. teurs de l'Académie de *Franeker* lui
avoient offert en 1624. la chaire
d'Hiftoire. Après la mort de *Ricco-*
boni, Profeffeur des Belles Lettres
à *Padoue*, arrivée en 1599. on l'a-
voit choifi pour remplir fa place,
dont les gages étoient très-confide-
rables, & on lui avoit promis une
entiere liberté de confcience ; il
avoit auffi été appellé en Danemarc, mais il avoit refufé tous ces
poftes.

C'étoit un homme fort laborieux, & on peut le juger fans peine
par le grand nombre d'Ouvrages
qu'il a publiez. Il étudioit tout le
jour & une bonne partie de la nuit,
& toujours debout. *Spizelius* obferve qu'il publioit un Livre prefque tous les mois ; il y a un peu
d'exageration en cela ; on ne peut
nier cependant qu'il n'y ait eu de
l'excès dans la paffion qu'il avoit
de multiplier fes Ouvrages, ce qui
fait que le choix & le jugement ne
regnent pas dans tous. Au refte il
avoit une avidité prodigieufe de
fçavoir, qui s'étendoit à toutes-for-

tes de matieres d'érudition.

Une bonne qualité, qui étoit
fort remarquable en lui, étoit le
défintereffement ; il ne fe foucioit
pas d'augmenter fon revenu, il faifoit de grandes aumônes, & prê-
toit volontiers de l'argent fans trop
s'informer fi l'emprunteur étoit fol-
vable, quoiqu'il y eût été attrapé
plufieurs fois.

Quelques Auteurs l'ont accufé
d'irreligion & d'athéïfme ; mais
comme c'étoient fes ennemis, on
ne peut faire aucun fond fur cette
accufation. Il a donné affez de
preuves de fon attachement à la
Religion Proteftante ; & le refus
qu'il fit de fa fignature, qu'on lui
demandoit pour le Livre de la *Con-*
corde, jufqu'à aimer mieux perdre
un pofte avantageux, que d'agir en
cela contre fa confcience, ne peut
gueres s'accorder avec l'irreligion
qu'on lui a attribuée.

Il a été marié quatre fois, & il
fupporta en vrai Philofophe la
perte qu'il fit de fes quatre femmes;
la premiere tomba du haut en bas
de la maifon & fe tua ; mais cette

J. GRU-
TER.

mort, quoique tragique dans ſes circonſtances, ne lui cauſa qu'une douleur médiocre, & il s'en conſola facilement ; il en fut de même des autres. Il entroit un peu trop d'indifférence dans ſon caractere.

Catalogue de ſes Ouvrages.

1. *Pericula Poëtica. Heidelbergæ* 1587. *in-8°.* Ce Recüeil de Poëſies de *Gruter* contient 4. Livres d'Elegies, un d'Epigrammes, & d'autres Pieces de diverſes eſpeces. Comme ce ſont des productions de differens âges, elles ſont auſſi d'un merite different, mais elles portent toutes, ſelon *Venator*, le caractere de leur Auteur, qui eſt une douceur naturelle.

2. *Suſpicionum Libri IX. in quibus varia Scriptorum loca, præcipuè verò Plauti, Apulai, & Senecæ Philoſophi emendantur & illuſtrantur. Wittembergæ* 1591. *in-8°.* Il y a dans ce Livre plus que de ſimples conjectures. *Venator* dit qu'on y trouve une varieté agréable, une élégance telle que la matiere le peut ſouffrir, de la délicateſſe & de l'érudition, où le ſérieux eſt mêlé avec le plaiſant,

& il aſſure qu'on auroit vû encore J. Gru-
toute autre choſe, ſi l'on avoit pu- ter.
blié les trente Livres qu'il promettoit. Il eſt bon de ſe reſſouvenir
que c'eſt un Panegyriſte qui parle
ainſi.

3. *Confirmatio ſuſpicionum extraor-*
dinariarum contra Dionyſii Gothofredi
in Senecam Philoſophum conjecturas
& varias Lectiones. Francofurti 1591.
in-8°. Denis Godefroy ayant corrigé
autrement que lui quelques endroits
de *Seneque*, il publia contre lui
cet Ouvrage, où le feu de la jeuneſſe le fit paſſer au-delà des bor-
nes de la moderation, & il en fut
fâché dans la ſuite, lorſque *Gode-*
froy fût devenu ſon collegue à *Hei-*
delberg, où il profeſſa le Droit, &
qu'ils ſe furent reconciliez enſemble.

4. *Animadverſiones in L. Annæi*
Senecæ Opera. Heidelbergæ 1594. *fol.*
Ces remarques & ces corrections
ont été réimprimées pluſieurs fois
depuis. *Scaliger* n'en fait pas grand
cas, & dit dans le *Scaligerana* que
ce n'eſt que l'Ouvrage d'un éco-
lier.

J. GRU-
TER.

5. *Animadversiones in Seneca Tra-
gedias. Heidelberga* 1600. *in* 8°. *Scaliger* fait plus de cas de cet Ouvrage que du précedent. It. *Lugd.
Bat.* 1621. *in-*8°.

6. *P. Papinii Statii Opera, ex recensione Gruteriana. Heidel.* 1600. *in-*8°.

7. *M. Valerii Martialis Epigrammata cum notis. Heidelberga* 1600.
*in-*8°. It. *Francof.* 1602. *in-*16. It.
Lugd. 1619, *in-*8°.

8. *Varii Discursus seu Commentarii
ad aliquot insigniora loca Taciti, atque ad Onosandrum. Heidelberga* 1604.
*in-*4°. It. *Francofurti* 1607. *in-*8°. It.
Amstelod. 1673. *in-*8°. M. *Amelot
de la Houssaye* parle avec beaucoup
de mépris du travail de *Gruter* sur
Tacite, & *Baudius* avant lui en avoit
parlé de même.

9. *Velleii Paterculi Historia Romana ex recensione Gruteri. Francofurti*
1607. *in-*12.

10. *Nota ad L. Flori libros IV. Rerum Romanarum. Heidelberga* 1597.
*in-*8°.

11. *C. Sallustii Opera omnia cum
notis. Francofurti* 1607. *in-*8°.

12. *Titi-Livii libri omnes superstites*

caſtigati ad fidem Mſſ. Cod. Francc- J. Gru-
furti 1609. 1612. 1634. *in-8°. &* ter.
1628. *in-fol.*

13. *Inſcriptiones antiquæ totius Orbis Romani. Heidelbergæ* 1601. *in fol.*
Ce Livre eſt un des Ouvrages les
plus utiles qu'il ait donnez au Public ; ainſi il eſt à propos d'en faire
ici l'hiſtoire. Un habile homme du
xvi. ſiecle, nommé *Martin Smetius*, de *Bruges*, dans un voyage
qu'il fit en Italie où il demeura ſix
ans, prit ſoin de copier toutes les
anciennes inſcriptions qu'il put
voir, & y en joignit encore quelques autres, que ſes amis lui fournirent. De retour chez lui, il s'appliqua à les mettre en ordre. *Marc
Laurin*, Seigneur de *Watervliet*,
ſçavant homme de ce tems, l'engagea à les tranſcrire & à lui en
donner une copie, apparemment à
deſſein de les publier. Pendant que
Smetius étoit occupé à ce travail,
le feu prit à ſa maiſon, & conſuma
tous ſes meubles & ſes inſcriptions,
à la réſerve de cinquante & un feüil-
lets qu'il avoit mis à part. *Laurin*
l'engagea par ſes prieres & par ſes

J. GRU-
TER.

promesses à réparer cette perte.
Smetius y travailla, & remit son
recüeil d'Inscriptions entre les mains
de *Laurin* après l'avoir rétabli dans
son premier état. Les guerres Civiles, qui troubloient alors les
Païs-Bas, ayant obligé *Laurin* de
sortir de *Bruges*, pour aller chercher de la tranquillité en France,
il emporta avec lui ce recüeil, &
le trésor d'anciennes Médailles,
qu'*Hubert Goltzius* avoit rassemblé
avec mille peines & mille dépenses,
& qu'il avoit alors entre ses mains.
Mais par malheur il tomba entre les
mains de la garnison Angloise d'*Os-
tende*, qui lui enleva tout. Il ne fut
plus possible de recourir à *Smetius*,
pour avoir une nouvelle copie de
ses Inscriptions ; car ce Sçavant,
qui avoit embrassé la Religion Reformée, & qui faisoit la fonction
de Ministre à *Bruxelles*, y avoit été
pendu par les soldats. Je ne sçai si sa
veuve, que *Goltzius* épousa depuis,
avoit une copie des Inscriptions
que son mari avoit recüeillies ; mais
au moins ce ne fût pas d'elle que
vint le Manuscrit dont on se servit
pour

pour les publier. Sur ces entrefaites J. GRU-
Jean van der Does, très-connu dans TER.
la Republique des Lettres fous le
nom de *Janus Douza*, étant Ambaſſadeur des Etats Generaux à
Londres, racheta d'un foldat Anglois la copie qui avoit été prife à
Laurin, & la mit entre les mains
de *Jufte Lipfe*, qui augmenta beaucoup ce Recüeil, & le fit imprimer
à *Leyde* en 1588. *in-fol*. Cette édition eft fort belle ; mais comme
d'autres habiles gens avoient ra-
maſſé quantité d'Infcriptions, qui
ne s'y trouvoient point, on fou-
haita qu'on en fit un recüeil plus
complet. *Jofeph Scaliger*, qui étoit
alors à *Leyde*, & qui avoit lui-même dans fes voyages recüeilli quantité d'Infcriptions engagea *Gruter* à
y travailler, & ce fçavant homme,
fecouru par *Marc Velfer*, Bourguemaître d'*Ausbourg*, & par plufieurs
autres, s'y appliqua. Il augmenta
infiniment ce Recüeil, en y ajoûtant ce que fes amis lui fournirent,
& toutes les Infcriptions qu'il put
trouver en divers Auteurs, qui les
avoient citées. *Scaliger* voulut mê-

Tome IX. L l

J. GRU-
TER.

me prendre la peine de faire 24
Indices fur cet Ouvrage, & d'y
joindre quelques petites notes;
ce qui lui coûta dix mois de travail.

L'Empereur loüa beaucoup cet
Ouvrage, & laiffa au choix de
Gruter la récompenfe dont il vouloit le gratifier. Mais ce Sçavant
lui répondit qu'il l'en laiffoit le
maître, pourvû que la récompenfe
ne confiftât pas en argent. Cependant lorfqu'il fçut qu'on fongeoit à
lui donner des Armoiries, pour
relever dans l'Empire la nobleffe
de fon extraction, il témoigna que
bien loin de fouhaiter de nouvelles
Armoiries, il fe fentoit trop chargé
de celles que fes Ancêtres lui avoient
laiffées. Là-deffus on confeilla à
l'Empereur de lui accorder un privilege pour tous les Livres qu'il pu-
blieroit. Ce Prince y donna les
mains, & voulut que *Gruter* eût un
caractere, qui lui donnât le droit
d'accorder de femblables privileges.
Il lui deftina la dignité de Comte
du facré Palais; mais comme il mourut avant que d'en avoir figné les

Lettres Patentes, cette affaire n'a- **J. Gru-**
boutit à rien. Il faut qu'elle ait trai- **ter.**
né bien en longueur, puiſque l'Em-
dereur *Rodolphe II.* dont il s'agit ici,
ne mourut que le **23.** Janvier 1612.
c'eſt à-dire, onze ans après la publication du Livre de *Gruter.*

Son édition eſt fort effacée par
celle qu'a donné *J. G Grævius,* ſous
ce titre, qui exprime ce qu'elle
contient : *Inſcriptiones antiquæ totius
Orbis Romani in abſolutiſſimum corpus
redactæ olim auſpiciis Joſephi Scaligeri
& Marci Velſeri, induſtria autem &
diligentia Jani Gruteri, nunc curis ſe-
cundis ejuſdem Gruteri & notis Mar-
quardi Gudii emendatæ & tabulis æneis
à Boiſſardo confectis illuſtratæ, denuò
cura J. G. Grævii recenſitæ. Accedunt
Adnotationum Appendix & Indices
XXV. emendati & locupletati, ut &
Tironis liber & Senecæ notæ. Amſtelodami* 1707. infol. 4. vol. Cette derniere édition eſt magnifique en toutes manieres.

14. *Notæ Tullii Tyronis, & Annæi
Senecæ, ſive characteres, quibus ute-
bantur Romani Veteres in Scriptura
compendiaria, ubi littera verbum facit*

J. GRU-
TER.

Opus mirabile, & quod prætereà optimi Gloſſarii vicem præſtare poſſit. Franco-furti 1603. *in-fol.* It. dans l'édition des Inſcriptions anciennes faites par *Grævius.* Les chiffres contenus dans ce Recüeil, quoiqu'attribuez à *Ti-ron* & à *Seneque,* ont été ſans doute ou inventez ou du moins augmen-tez par des gens qui ont vêcu long-tems après eux, puiſque non ſeule-ment il y a la liſte des Empereurs Romains, mais encore des mots, qui n'ont été employez que par les Chrétiens.

15. *In Plinii ſecundi Epiſtolas an-notationes. Francofurti* 1611. *in-8°.*

16. *Plinii Panegyricus cum annota-tiónibus Gruteri & aliorum. Lugd. Bat.* 1675. *in-8°.*

17. *Panegyrici Veteres cum Jani Gruteri & aliorum annotationibus. Francofurti* 1607. *in-12.*

18. *Commentarius in Onoſandri Strategicum, ſeu de Imperatoris inſti-tutione. Heidelbergæ* 1600. *in-4°.* It. *Francofurti* 1604. It. *Helmſtad.* 1619. *in-4°.*

19. *Lampas, ſive Fax Artium libe-ralium, hoc eſt, Theſaurus Criticus, in*

quo infinitis locis Theologorum, Jurif- J. GRU-
confultórum, Medicorum, Philofo- TER.
phorum, Oratorum, Hiftoricorum,
Poëtarum, Grammaticorum, &c.
fcripta fupplentur, corriguntur & il-
luftrantur. Francofurti 1602. *& feq.*
6. *vol. in-*8°. *Gruter* a ramaffé dans
ces fix gros volumes une infinité de
Traitez des plus excellens Critiques du xvi. fiecle, que l'on auroit
mille peines à trouver, s'il ne les
avoit raffemblez. *Daniel Pareus* y
a ajoûté en 1623. un feptiéme volume, qui n'eft pas du merite des
autres, & où il femble n'avoir eu
deffein que de maltraiter *Gruter.*

20. *Florilegium Ethico-Politicum,*
cum Gnomis Parœmiifque Grœcorum,
Proverbiis Germanicis, Belgicis, Bri-
tannicis, Italicis, Gallicis, Hifpani-
cis. Francofurti 1610. *in-*8°. 3. *vol.*
Ce Recüeil de Proverbes & de Sentences que *Gruter* a quelquefois ac-
compagnées de fes notes, lorfqu'il
y avoit quelque chofe d'obfcur, qui
demandoit une explication, eft fans
aucun ordre, & par conféquent
moins utile, que fi chaque Proverbe
ou Sentence étoit diftribué fous

J. GRU-certains titres. D'ailleurs il y en a
TER. beaucoup qui n'ont rien que de
commun & qui ne meritoient pas
d'être rapportez.

21. *Bibliotheca Exulum, seu En-*
chiridion divinæ humanæque prudentiæ.
Argentorati 1624. *in-12.* It. *Franco-*
furti 1625. *in-8°.* Ce sont des Maximes, dont plusieurs sont en Vers,
& qui sont de la façon de *Gruter*,
qui les avoit inserez dans l'Ouvrage
précedent.

22. *Florilegii Magni, seu Polyan-*
thea tomus secundus. Argentorati 1624.
in-fol. C'est une continuation de
l'Ouvrage de *Joseph Langius. Gruter*
en avoit fait le troisiéme & quatriéme volume, mais ils n'ont pas
été donnez au Public. On étoit au-
trefois dans le goût de ces Recüeils,
mais il est passé presentement.

23. *Historiæ Augustæ Scriptores La-*
tini Minores cum notis Politicis. Fran-
cofurti. 1609. & 1611. *in-fol.*

24. *In Querolum incerti Autoris*
Comœdiam notæ. Heidelbergæ 1595.
in-8°.

25. *M. Tullii Ciceronis Opera cum*
notis Jani Guilelmii & Jani Gruteri.

Hamburgi 1618. *fol.* 2. *vol. Fabricius* J. GRU-
fait beaucoup de cas de cette édi- TER.
tion, & la préfere à toutes les autres. Elle eft en effet fort correcte.
On l'a réimprimée à *Londres* en
1681. *in-fol.* mais on a ôté mal-à-
propos la diftinction des Chapitres
que *Gruter* y avoit mife. On a fuivi
cette édition dans la plûpart de
celles qui fe font faites en Hollande
& à *Bâle* des Ouvrages de cet Auteur.

26. *Chronicon* (*Chronicorum Eccle-
fiaftico-Politicum. Collectore Johanne
Gualtero-Belga. Francofurti* 1614.
in-8°. 4. *vol. Gruter*, le veritable
Auteur de cet Ouvrage, y a pris le
nom de *Jean Gualterus* en memoire
de fon pere qui le portoit. Sa Chronique n'eft qu'une compilation de
differens Auteurs ; elle commence
à la naiffance de Jefus-Chrift &
finit en 1613. Elle pourroit être
de quelque ufage, felon l'Abbé
Lenglet, fi elle n'étoit pas remplie
d'une infinité de chofes inutiles.

27. *Delitiæ Poëtarum Italorum hujus fuperiorifque ævi illuftrium. Collectore Ranutio Ghero. Francofurti*

J. GRU-
TER.

1608. 2. *vol. in-16. Gruter* s'est caché sous ce nom pour publier ce
Recüeil & les deux suivans.

28. *Delitiæ Poëtarum Gallorum.*
Collectore Ranutio Ghero. Francofurti
1609. *in-16. 3. vol.*

29. *Delitiæ Poëtarum Belgicorum.*
Collectore Ranutio Ghero. Francofurti
1614. *in-16. 3. vol.*

30. *Christophori Pflugii Epistola mo-*
nitoria novæ editioni Plauti quæ modo
adornatur præfigenda, in qua fatuitas
Apologiæ Joannis Philippi Parei con-
tra Janum Gruterum detegitur. Wit-
teberga 1620. *in-8°. Gruter*, qui n'aimoit pas *Pareus* ; ayant attaqué les
explications qu'il avoit données de
quelques passages de *Plaute*, qui
étoit son Auteur favori ; celui-ci se
défendit, & cette défense lui attira
cet Ouvrage de *Gruter*, dont le titre
seul découvre le fiel & l'emporte-
ment. En effet *Gruter* l'accable des
injures les plus grossieres, jusqu'à
l'appeller un âne, un mulet de ba-
gage, un cochon, un bouc, un
hibou, un fou à lier, &c. *Gretser*
s'est diverti à ramasser 136. injures
semblables tirées de cet Ouvrage,
qui

font plus de tort à celui qui en eſt l'Auteur, qu'à celui à qui elles s'a-dreſſent. *Pareus* y répondit auſſi-tôt par un Livre intitulé : *Provoca-tio ad Senatum Criticum pro Plauto & Electis Plautinis,* 1620. & lui rendit injure pour injure. *Gruter* ne ſe con-tenta pas de cet Ouvrage, il publia encore contre *Pareus* le ſuivant, où il ſe maſqua de même que dans ce-lui-ci.

31. *Euſtathi Su. P. contra Pareum. Francofurti* 1620. *in-*8°.

32. *L. Annæi Seneca & Publii Syri Mimi forſan & aliorum ſingula-res Sententia, centum aliquot Verſibus ex Codd. Pall. & Friſing. aucta & correcta. Studio & opera Jani Gruteri cum notis ejuſdem recognitis & caſti-gatis. Accedunt Nota Poſthuma, ut & nova Verſio Græca Joſephi Scaligeri, nunc primùm ex utriuſque Autographis adornatæ. Lugd. Bat.* 1708. *in-*8°.

33. On trouve quelques-unes de ſes Lettres dans le Recüeil intitulé : *Epiſtolæ celebrium eruditorumque Vi-rorum. Amſtelod.* 1705. *in-*12. & dans les *Amœnitates Litterariæ* de *Schelhorn.*

Tome IX.   M m

J. GRU-
TER.

Deux Auteurs ont écrit sa vie.
L'un sous ce titre : *Vita , Mors &*
Opera maximi virorum Jani Gruteri
recensita à Friderico Hermanno Flay-
dero. Adjecta sunt quoque Epicedia.
Tubingæ 1628. *in-*16. L'autre sous
celui-ci : *Panegyricus Jano Grutero*
scriptus à Balthasare Venatore, dans
les *Memoriæ Henningi Witteni.* Ces
deux Ouvrages sont en stile de Pa-
negyrique , mais sur tout le second,
qui outre cela est si diffus & dit si
peu de choses , qu'il est difficile
d'en soûtenir la lecture. V. aussi
Valerii Andreæ Bibl. Belgica.

Fin du neuviéme Volume.

TABLE NECROLOGIQUE
des Auteurs contenus dans ce Volume.

POGGIO BRACCIOLINI mort le 30. Octobre 1459.

PANORMITA [Antoine] m. le 6. Janvier 1471.

PEROT [Nicolas] m. en 1480.

FULGOSE [Barthelemi] m. après l'an 1483.

SCALA [Barthelemi] m. en 1497.

MARTIAL D'AUVERGNE m. 1508.

CASTELVETRO [Louis] m. le 21. Fevrier 1571.

AUGUSTIN [Antoine] m. le 31. Mai 1586.

BRISSON [Barnabé] m. le 15. Novembre 1591.

PANCIROLE [Gui] m. le 1. Juin 1599.

THOU [Jacques-Auguste de] m. le 16. Mai 1617.

GRUTER [Janus] m. le 20. Septembre 1627.

BEVEROVICIUS [Jean] m. le 19. Janvier 1647.

NAUDÉ [Gabriel] m. le 29. Juillet 1653.

VORMIUS [Olaus] m. le 31. Août 1654.

MORIN [Jean] m. le 28. Fevrier 1659.

SALLO [Denis de] m. en 1669.

BUTLER [Samuel] m. en 1680.

SOLIS [Antoine de] mort le 19. Avril 1686.

SAVARY [Jacques] m. le 12. Octobre 1690.

JOLY [Claude] m. le 15. Janvier 1700.

OUDINET (Marc-Antoine) m. le 12. Janvier 1712.

GAZOLA [Joseph] m. le 14. Fevrier 1715.

COCCEJI [Henri de] m. le 18. Août 1719.

MERY [Jean] m. le 3. Novembre 1722.

SCHMIDT [Jean-André] m. le 12. Juin 1726.

LENFANT [Jacques) m. le 7. Août 1728.

TABLE

*Des Auteurs contenus dans ce Volume,
selon l'ordre des matieres qu'ils ont
traitées dans leurs Ouvrages.*

M m iij

TABLE

DES MATIERES.

E

Ecriture Sainte.

TABLE

DES MATIERES.

I

Inscriptions.

L

Lettres.

M.

Medailles.

TABLE

TABLE DES MATIERES.

T.

Fin de la Table des Matieres.

E R R A T A.

Page 320. *ligne* 28. ou *lisez* &.
P. 328. *l.* 18. sixiéme, *lis.* septiéme.

PRIVILEGE DU ROI.

LOUIS, par la grace de Dieu, Roy de France & de Navarre: A nos amez & feaux Conseillers, les Gens tenans nos Cours de Parlement, Maîtres des Requêtes ordinaires de notre Hôtel, Grand Conseil, Prevôt de Paris, Baillifs, Senechaux, leurs Lieutenans Civils, & autres nos Justiciers qu'il appartiendra SALUT : Notre bien amé ANTOINE-CLAUDE BRIASSON, Libraire à Paris, nous ayant fait remontrer qu'il lui auroit été mis en main un Manuscrit, qui a pour titre : *Memoires pour servir à l'Histoire des Hommes Illustres dans la République des Lettres, avec un Catalogue raisonné de leurs Ouvrages*, qu'il souhaiteroit faire imprimer & donner au Public, s'il nous plaisoit lui accorder nos Lettres de Privilege sur ce necessaires, offrant pour cet effet de le faire imprimer en bon papier & en beaux caracteres, suivant la feüille imprimée & attachée pour modele sous le contre-scel des presentes ; A CES CAUSES, voulant traiter favorablement ledit Exposant, Nous lui avons permis & permettons par ces Presentes, de faire imprimer lesdits Memoires & Catalogue ci-dessus specifiés, en un ou plusieurs volumes, conjointement, ou séparément, & autant de fois que bon lui semblera, sur papier & caracteres conformes à ladite feuille imprimée & attachée pour modele sous notredit contre-scel, & de le vendre, faire vendre & débiter par tout notre Royaume, pendant le tems de *huit années* consecutives, à compter du jour de la date desd. Presentes. Faisons défenses à toutes sortes de personnes de quelque qualité &

condition qu'elles soient, d'en introduire d'impression étrangere dans aucun lieu de notre obeïssance; comme aussi à tous Libraires-Imprimeurs & autres, d'imprimer, faire imprimer, vendre, faire vendre, débiter, ni contrefaire lesdits Mémoires & Catalogue ci dessus exposés, en tout ni en partie, ni d'en faire aucuns Extraits, sous quelque prétexte que ce soit, d'augmentation, correction, changement de Titre, ou autrement, sans la permission expresse & par écrit dud. Exposant ou de ceux qui auront droit de lui, à peine de confiscation des Exemplaires contrefaits, de trois mille livres d'amende contre chacun des contrevenans, dont un tiers à Nous, un tiers à l'Hôtel-Dieu de Paris, l'autre tiers audit Exposant, & de tous dépens, dommages & intérêts. A la charge que ces Présentes seront enregistrées tout au long sur le Registre de la Communauté des Libraires & Imprimeurs de Paris, & ce dans trois mois de la datte d'icelles, que l'impression de ce Livre sera faite dans notre Royaume & non ailleurs, & que l'Impetrant se conformera en tout aux Reglemens de la Libr. & notamment à celui du 10. Av. 1725. & qu'avant de l'exposer en vente, le manuscrit ou imprimé qui aura servi de copie à l'impression dudit Livre sera remis dans le même état où l'Approbation y aura été donnée, és mains de notre très cher & feal Chevalier Garde des Sceaux de France le sieur Fleuriau d'Armenonville, Commandeur de nos Ordres; & qu'il en sera remis 2 exemplaires dans nôtre Bibliotheque publique, un dans celle de nôtre Château du Louvre, & un dans celle de nôtre très-cher & feal Chevalier Garde des Sceaux de France le Sr Fleuriau d'Armenonville, Commandeur de nos Ordres; le tout à peine de nullité des Presentes, du contenu desquelles vous mandons & enjoignons de faire joüir l'Exposant ou ses ayans cause pleinement & paisiblement, sans souffrir qu'il leur soit fait aucun trouble ou empêchement. Voulons que la copie des Presentes qui sera imprimée tout au long au commencement ou à la fin dud. Livre soit tenue pour dûement signifiée, & qu'aux copies collationnées par l'un

de nos amez & féaux Confeillers & Secretaires, foi foit ajoutée comme à l'original
COMMANDONS au premier notre Huiffier ou Ser-
gent, de faire pour l'execution d'icelles, tous Actes
requis & neceffaires, fans demander autre per-
miffion, & nonobftant clameur de Haro, Charte
Normande, & Lettres à ce contra.res : CAR tel
eft notre plaifir. DONNE' à Paris le 28 Novembre
l'an de Grace mil fept cens vingt-fix, & de notre
Regne le douziéme, Par le Roy en fon Confeil,
DE S. HILAIRE.

Regiftré fur le Regiftre VI. de la Chambre Royale
des Libraires & Imprimeurs de Paris, N. 530. F,
421. conformément aux anciens Reglemens confir-
mez par celui du 28 Fevrier 1723. A Paris le 3.
Decembre 1726.
Signé, VINCENT, Adjoint.

De l'Imprimerie de GISSEY, ruë
de la vieille Bouclerie.